블루 노트

블루 노트

Blue Not'

이묵돌 단편선 02

LHh
OT

차례

1부,

BLUE DIAMOND
블루 다이아몬드

1

"아직 자고 있어?" 엄마가 방문을 반의반쯤 열어젖힌 채 말했다. 문틈 사이로 침침한 빛이 스며들었다.

나는 깨어 있었지만 대답은 하지 않았다. 하고 싶지 않았다.

"안 자는 거 아니까 대답 좀 해. 요즘 잠을 왜 이렇게 많이 자? 병 걸린 사람처럼. 어디 아픈 거야?"

"몰라." 나는 내키지 않는 투로 대꾸했다. "그냥 피곤해. 사는 게."

"얼씨구, 일도 안 하고 집에서 노는 애가 뭐 그렇게 피곤하다 그래? 세상에 피곤한 사람들 다 얼어 죽었니? 하루 종일 죽어라 집안일 하는 나는 뭐 하루 종일 자고 있어야 되고? 니가 나와서 설거지하고 바닥 닦아. 내가 거기누울 테니까."

"밤에 못 자서 그래."

"남들 다 자는 밤에 안 자고 뭐하고? 밤새 남자친구랑 연락하느라 못 자는 거 아냐?"

"아, 남자친구 없어진 지가 언젠데."

"그럼 왜 못 자? 뭘 하느라 못 자는 건데? 얘기를 해야 엄마도 도와주든가 말든가 할 것 아냐."

엄마가 내 방 안으로 성큼성큼 걸어오며 말했다. 침대 위로 엄마의 그림자가 드리워 왔다. 난 어쩐지 몸을 움츠렸다. 뭐가 뭔지도 모르고 무서워했다. "채은아, 엄마 말 듣고 있어?"

"……듣기 싫어." 나는 일부러 표독스럽게 말했다.

"얘기 좀 하자. 벌써 세 달이 넘었잖아. 왜 아무것도 안 하는 거야? 이렇게 집에 박혀만 있으면 더 우울해지기만 하잖아. 안 그래? 하다못해 친구들이랑 놀러라도 다니든 가." 엄마는 조금 누그러진 뉘앙스로 말했다.

"돈도 없고, 친구도 없고, 엄마랑 상관도 없어. 그냥 아무것도 안 할 거야."

"진짜 아무것도 안 할 거야? 대학은 뭐하러 졸업했어? 이럴 거면 등록금 모아서 시집갈 때 보태 쓰지."

"아, 그만해, 좀!" 별안간 피가 거꾸로 솟았다. 나는 윗몸을 발칵 일으키고 고함을 내질렀다. "나도 몰라! 엄마가 대학 가라 그랬잖아! 딴 건 몰라도 대학은 꼭 가야 한다고, 초등학생 때부터 귀 따갑게 말해 놓고, 왜 이제 와서 난리야? 누군 이러고 싶어서 이러는 줄 알아? 누군 놀고 싶어서 노는 줄 아냐고. 엄마는 이렇게 살고 싶어서 이렇게 살……"

말을 마치기 전에 뺨이 돌아갔다. 엄마에게 따귀를 맞은 건 살면서 처음이었다. 아빠는 몰라도. 엄마가 내게 그럴 거라곤 상상한 적조차 없었다. 이윽고 왼쪽 얼굴이 빨갛게 달아올랐다.

"엄마한테 말버릇 좀 봐. 싸가지 없게. 학교 다니면서 배운 게 그거야? 너희 선생님이 그러던? 좀 컸다고 바락바락 말대꾸나 하라고?"

나는 고개를 푹 숙였다. 당장은 할 말도, 눈을 마주칠 자신도 없었다. 어안이 먹먹하고 귀가 벙벙했다.

"엄마는 뭐, 하고 싶은 게 없어서 집안일이나 하는 줄 알아? 다 그렇게 사는 거야. 하고 싶은 것만 다 하고 살 수는 없어. 힘들어도 참으면서 사는 거지. 너도 결혼하고 자식 낳고, 애 키우면서 딱 너 같은 딸자식 만나 봐야 정신을 차릴 거야, 아주."

"안 할 거야."

"……뭐?" 엄마는 어처구니없다는 듯 날숨을 팍 뱉었다.

"결혼 안 할 거라고."

"애 하는 말 좀 봐? 결혼 안 하면? 뭐 죽을 때까지 혼자 살게? 너 서른 넘어가면 누가 거들떠나 보는 줄 알아? 한 살이라도 젊을 때 계획을 세워도 모자랄 판에."

"뭔 상관이야. 안 할 건데."

"니 나이 때는 다 그렇게 생각해. 나는 뭐 네 나이 안 겪어본 줄 알아? 그러다가 어느 날부터 맞선 보고, 별 문제 없으면 한두 번 더 만나 보고, 그렇게 계속 만나다가 다른 사람 찾기 너무 늦었다는 생각이 들면 덜컥 결혼하는 거야. 예상치 못하게. 어느 날 덜컥."

"난 안 그럴 거야." 내가 말했다.

"픽이나 그렇겠다. 지금 니 꼬라지를 봐라. 너 혼자 뭘할 수 있는데? 당장 학교 나와서 일도 하나 제대로 못 구하고 있으면서. 네가 무슨 배짱으로 결혼을 안 해? 엄마아빠가 영원히 너 먹여 살려줄 줄 알아?"

"아, 됐다니까? 나 혼자 살 거라고." 대답하는 목소리가 내 의지와는 상관없이 바들바들 떨렸다. 금방이라도 울음을 터트릴 것처럼 위태로웠다.

"못났다, 못났어. 누구 자식인지 정말 못났다. 응?" 엄마는 큰 소리로 탄식하곤 혀를 쯧쯧 찼다. 그리고 더 이상 가능성이 없다는 것처럼, 오래전 아빠가 내게 그랬던 것처럼 뒤돌아 걸어 나갔다. "밥은 안 먹을 거지? 우리끼리 먹는다. 나중에 배고프다고 하기만 해."

나는 아무 말도 하지 않았다. 엄마는 내팽개치듯 방문을 닫았다. 바람 한 줄기가 휙 불었고, 차가운 부엌 공기가 한 줌 방 안에 치고 들었다.

다시 이불 속으로 들어가 누웠다. 시계를 확인해 보니 끽해야 오후 여섯 시가 조금 넘은 시간이었다.

'왜 저녁을 지금 먹고 난리야.'

그대로 누워 하릴없이 휴대폰 화면을 처다봤다. 늘 하는 짓이다. 그것 말고는 하는 일이 없다. 물론 그런다고 나아지는 건 아무것도 없다.

멍하니 인스타그램 피드를 내려 봤다. 공기업에 취직했다는 대학 동기의 게시물이 눈에 밟혔다. 그 밑으로 축하한다는, 그동안 수고 많았다는, 조만간 얼굴 보고 술 한 잔 하자는, 늘 믿고 있었다는 식의 비슷한 댓글들이 줄지어 달렸다. 개중에는 내가 알고 있거나 알고 있다고 생각했던 사람들도 더러 있었다. 머리가 지끈거렸다. 합격한 친구의 팔로우를 취소해 봤다. 기분이 조금 나아졌다. 한편으로는 내가 팔로우 취소한 사실을 친구가 몰랐으면 한다. 그게 아니라면 알고 나서 길길이 날뛰면 좋을 것 같다. 어느 쪽이 더 좋을지 나는 모르겠다. 좋은 건 어느 쪽에도 없다.

요즘 들어서는 휴대폰 보는 일에도 명분이 필요했다. 새 피드를 모두 확인하고, 구독하던 유튜브 채널 몇 곳에 들러 이미 봤던 영상들을 훑고 나니 마땅히 할 게 없었다. 생각 없이 들여다본 검색어 순위엔 막 예능에 출연한 연예인들의 이름, 어디선가 꾸며낸 광고 문구와 축구 경기 얘기가 고작이었다. 판에 박힌 화장품 리뷰들, 다이어트 성공 후기들. 그렇게 그럴듯한 이유가 하나씩 사라져갔다.

결국에는 휴대폰을 내려놓았다.

다시 혼자가 됐다. 하기야 사람은 누구나 혼자다. 뭇 사람들이 하나같이 휴대폰 화면을 바라보면서 길을 걷고, 버스를 기다리고, 밥을 먹고, 드러누워 서서히 잠들어가는 것은, 바로 그런 이유에서일는지도 모르겠다. 사람은 누구나 혼자이지만 휴대폰 화면을 볼 때만큼은 마치 혼자가 아닌 것 같은 착각에 빠지기 때문에.

불 꺼진 방은 적막하다. 시야는 야간모드로 바뀐다. 캄캄한 천장과 가구의 윤곽들까지 드러나 보인다.

지독한 외로움이 이어졌다. 방문 틈으로 엄마가 챙겨보는 TV 프로그램 소리가 뒤따라왔다. 틈틈이 활기찬 음악과 재미있는 효과음이 들렸고, 이따금 웃음이 터져 나오기도 했다. 어쩜 우리의 매일매일이 그렇게 특별하리라는 듯.

엄마. 나는 무서워요. 이제는 무서워서 방문은커녕 이불 밖으로도 나갈 자신이 없어요. 깜빡 잠이 들었다가 덜컥 내일이 찾아오는 게 두려워요. 다시 또 펼쳐질 별 볼일 없는 하루와, 꼭 그만큼 더 잃어가는 젊음을 마주할 수가 없어요. 그래서 잠을 못 자나 봐요. 오늘만큼은 내일이

찾아오지 않았으면 해서. 그래서 패배할 일도, 잃어갈 것
도 내겐 없다고 믿고 싶어서요…….

〈기면증〉

2

"제발 부탁인데,"

알고 있었다. 오랜만에 친구들끼리 모인 자리에서, '굳이' 그런 얘기를 꺼낼 필요가 없다는 것쯤은.

"그 '씨발 것의' 휴대폰 좀 그만 볼 수 없냐? 그럴 거면 왜 여기 죽치고 앉았냐? 사람 마주 앉혀 놓고 화면만 쳐다보는 게 무슨 의미가 있어서?"

"너 뭐냐? 왜 갑자기 급발진하고 그래?"

내 옆에 앉은 놈이 가장 먼저 대꾸하고 들었다.

"급발진? ……일 년 만에 모여 놓고 삼십 분 동안 휴대폰 화면만 쳐다보는 니네가 너무 느리다는 생각은 안 드냐? 니네는 시동이 언제 걸리는 건데?"

"아, 이 새끼……우리 엄마처럼 말하네. 하여튼 서울이 인간을 이렇게 망쳐 놓는다니까." 마주 앉은 놈이 불평했다. 그러면서도 탁자 밑에서 시선 한 번 올리지 않는다. 참 대단한 재주다. "일 년 만에 만나서 휴대폰을 하든 병

나발을 불든 니가 무슨 상관인데. 각자 하고 싶은 거 하면 되지. 안 그러냐?"

맞는 말이었다. 재수가 없긴 했지만 확실히 그랬다. 오 랜만에 만난 친구들끼리는 휴대폰 한 번 만지지 않고 대 화만 줄곧 해야 한다, 그런 법이 대한민국에 있다는 얘긴 듣지 못했으니까.

다만 나는 그런 법이 조례 수준으로라도 있었다면 좋 았으리란 생각이 들었다. 차라리 헌법으로라도 정해 두든 지. 자유롭게 내버려두기에 이런 건 너무 공허하지 않은 가 말이다. 나는 늘 이놈들에게 되돌아오는 것을 우정의 의무처럼 생각해 왔는데. 그렇게 보니 우리는 하던 대로 떨어져 사는 것보다 고독했다.

"야야, 냅둬라. 개야 원래 예민한 애 잖어."

"아, 내가 예민해?" 나는 코웃음을 치며 말했다. 어이 가 없었다. "맞아. 내가 예민했네. 아주 예민한 인간이었 어, 내가."

"예민은 뭔, 지랄하고 있네." 마주 앉은 놈이 비딱하 게 대꾸했다. "그게 뭐가 예민한 거냐? 성격이 개좆같은 거지."

"지랄은, 그 휴대폰 화면으로 니가 하루 온종일 해 대 는 걸 말하는 거고. 뭐 대단한 걸 한다고……. 그럴 거면 차라리 화면에 대가리를 처박고 나오질 말든가."

"아, 닥쳐 봐. 지금 존나 중요한 상황이니까."

"이런 씨발……" 나도 모르게 욕이 나왔다. 그렇게 진심으로 욕이 튀어나온 것이 얼마만인지 기억도 가물가물했다.

"야야, 얘 말도 맞아. 좀 작작해. 사람 앞에 앉혀 놓고 계속 게임만 하는 건 그렇잖아." 옆에 앉은 녀석이 거들었다. 모르긴 몰라도 만류하려는 의도는 분명했다.

"아니, 무슨 얘길 하자고? 이렇게 냄새나는 남자들끼리 모여서 뭔 얘길 해? 드러워 죽겠네, 진짜."

"우리가 언제는 주제가 있고 이유가 있어서 같이 놀았냐? 왜 이렇게 삐딱하게 굴어?"

"솔직히 나는, 할 얘기가 하나도 없어. 존나 내 인생은 맨날 똑같거든. 어? 내 인생에서 가장 다이나믹하고 재밌는 것들은 죄다 휴대폰에서 일어나는 것들인데. 이젠 인생이란 게 휴대폰보다 재밌을 수 있는 건지도 잘 모르겠어."

"야." 왠지 나는 놈이 하는 말을 멈춰 세워야 한다는 충동에 휩싸였다. 그건 당장이라도 터져 폭발할 것 같은, 어떤 면에선 시한폭탄의 뇌관을 끊는 대화였다. 건드리지 않았다면 좀 더 함께 있을 수도 있었다. 정말 그랬을지도 몰랐다.

"야는, 무슨 야냐? 지랄 좀 하지 마. 우리 인생은 좆도

특별하지 않아. 고딩 때야 그렇게 생각하고 살았으니까 재밌었지. 근데 지금은, 여기 있는 우리 모두가 알고 있는 거 아냐? 더 이상 존나게 특별한 일이 일어나서 우리 인생이 바뀔 확률은 없다고. 그걸 누가 모르냐? 어?"

순간 그놈이 휴대폰 화면을 바닥에 내던져 버리고 발칵 일어났다. 방금 전까지 뚫어져라 응시하던 화면은 돌바닥에 부딪혀 산산조각 났다. 그럼에도 놈은 아랑곳하지 않았다. 대신 겨우 울음을 참고 있는 듯 잔뜩 충혈된 눈으로 나를 마주보다가 포차를 빠져나갔다. 앞으로는 좆같은 일밖에 없을 거라고 중얼거리면서.

아, 그 말은 정말이었다. 좋은 시절은 모두 지나갔다. 우리의 앞날은 암울하고, 고독하고, 쓸쓸한 나머지 도망칠 곳 하나 없었다. 그때의 나는 습관처럼 휴대폰을 꺼내 들었던 것 같다. 이제 막 저녁때를 지난 시간이었다. 초겨울에는 늘 그렇듯 해가 짧았고.

〈입동〉

3

"프로 생활 십 년 동안 매년 30개 씩의 홈런을 꼬박꼬박 친 A선수가 있다고 칩시다. 이건 정말 대단한 거예요. 역사적으로도 300홈런을 넘게 친 사람은 20명도 채 안 되니까요." 그는 말하는 틈틈이 껌을 질겅거렸다. 고요한 상담실 내부에 껌 씹는 소리가 불규칙적으로 섞여 들었다.

"그렇습니까? 저는 야구는 잘 몰라서요." 나는 의아한 얼굴로 앉아 대답했다.

"잘 몰라도 상관없어요. 야구가 중요한 게 아니니까. 문제는 그 선수와 같은 해에 데뷔한 B선수입니다. 이 사람은 데뷔 첫 해에 홈런을 여덟 개밖에 치지 못했어요. 타율도 낮았고. 두 번째 해는 부상으로 시즌을 통째로 날렸습니다. 뭐, 사실 드래프트 동기라는 점만 빼면 A와 B는 비교할 깜냥도 안 되는 거예요. A는 첫해부터 올스타에 선발됐는데, B는 세 번째 시즌이 돼서야 겨우 올스타에 합류했습니다. 그런데 그 과정이 드라마틱해요."

"어떤 식으로요?"

"세 번째 시즌을 앞두고 B선수가 엄청나게 칼을 갈았나 봐요. 그 결과, 시즌 중반이 채 지나기도 전에 홈런을 40개나 쳤죠. 대단한 기록이었습니다. 생애 첫 올스타 선발은 물론이고 정규시즌 MVP도 노릴 수 있을 법했어요."

"그런데, 잘 안 됐나 보네요? 그렇게 말씀하시는 걸 보면."

"네," 그는 공연히 바지 주머니를 뒤지면서 말을 이었다. "올스타전 끝나자마자 교통사고로 죽었거든요."

나는 아연실색했다. 이런 이야기를 어디서 들은 적이 있던가? 기억이 나질 않았다.

"상대 화물차 기사가 졸음운전을 했다던가 전날 숙취가 가시질 않았다던가……. 저도 정확히 기억은 안 나지만 확실한 건 아주 비극적인 사건이었다는 거예요. 많은 사람들이 엄청난 충격에 빠졌습니다. 당연하죠. 이제 막 재능을 펼치려던 루키가 그렇게 허무하게 가 버렸으니까. 어떤 전문가들은 메이저리그에서도 통할 만한 재능이라고 치켜세우고 있었고요."

"참 안타까운 일이네요. 가족들한테는 더더욱 그랬겠구요."

"그럼요. 근데 정말 웃긴 건, A와 A를 응원하는 팬들에게도 그랬다는 거죠." 문득 그의 억양에 활기가 돌기 시작했다. 마치 사석에서 몇 번이고 반복했던 그 이야기가, 거듭 생각할수록 재미있어 견딜 수 없다는 듯이. "A선수는 통산 300홈런을 친 대타자입니다. 반면 B선수는, 통산 홈런이 50개를 겨우 넘고요."

"그거야 A선수가 프로 생활 자체를 오래 했으니까……"

"그러니까요!" 그가 느닷없이 목소리를 높였다. "그게 웃긴 겁니다. 사람들은 A선수가 더 좋은 기록을 세운 것이 그저 더 오래 살아 있었기 때문이라고 생각해요. 그러면서, B선수가 살아만 있었다면 지금쯤 홈런을 500개는 쳤을 거라고 이야기합니다. 실제로 그런 일은 일어나지도 않았고, 그렇게 될 확률도 굉장히 낮았을 텐데도요. 한 시즌 동안 MVP급 활약을 펼치고 은퇴한 선수는 찾아보면 많이 있어요. A선수처럼 10년 내내 꾸준한 활약을 하는 선수는 훨씬 드뭅니다. 매너리즘에 빠지지 않으면서 오랫동안 몸 관리를 철저히 하는 건, 단순히 어떤 일을 잘 해내는 것보다 어려운 일이거든요. 그럼에도 불구하고 B선수는 A선수보다 더 대단한 재능을 갖고 있었다고 평가받아요. 그저 전성기에 접어들기 시작할 당시에 비극적인 죽음을 맞이했다고 해서……."

"그건 불공평하네요." 나는 진심으로 말했다. "그러고 보니 그런 얘기를 들어본 적이 있는 것 같아요. 존 레논이 그렇게 비극적으로 죽지 않았다면 결코 폴 매커트니보다 높은 평가를 받지 못했을 거라고요. 물론 그런 건 사람마다 관점이 다르겠지만."

"확실한 건 그거죠. 사람들은 유독 살아 있는 대상을 평가절하하는 면이 있습니다. 이미 사라지고 없거나, 결코 닿을 수 없는 무언가가 되었을 때 비로소 그 소중함을 깨닫죠. 예술은 더 심합니다. 윤동주의 시, 반 고흐의 그림. 둘 다 죽고 난 다음에 신화적 평가를 받기 시작했어요. 마치 예술가의 죽음 자체가 그들 커리어를 영원히 완성시켜 버린 것처럼요." 그는 품속에서 껌 하나를 더 꺼내 나에게 내밀었다.

"그래서 죽고 싶다는 건가요? ○○님 말씀은." 나는 정중히 사양하는 손짓을 하며 나직이 물었다. 그는 내가 거절할 줄 알았다는 것처럼, 아주 자연스럽게 껌을 본인 입 속으로 던져 넣었다.

"이것 보세요. 죽고 싶어 하는 마음에 대해 거부감을 가지고 있는 건 압니다. 직업적인 특성이라는 것도 있고. 사실 이건 좀 불쾌한 얘기죠. 사람들은 자기 자신이 아주 냉철하고 합리적, 아니, 거기까진 아니더라도, 본인이 너무 감상적이고 멍청하다는 생각은 하지 못하니까요. 그런데 제가 봤을 때는, 사람들은 4차원 세계에 살고 있으면서도, 무언가를 평가할 때는 2차원적으로밖에 판단하지 못해요. 그래 놓고 그걸 합리적이라고 착각합니다. A선수는 지난 10년간 꼬박꼬박 홈런 30개만 쳐 왔으니 내년에도 30개쯤 치겠지 하면서. B선수는 시즌 절반 만에 40개를 쳐냈으니까, 살아만 있었으면 매년 적어도 6, 70개는 때렸을 거라고 생각하잖아요? 요컨대 그 상황에서의 등락, 가속도, 미분된 값만을 보면서……불확실한 미래에 대해 단정짓는 거죠. 제가 볼 때는요, 사람은 원래 그렇게 단순한 동물입니다. 그리고 저는 거기에 대해 아무런 불만이 없어요. 결국 그런 게 사람이니까요. 아득바득 억지로 합리적인 체 하는 것보다는, 좀 더 감정적이고 낭만적인 자극에 마음을 줍니다. 저도 그렇고요."

"……그래요?" 나는 그때서야 겨우 질문할 틈을 찾아내 물었다. "그럼 본인의 감정은 지금 어떻습니까? 어떤 기분이시죠?"

"그렇지만 저는 그렇게 살고 싶지 않아요." 그의 말투는 전에 들은 적 없이 단호했다. "더 오래 살고, 더 오래 고통 받으면서, 더 낮은 존재 가치를 향해 가는 거요. 매일같이 자기 증명에 대한 고통에 시달리며 사느니, 시원하게 뒈져서 전설이 되는 쪽이 훨씬 이득이니까요. 지미 헨드릭스, 커트 코베인이나 에이미 와인하우스처럼요."

"그래요. 일리 있는 말씀입니다." 나는 마지못해 자수하는 범죄자 같았다.

"그렇게 말해 주시니 고맙네요. 그런데 있잖아요. 솔

직히 말씀드리면, 제 생각에는······." 순간 내담자로서 내 앞에 마주앉은 그 남자에게 까닭모를 적의가 치밀었다. 지금 생각해보면 나는 그가 경멸스러웠다. 우리들 인생이 가진 태생적 공허함이며 부조리함 따위를 상기시키면서, 대부분 애써 무시하기 바쁜 사실을 그만큼이나 적나라하게 꺼내놓는 것이 미웠다. 그래. 죽는 게 사는 것보다 훨씬 간단한 일이라는 것은 모두들 알고 있다. 그런데 그것을 재삼 꺼내 놓아서, 어떻게든 살아 보겠다고 아등바등하는 이들을 조소할 권리가 누구에게 있단 말인가. 적어도 그는 아닌 것 같았다. "······당신이 그 정도는 아닌 것 같은데요. 말씀하신 케이스들은, 일단 죽기 전에 대단한 작업물을 내놓기는 했습니다. 비극적으로 죽어서 그게 고평가 받았다는 사실까지 부정할 수는 없겠지만요. 형편없는 작품이 '그저 죽었다고 해서' 위대해지는 건 아니지 않을까요?"

"아, 그럴 수도 있습니다." 그는 내가 기분 나쁘지 않을 정도만큼만, 몹시 희미해 보이는 미소를 지으며 대답했다. 마치 오랫동안 그런 질문을 받길 기다려온 사람 같았다. "하지만 그것도 아직 살아 있기 때문에 듣는 말이죠. 저는 그게 괴롭습니다."

곧 상담 시간이 끝났다. 그는 상담실을 나가서, 두 번 다시 이곳으로 돌아오지 않았다.

그의 부고가 전해진 건 일 년 뒤 온라인 뉴스를 통해
서였다. 홍대에 홀로 거주하던 젊은 뮤지션이 첫 정규 앨
범을 출시한 다음날 목숨을 끊었다는 소식이었다.

아나운서는 그가 매우 궁핍한 삶을 살았을 뿐 아니라,
지독한 우울증과 신경쇠약, 몇 차례의 자살 시도 와중에
도 음악에 대한 열정을 놓지 않았다는 점을 군더더기 없
는 발음으로 보도해 나갔다.

이윽고 초라했던 그의 인스타그램에 팔로워가 닥쳐들
었다. 어떤 유명 뮤지션은 바로 다음 날 추모 트윗을 올렸
다. 이루 말할 수 없이 참담한 기분이며, 상업주의에 찌든
음악계가 얼마나 많은 재능들을 죽이고 있는지에 대해 생
각해 보아야 한다는 내용이었다. 생전에 그가 '같이 작업
하고 싶다'며 정중히 연락을 했지만 문전박대를 당했다던
사람이었다.

그렇게 일주일이 더 지났다.

그의 첫 앨범 수록곡 전부가 각종 음원 차트 상위권에
랭크됐다. 초라한 빈소에 방송국 카메라가 하나둘 자리
를 잡았다. 멋들어지게 차려 입은 유명 인사들이 착잡한
표정으로 꽃을 바치고 돌아갔다. 너무나도 순수했던 그의
음악적 행보와 이에 대한 주변인들의 증언이 온오프라인

모두에서 주목받고 있었다.

나 역시 한 언론사의 등쌀에 못 이겨 짧게 인터뷰를 했다. "제 생각에는, 그분은 굉장히 실의에 빠져 계셨습니다. 사람들이 영원히 자신의 진정성을 알아주지 못할 거라고 믿고 있었고요……."

나의 코멘트는《어느 천재 음악가의 요절》이라 이름 붙은 공중파 다큐멘터리에서 짧게 인용됐다. 나는 그 프로그램을 끝까지 지켜볼 수 없었다. 자신이 없었다.

반 년 뒤에는 그의 이름 석 자를 딴 추모 콘서트가 열렸다. 대형 경기장을 빌려 진행되는 그 공연에는 국내에서 내로라하는 탑급 연예인들이 대거 출석했으며, 콘서트 말미엔 그 노래 잘 부르기로 소문난 가수들 몇 명이 모여 그의 앨범 수록곡을 커버하는 것으로 마무리됐다. 콘서트 수익금 전액은 인디 뮤지션 지원사업에 기부된다는 자막이 떠올랐다.

나는 그 화려하고 위대한 피날레를 유튜브 라이브를 통해 지켜봤다. 아무도 자신을 이해하지 못한다며 푸념하곤 했던, 어느 날에는 중소 기획사 사장으로부터 '음악은 때려치우고 막노동이라도 하라'는 말을 들었다며 술주정처럼 이야기하던 그의 모습이 떠올라 아른거렸다.

〈그대 떠난 뒤〉

4

초등학교에 입학할 무렵의 나는 할머니와 함께 살고 있었다. 할머니는 독실한 가톨릭 신자였고 덕분에 나는 다섯 살 때부터 세례를 받고 성당을 다녔다. 밥을 먹기 전에는 늘 성호를 긋고 식전 기도를 한 다음 숟가락을 들어야 했고, 그런 것보다 훨씬 길었던 미사 전 기도문이나 묵주기도 따위를 달달 외우고 다녔던 걸 보면 그 시절의 나는 지금처럼 머리가 나쁘지 않았던 모양이다.

그렇다고 해서 예닐곱 살에 불과했던 내게 신앙이 있었다고 말할 순 없다. 다만 그때의 나는 분명 만족하고 있었다. 더 정확히 말하면 적어도 그땐 불행하지 않았다고 단언할 수 있다. 대다수의 어린이들은 불행이란 개념을 이해하지 못하기 때문이다. 너나할 것 없이 어린 시절을 그리워해대는 이유도 거기에 있을지 모른다.

하여간 나는 주말에 성당 가는 일을 좋아했던 것 같다. 거기서 어른들 앞에서 성경 구절을 토씨하나 틀리지 않고 외워내고 나면, 약속이나 한 듯 칭찬이 쏟아지곤 했다. '어린 것이 아주 똘똘하고 기특해 죽겠다'며 용돈을 건네는 어르신, 쓰다듬는 손길, 할머니의 흡족한 표정, 공돈으로 즐기는 오락 한두 판, 백 원짜리 소다맛 아이스크림까지. 늘 새롭진 않아도 싫어할 이유는 없었다.

주기도문과 사도신경, 심지어 뭇 신자들도 잘 모르는 십계명마저 달달 읊는 수준이 되자, 나는 세상일이 무척 쉽게 느껴질 지경이었다. 아닌 게 아니라. 하늘에 붕붕 떠다니는 어떤 전지전능한 존재가 우리에게 원하신다는 게 고작 '거짓말 하지 않기'나 '남의 물건을 훔치지 않기' 같은 것 아닌가. 어른들은 왜 이리도 쉬운 것들조차 못 지키고 살까? 왜 쓸데없이 죄 같은 걸 지어서 매주 고해성사실 앞에 서성거리는 걸까? 알면 알수록 당최 이해가 안 되는 일들 투성이였다.

"우리 강아지가 드디어 초등학교엘 다 들어가는구나." 할머니는 특유의 이북식 억양으로 말씀하셨다. 입학식이 끝나고 집에 돌아오는 길이었다. "너희 엄마 입학식에도 내가 같이 가 주고 그랬는데……우리 손자는 엄마보다 잘할 거야. 그렇지? 응?"

"응. 잘할 거야." 나는 한 글자 한 글자 또렷하게 발음해 대답했다. 어떤 아이들은 어른들의 의미심장한 질문에 '일부러' 아이 같은 말투로 답변한다. 말을 그렇게밖에 못

해서가 아니라, 그렇게 해야 하는 걸 알기 때문이다. 이렇게 함으로써 어른들이 자신을 여전한 어린아이로, 자신의 일방적인 보호와 사랑이 절실한 존재로 여기게 만든다. 나도 그랬다.

첫 등교 날이 하루하루 가까워 왔다. 기대감에 잠 못 드는 밤이 이어졌다.

한편 할머니의 안색은 차츰 안 좋아졌다. 바로 전날 밤에는 시름시름 앓으시기까지 했다. 정말 보기 드문 일이었다. 할머니가 세상일에 '힘들어하는 모습'이라니. 세상 모든 일들이 하느님의 뜻대로이며, 우리는 걱정할 필요가 하나도 없다는 게 할머니의 말버릇이었는데. 당시로서는 좀처럼 영문을 알 수 없는 현상이었다.

나중에 가서 짐작하게 된 것이지만, 당시가 할머니로서는 여러모로 심경이 복잡할 수밖에 없는 시기였던 것 같다. 왜인가 하면, 당신은 이미 큰 삼촌과 작은 삼촌, 그리고 엄마라는 몇 차례의 시행착오를 겪어 오셨던 것이다. 그 즈음에는 자신의 핏줄을 학교에 건너보낸다는 게 얼마만큼의 실패를 야기할는지, 그리고 또 얼마만큼의 괴리를 탄생시킬지를 짐작하고 계셨을지 모른다.

왜인지 난 그런 할머니를 안심시킬 필요, 아니, 의무감 비슷한 걸 느꼈던 것 같다. 나보다 열 배 오랜 세월을 살아온 노인의 마음을 이해해서가 아니었다. 그건 얼라들에게 너무 고차원적인 발상이다. 난 그저 하루아침에 마음을 바꾸셔서는 "너는 학교에 가지 마라" 하고 말씀하실지 몰라서 노심초사했다. 그땐 의무교육이란 게 있는지도 당연히 몰랐고.

좌우지간 그럴 땐 기특한 손주를 연기하는 것보다 좋은 방법이 없었다. 거기엔 할머니가 매일 달고 다니다시피 하는 성서 이야기도 빼놓을 수 없다.

"할머니. 너무 걱정 마. 나는 잘할 수 있어. 왜냐면 할머니가 맨날 기도해 주잖아. 학교 가서도 친구들이랑 잘 지낼 수 있게 예수님이 도와주실 거예요. 응? 할머니도 그랬잖아. 예수님은 누구보다 베드로를 사랑하셨기 때문에 걱정하신 거라고. 할머니가 걱정하고 기도해 주는 만큼 난 잘할 수 있어. 그러니까 잘하고 올게."

"아이구, 우리 새끼. 우리 귀여운 내 새끼……." 할머니는 못내 감정이 복받쳐 오른 모습으로 날 껴안으셨다. "너희 엄마한테서 어떻게 이런 애가 나왔을꼬. 그래, 잘할 수 있지. 누구 손주인데. 누가 걱정해 주는데……. 그래, 오늘은 일찍 자자. 첫날부터 학교에 지각하면 안 되니까."

이튿날 아침이 밝았다. 나는 자그마한 책가방을 등에 걸머진 채 집을 나섰다.

첫 등교 일에는 누구나 긴장을 하기 마련이다. 다만 당시의 나는 성당에서처럼 뛰어난 아이로 인정받을 수 있을 거라는 근거 없는 자신감과 기대감에 부풀어 있었다. 학교로 향하는 발걸음 하나하나 그렇게 경쾌할 수가 없었다. 정문에 가까워질수록 자주 보이는 또래들. 형과 누나들. 그중엔 나와 같은 반이 되고, 둘도 없는 친구가 될 아이도 있을지 몰랐다.

그렇게 초등학교 교실이라는 곳에 처음 들어섰다. 나와 같아 보이는 아이들이 수십 명씩 자리를 잡고 앉았다. 내게는 모두 낯선 얼굴들이었다. 그중 몇 명은 같은 유치원이나 어린이집에 다녔던 모양으로 벌써부터 잡담이며 장난을 주고받고 있었다.

어쩐지 나는 그런 모습에 기가 한풀 죽었다. 교실 맨 앞쪽 좌석에 책가방을 내려놓았다. 그리고 조심히 잡아뺀 의자에 아주, 아주 천천히 엉덩이를 붙여 앉았다. 교실의 소란은 점차 계단식으로 커져가다가, 선생님처럼 보이는 사람이 앞문을 열고 들어오자마자 수그러들었다.

내 첫 담임 선생님은 적당히 깔끔한 옷차림의 중년 여성이었다. 할머니보다 훨씬 젊었지만 엄마보다는 성숙해 보였다.

교사는 교탁에 학생들의 명부며 간략한 신상정보가 적힌 서류를 툭 내려놓았다. 그리고 얼마간 아무 말도 없이, 긴장감 어린 자세로 앉아 있던 마흔 명 남짓의 학생들을 눈으로 쓱 훑었다. 그리고 느닷없이 분필을 집어 들곤 칠판에 자신의 이름 석 자를 쓱쓱 휘갈겨 쓰기 시작했다.

그런 순간이야말로 초등학교 1학년 담임을 맡은 교사들의 가장 큰 보람이자 즐거움이 아닐까 싶다. 이 아이들은 이제 막 초등학교에 들어왔다. 그 순간을 기해 미취학아동에서 벗어나, 짧게는 구 년, 길게는 십이 년에서 이십 년 가까이 지루한 학업을 이어가야 할 아이들, 그런 꼬맹이들을 목전에 둔 채 몇 분의 침묵을 즐기는 것 말이다.

선생님은 짧게 자기소개를 했다. 그러고 나서 학생들 개개인에게 이름 순서에 따른 번호를 매겨 주고, 어디론가 전학을 가지 않는 이상 적어도 일 년 동안은 그 번호가 우리들의 이름을 대신하리라고 말했다.

내가 받은 번호는 21번이었다. 앞에서 세는 것보다 뒤에서 세는 것이 두세 사람 정도 더 빠른 번호였다. 너무 빠르지도 느리지도 않다는 점에선 적당한 수준의 순번이었지만 어중간한 것을 안정적이라 느끼기 위해서는 좀 더 나이를 먹을 필요가 있었다.

그 무렵 나는 일찌감치 무뚝뚝해 보이는 담임 선생님이며 저들끼리 친해 보이는 학급 친구들에게 눈도장을 찍고 싶어서 안달이 나 있었다. "그럼 1번부터 앉은 자리에서 일어나 자기소개를 해 볼까?"라는 교사의 말에 금방이라도 숨이 넘어갈 것처럼 답답스러웠다. 어째서 나는 1번이 아니라 21번일까. 왜 나는 강 씨나 김 씨로 태어나지 못했을까.

그래도 당장은 기다리는 것밖엔 도리가 없었다. 그때의 내가 그 답답함을 견디지 못하고 교실을 뛰쳐나왔더라면 어땠을까? 우연히 잡은 자리에 멍청한 얼굴을 하고 앉아서, 그저 내 차례가 될 때까지 기다리는 대신에. 지금 와서는 알 수가 없다.

"안녕하세요. 저는 일 학년 삼 반 일 번 강민수입니다. 저의 가족은 아빠, 엄마, 큰 누나랑 작은 누나, 바둑이랑 저입니다. 저희 가족은 학교 운동장 뒤쪽에 있는 궁전아파트에 살고 있습니다. 그리고……"

"우와! 우리집도 궁전아파트인데!"

"조용, 조용! 친구가 말하고 있는데 중간에 끼어들면 어떡하니?" 담임은 끼어드는 아이의 목소리를 제지하고 들었다. 그러나 발표 중간중간에 아이들이 "오, 나도 저기 사는데" 또는 "나도 저기 살아", "우리 집에도 강아지 두 마리 있어", "우리 아빠도 의사선생님인데" 같은 말들이 오가는 것까지 모두 막을 수는 없었다.

그런 한편으로, 나는 번호가 이십일 번에 가까워 올수록 심장이 빠르게 뛰어오르는 것을 느꼈다. 그러나 그건 예의 자신감이나 기대감으로부터 말미암은 흥분이 아니라,

오히려 두려움과 공포로부터 오는 긴장과 초조함이었다. 열 명 째 발표가 채 끝나기도 전에 깨달아 버린 것이다.

　―나는 다르다!

　나에게는, 그저 같은 교실에 책상과 의자 하나씩을 차지하고 있다는 점 밖에는 공통점이랄 게 없었다. 제각기 어린 시절을 둘러싼 환경, 존경할 만한 부모님의 유무, 매일 아침식사로 챙겨 먹는 음식, 심지어 등교 첫날 메고 온 책가방의 가격대에 이르기까지. 나와는 모든 게 달랐다. 때문에 나도 너희랑 똑같은 애야, 그러니까 같이 사이좋게 지내자, 라는 말을 할 수 없었다. 모든 게 시작되기도 전에 좌절되고 말았다.

　머잖아 다리가 파르르 떨려오기 시작했다. 이마에 땀까지 흥건해졌다. 어떻게 이 상황을 무사히 모면할 수 있을지를 궁리해야 했다. 일찍이 내가 한 말이나 행동이 아니라, 나라는 존재 자체에 대해서 변호해야 한다…….

　그런 건 난생 처음이었다. 왜 내가 나에 대해서 변명해야 한단 말인가. 그 교실보다 좁은 단칸방에서 외할머니와 단둘이 살고 있다는 것이나, 전날 저녁으로 먹었던 시래기국을 그날 아침에도 먹고 왔다는 것, 엄마는 이렇다 할 직업도 없이 매일같이 술에 빠져 살다가 병원에 가 있고, 아빠와는 함께한 기억은 고사하고 뼛가루가 어느 산에 뿌려졌는지조차 모른다는 것을. 대체 어떤 식으로 둘

러대야 한단 말인가. 어떻게 해야 달라지지 않을 수 있단 말인가?

느닷없는 죄책감이 돌연 온몸을 감싸 돌았다. 머릿속이 새하얘 아무 것도 떠오르지 않았다. 말하는 법이며 생각하는 법을 깡그리 잊어버린 기분이었다. 귓구멍에서 이상한 소리가 쿵쿵 울렸다. 몸을 일으키기도 힘이 들었다. 그런 가운데서도 시간은 여지없이 흘렀다. 시간이 흐르는 것이 이렇게 두려운 일인 줄 나는 그때 처음 깨달았다.

마침내 이십일 번 차례가 찾아왔다.

나는 꼭 어디가 아픈 아이처럼 비틀거리며 섰다. 같은 반 친구들은 아까와 달리 등받이에 편히 몸을 기댄 채, '쟨 어디서 누구와 사는 어떤 친구일까' 하는 순수한 호기심을 만면에 띠고 날 쳐다보기 시작했다.

"안녕하세요. 저는 일 학년 삼 반 이십일 번……."

—같은 시대, 같은 세대의 다른 사람들보다 '아주 약간' 조숙하도록 태어난 사람들. 좀 더 나중에 알아도 될걸 너무 일찍 눈치채 버리는 존재들.

그 작은 성숙의 대가란 지나치리만치 잔인한 발명이었다. 누군가 한 번 시작해 놓기만 하면, 나머지는 그 부산물에 업혀 비교적 쉽게 어른이 된다. 얼마 지나지 않아 모두가 그 발명으로 인한 결과물들을 혐오하고 욕을 퍼붓게 되더라도……별 상관없다. 사람들은 오늘 폭탄을 터트린 사람보다 어제 폭탄을 발명해 낸 사람을 비난하므로. 그럴 수 있는 사람이야말로 진짜 통찰력 있는 어른이라고 여긴다.

"……가족으론 아빠, 엄마, 큰 형과 작은 누나, 회색 고양이인 든든이와, 마지막으로 제가 있습니다. 저희 가족은 다른 친구들처럼 저쪽 뒤의 궁전아파트에 살고 있고……" 나는 쭈뼛거리는 말투로 간신히 단어를 이어붙이고 있었다. "우와, 너도 궁전아파트 사는구나!" 하는 어느 뒷자리 남자아이, 그 옆쪽 끝에 앉아 몇 동 몇 호냐고 물어오는 여자아이의 명랑한 얼굴, 그 너머로 내 뻔뻔한 증언과 서류에 있는 신상 정보를 몇 번이고 교차해 보며 당황하는 선생님의 모습이 차례로 눈에 들어왔다. "……아버지는 회사원이신데, 지금 먼 나라에 출장을 가 계시고요. 엄마는 병원에서 간호사로 일하고 계세요. 저는 엄마 아빠를 너무 사랑하고 존경해요. 나중에 꼭 친구들에게도 소개해 주고 싶어요……."

진실이라곤 하나도 없는 자기소개를 끝마치고, 나는 휘청거리는 몸을 필사적으로 버텨가며 자리에 앉았다. 일곱 살의 나는 이제 막 거짓말을 발명해 낸 참이었다. 반 아이들은 의심이라곤 하나도 없이, 기계 같은 동작으로 손뼉을 치다가 곧 이십이 번 아이의 자기소개에 귀를 기울였다. 그 다음은 이십삼 번, 그 다음은 이십사 번, 또 그

다음은…….

담임은 첫 시간이 끝나자마자 날 교무실로 불렀다. 그 조용한 교무실에서 나를 마주 앉혀 놓고, 짧은 순간 침묵을 지켰다. 그 몇 초는 내게 영원처럼 느껴졌다. 다시는 되돌아갈 수 없는, 어떤 결정적 순간들을 마주한 채 그 자리에 얼어붙었다.

이윽고 담임은 가까스로 말을 꺼냈다. 짐작컨대 당시의 그녀로서도 많은 고민이 필요했을 것이다. 이런 경우에 어떻게 말해야 하는지는 교대에서도 배운 적이 없을 테니까.

"왜 친구들 앞에서 그런 거짓말을 했는지는 묻지 않겠다. 그런데 어린 나이부터 그렇게 자신을 속이는 건 나쁜 행동이야. 알겠니? 다시는 그러지 마라."

나는 다시는 그러지 않겠다고 대답했다. 물론 거짓말이었다.

집에 돌아갈 때에는 또다시 혼자였다. 할머니는 온종일 내가 돌아오기만을 기다리신 듯했다. 내가 신발을 다 벗기도 전에 "학교 첫날은 어땠니, 재밌었어?" 하고 물어오셨다. 아! 그렇게 작위적이고 발랄한 질문이라니. 그 나이대의 노인답지 않게 긴장한 기색이 역력했다.

나는 그런 할머니의 눈을 똑바로 바라봤다―이것은 거짓말을 할 때 가장 중요한 부분이었다―그리고 환하게 웃으면서 '모든 게 재미있었다'고 대답했다. 그러자 할머니는 내 머리를 마구 헝클어트리며 쓰다듬어 주고, 갈비뼈가 부러질 것처럼 세게 껴안아 주기도 했다. 어린 귓가에 안도의 한숨이 스쳐 지나갔다. 말 그대로 십년감수하신 모양이었다.

"그럼, 그럼. 잘하지, 우리 손자는. 앞으로도 잘할 거야. 앞으로도."

그렇게 난 하루가 다 가기도 전에 총 세 번의 거짓말을 했다. 인생 처음 거짓말을 발명했던 그날만 해도 꼭 세 번이었다.

그날 저녁, 할머니는 식사가 끝난 후 언제나처럼 짧은 기도와 함께 성서의 한 구절을 내게 읊어 주셨다. 최후의 만찬을 끝내고 죽음을 맞이하러 가던 예수님이, 자신의 충직한 제자와 이야기를 나누는 대목이었다.

"……내가 진실로 네게 이르노니, 오늘 이 밤 닭이 두 번 울기 전에 네가 세 번 나를 부인하리라. 베드로가 힘있게 말하되, 내가 주와 함께 죽을지언정 주를 부인하지 않겠나이다 하고 모든 제자도 이와 같이 말하니라……." 할머니는 그쯤해서 무언가 가득 찬 표정으로 성서를 덮으시고, "아멘" 하고 말씀하셨다.

"아멘."

나도 따라 말했다. 마주 닿은 두 손이 저도 모르게 떨렸다. 고개를 들자 십자가에 못 박혀 있던 예수님이 고개를 저어 보였다. 용서는 저 멀리에 있고, 고해성사를 받기엔 너무 어린 나이였다.

〈거짓말의 발명〉

5

'○○님을 디바이스에서 완전히 삭제하시겠습니까?'

"확인" 버튼을 눌렀다. 몇 초 걸리지도 않았다. 머잖아 너와 관련된 모든 기록이 삭제됐다. 우리가 만나 헤어지기까지의 흔적 모두가 삼 초도 안 돼서 전부 사라졌다. 내가 네게, 네가 내게 마음을 주고, 퍼붓고, 지치고, 꺾이고, 깎아내고, 덜어내고, 게워내고, 버리는 데 걸린 오 년의 과정이 터무니없을 만큼 허무하게 사라져 버렸다.

지난 몇 년간 모바일 클라우드 기술이니 인공지능을 이용한 안면인식이니 하는 것들이 그렇게나 발전했을 줄은 몰랐다. 하나의 계정으로 통합된 페이스북, 인스타그램과 블로그와 저장공간 구석에 처박아뒀던 커플 앱에 이르기까지, 버튼 하나를 누르는 것으로 모조리 통제할 수 있었던 것이다. 터치 한 번이면 모든 기억이 사라지기라도 하리라는 듯.

"당연하지. 요즘 세상이 어떤 세상인데." 수화기 너머의 친구가 말했다. "동영상이고 사진이고 걔 관련한 건 싹 다 삭제됐을 걸. 안면인식 그거 최근에 정확도 장난 아냐. 네 여친……아니지, 전 여친 분이 몇 년 동안 얼굴 변화가 크게 있었던 것도 아니라며?"

"맞아. 바뀐 게 없지." 나는 힘없이 말했다. 정말 그랬다. 겉으로 봤을 때 민경이는 바뀐 게 거의 없었다. 어깻죽지까지 늘어트린 생머리가 여전히 눈부셨으며, 뚜렷한 이목구비부터 목덜미로 내려가는 곡선은 아름다웠다. 바뀐 것이라곤 서로에 대한 마음뿐이었다.

지금 돌이켜보면 한 번쯤 단발을 시도해 볼 법도 했다. 새내기 시절부터 몇 년 동안이나 되는 연애를 이어가다 보면 더욱이 그렇지 않은가. 그럼에도 민경이는 늘 긴 머리만 하고 다녔다.

언젠가 나는 민경이에게 "너만큼 긴 생머리 잘 어울리기도 힘들지" 하고 너스레를 떤 적이 있다. 그러면서 그 가늘고 빽빽하고 부드러운 머릿결이라는 게 각고의 노력으로 겨우 유지될 수 있었다는 건, 먼 나중이 돼서야 겨우 알았다.

"정말 하나도 없다고?"

친구와의 통화 내용은 반신반의에서 확신으로 변해갔다. 삼만 장이 넘었던 사진첩은 그새 수천 장으로 쪼그라

들었다. 동영상은 남은 게 거의 없었다. 연락처는 물론 카톡 친구 목록에도 민경이가 사라져 있었다. 혹시나 해서 '차단된 친구' 목록을 조회했지만 마찬가지였다.

페북이나 인스타에서도 사정은 똑같았다. 서로 바쁘게 태그했던 게시물도, 웃고 떠들었던 댓글도 온데간데없었다. 소름이 돋았다. 원터치. 그저 손끝 한 번 닿았을 뿐인데. 이거야 무슨 통신사 광고 문구 같지 않은가.

하루 온종일 등줄기가 서늘했다. 그런 와중에 '필름카메라로도 사진 찍어보는 건 어때?' 하던 민경이의 목소리와, 거기에 '휴대폰이 있는데 뭐 하러 쓸데없는 짓을 해' 했던, 내 무심한 답변이 몇 번이고 머리를 울려왔다.

'고객이 전화를 받지 않아 삐 소리 이후 음성사서함으로 연결되며……'

민경이는 내 번호를 완전히 차단한 것 같았다. 알고 보면 그 반대일 수도 있지만.

아무튼 나는 이제 어떤 방식으로도 민경이에게 접근할 수 없었다. 얼마 전에 옮겼다는 집 주소도, 주위 사람들의 전화번호도 몰랐다. 미리 알아놓을 걸 하는 후회조차 한심스러웠다. 불과 일주일도 안 되는 사이에 나는 완전히 다른 상황에 처한 완전히 다른 인격의 존재가 된 것 같았다.

함께 찍었던 사진 한 장 남지 않았다. 뒤늦게 껍데기만

남은 사진첩을 몇 시간 동안 뒤졌다. 그래봤자 기계니까, 찾아보면 대여섯 장쯤은 남아 있겠지 싶었다. 왜 이런 짓을 하는 걸까. 찾는다 해도 내가 뭘 할 수 있단 말인가. 그래도 찾는다. 하는 수 없이.

오산이었다. 인공지능의 안면인식은 이제 인간의 판단력보다도 날카로워 보였다. 데이트 당시 찍었던 사진이나 평소 주고받았던 셀카, 거기에 소위 말하는 엽사까지 가리지 않고 모조리 삭제해 놓았다. 내 이십 년 남짓한 인생 속에 그런 인물은 처음부터 존재하지 않았다는 듯이. 도리어 언제고 널 떠올릴 수 있는 내 기억쪽의 오류라는 듯이.

· · ·

"그래도 한 장은 건졌네." 친구는 소주병을 내 잔 쪽으로 들이밀었다.

"글쎄, 이걸 건졌다고 해야 하나." 나는 잔을 내미는 동시에 말끝을 흐려 버렸다. 꼭 사진 속 민경이의 모습 같았다.

"그래도 그렇게라도 기억할 수 있는 게 어디야? 어디 한 번 봐봐." 친구가 부러 잔을 부딪으며 말했다.

나는 잔에 가득 찬 소주를 쭉 들이켰다. 그리고 휴대폰 사진첩을 열어서, '즐겨 찾는 사진' 폴더 맨 위에 있던 그 이미지를 띄워 보였다.

"뭐야 이게." 친구는 미간을 푹 찡그렸다. "너무 멀어서 제대로 보이지도 않잖아."

"그러니까 같이 삭제가 안 됐겠지. 아마도 배경으로 인식한 거 아닐까?" 나는 휴대폰 화면을 거둬들였다. 나도 모르게 멋쩍은 표정이 됐다.

"그게 민경 씨가 맞긴 한 거야? 확실해?"

"응." 나는 염치없이 대답했다. "어떻게 확실하지 않겠어. 거기서 처음 만났단 말이야. 스무 살 첫 학기 때."

나는 그 자리에서 한참 동안 사진을 들여다봤다. 살아 있던 움직임을 멈추고 남아 있는 모든 정신력을 그 사진—그 흐릿한 민경이의 모습—을 쳐다보는 데 쏟아부었다.

돌연히 시간이 멈췄다. 둘만의 추억이 난생 처음 마주친 그날, 그 돌계단 앞에서 오랫동안 멈춰 있었다. 캠퍼스 가장자리를 수놓았던 등나무 가로수길, 가득히 채우던 연보랏빛 꽃잎들까지 못내 흐드러지다 말았다. 모든 것들이 거기서 시작됐다. 마음, 믿음, 심지어 이별까지도.

〈등나무의 꽃말〉

6

"당신은 사지가 멀쩡한, 아주 건강한 몸을 가진 청년이에요. 가슴 안에는 뜨거운 열정과 무한한 가능성을 지니고 있고, 눈빛에는 무엇이든 해내고야 말겠다는 강한 의지가 느껴져요." 남자가 빙긋 웃으며 말했다.

나는 다소 쭈뼛거리는 태도로 그러냐고 되물었다.

"그럼요. 젊음이라는 건 돈 주고도 살 수 없는 것이에요. 지금 이 순간을 소중히 여기지 않으면 순식간에 낡은 인간이 되고 맙니다."

"당신은 낡지 않았나요?"

"저도 조금은 낡았죠. 그건 인정합니다. 하지만 저는 저 자신을 꽤 잘 다듬어가고 있다고 생각해요. 시간이 지나서 낡아가는 거야 어쩔 수 없는 자연의 섭리이지만, 공들여 손질하면 최대한 천천히 낡아가는 건 가능하니까요." 남자는 말하는 도중에도 연방 구두 끝을 까딱거렸다.

"멋진 말이네요. 저도 그렇게 되고 싶어요."

"제가 하고 싶은 말이 정확히 그거예요. 아니, 당신은 저보다 더 대단하고 위대한 일을 할 수 있어요. 젊은이의 앞에는 무한하게 뻗은 하나의 길이 있고, 그 길을 따라 쭉 걸어가면 무엇이든 될 수 있어요. 능력 있는 직원, 매력적인 배우자, 모범적인 부모, 편안하고 안락한 노후까지요. 그 모든 것이 일을 시작함으로써 있는 겁니다. 집에서 허송세월이나 하며 사는 게 아니라요."

"저도 놀고 싶어서 노는 건 아니에요." 다소 비겁한 답변이었다. 정말로 다행인지는 잘 모르겠지만. 난 그런 자신의 비겁함에 어느 정도 익숙해진 참이었다.

"당신과 저의 차이가 뭐라고 생각하나요?"

"글쎄요. 타고난 능력?"

"아, 전혀 아니에요. 저는 노력형이거든요. 타고난 재능은 오히려 요즘 친구들에게 많죠. 하나같이 공부도 잘하고, 영어도 잘하고, 대학 졸업장도 있으니까요. 제가 무슨 특별한 능력을 타고났다, 그런 생각은 한 적이 없어요."

남자는 실로 스스럼없는 표정으로 이야기하고 있었다. 그의 태도는 권위적이었지만, 정작 자신은 그런 권위를 인정하지도 않거니와 오히려 혐오하는 사람인 양 행세했다. 낡았다거나 늙었다거나 또는 썩었다는 말에 격앙된 반응을 보이는가 하면, 본인의 젊은 시절을 회상하는 이야기를 늘어놓으면서 은근슬쩍 나와 비슷한 세대인 척.

머리부터 발끝까지 나의 편인 척했다.

애매하게 늙은 어른들은 종종 이런 실수를 한다. 우리보다 인생 경험이 많지만 늙었다는 소리를 들을 만큼은 아니고, 우리만큼 젊기는 해도 어설프진 않다고 말하는 것이다. 젊어서 얻는 열정과 늙어서 가지게 되는 지혜 가운데 어느 하나 포기하지 않는다.

"저는 당신 나이 때부터 기회를 잡는 데 주저하지 않았다고요. 무슨 말인지 압니까? 참, 노력하라는 말을 요즘 친구들은 싫어한다고요. 그래서 노력하라는 말은 웬만하면 안 하려고 합니다. 그런데," 남자는 이쯤해서 다리를 꼬고 앉았다. 자연스레 발목을 붙잡는 손길에 상의 소매가 슬그머니 젖혔다. 아주 비싸 보이는 손목시계가 금속성 광택을 뿜고는 사라졌다. "적어도 앞으로 나아가려는 '시도'는 해 봐야지요. 안 그렇습니까? 앞에 있는 어떤 길목만 넘어가면 되는 거라고요. 아주 작은 용기만 내면 됩니다. 도전하고 또 도전하라고요. 그 정도는 노력할 수 있잖아요? 아니에요?"

"네, 아니에요." 나는 목구멍 밖으로 튀어나온 대답에 한 번, 그런 소름끼치는 반항을 저질러 버렸다는 사실에 두 번, 결국 평소에도 그런 생각을 하며 살아 왔다는 자각에 세 번 놀랐다. "―아니에요. 아니라고요. 저는 못해요. 나갈 수 없어요. 앞으로 갈 수 없어요."

"흠, 그런 태도는 무척 어이가 없네요. 시도조차 하지 않으면서, 내가 열심히 노력해서 얻은 것들을 거저 얻으려 드는 모습이." 남자는 가증스럽다는 투로 말했다. 애써 비아냥대려는 노력도 더는 하지 않았다.

"……그런 게 아니에요. 노력하지 않는 게 아니라고요."

"노력하는데 왜 앞으로 나가지 못하죠? 노력했다면 뭔가 나아간 흔적이 있어야 하는 것 아닌가요?"

"지금으로선 제자리뛰기 밖에 할 수 없어요."

"왜요?"

"왜냐하면," 내가 처연한 얼굴로 말했다. "당신이 쭉 거기 앉아 있으니까요."

남자는 아무 대꾸도 하지 않았다. 그동안 우리는 그의 그림자를 쳐다보면서, 어쩜 불쾌한 미소를 짓고 있지 않을까 추측이나 할 뿐이었다.

〈친절한 문지기〉

7

"하나님께선 인간이 절대 혼자 행복할 수 없다 말씀하셨습니다. 그 말 그대로입니다. 여러분! 인간은 사회적 동물입니다. 사회적 동물이란? 곧 종교적 동물입니다. 그렇지 않습니까? 안 그래요, 여러분?"

성전에 들어차 앉은 수백 명의 성도들이 동시에 아멘으로 화답했다.

"제가 목사라서 하는 말이 아닙니다. 종교가 곧 인류의 역사입니다. 전 세계, 저명한 사회학자들, 과학자들, 역사학자들이 입을 모아서 말해요. '인간의 역사 속에 이 종교만큼 위대한 발명품이 없다.' 왜 그렇겠습니까? 앞에서 말했잖아요. 인간은 절대로, 절대로 혼자 행복해질 수 없습니다. 할렐루야?"

"아멘."

"사랑하는 성도 여러분! 혼자 무인도에 가서 틀어박혀 있다고 생각해 보십시오. 평생 동안 혼자 살 생각을 해 보십시오. 끔찍하죠. 끔찍하지 않습니까? 그래서 인간에게 자유라는 것이 중요한 겁니다. 자유를 빼앗긴 사람은 개, 돼지와 다름없어요. 안 그렇습니까? 자유라는 건 혼자로서는 성립하지 않는다, 할 수가 없다. 그리고 혼자서는 행복해질 수가 없다. 왜? 하나님이 그렇게 만드셨습니다. 하나님이! 태초에 인간을 만들 때부터! 불완전한 존재로 만드셨습니다. 왜냐? 왜 하나님은 인간을 불완전하게 만들어서 이렇게 고통 가득한 세상에서 살게 하시냐? 그것은, 인간이 교만해서 그렇습니다. 교만해서요! 태초에 하나님이 어떻게 하셨습니까? 자신과 닮은 인간을 창조하신 다음에 어떻게 하셨습니까? 어떻게 하셨어요? 왜 대답이 없습니까, 다들 창세기 안 읽어 봤어요? 성경 안 읽어요?"

목사가 서 있는 강대상 주위로 웅성거리는 소리가 들렸다. 대부분은 대꾸하길 주저했지만, 그나마 들리는 대답들도 제각기 달라 부산스러웠다.

"에덴동산으로 인도하셨습니다. 맞죠? 부족한 것이 없고, 어떤 고통도 재난도 없는 낙원에 인간을 살게 하셨단 말입니다. 그런데도 인간은 죄를 짓습니다. 어떻게든 죄를 지어요. 자신이 저지른 죄 때문에 스스로 고통 받고 힘들어합니다. 교만하거든. 이 교만하기 짝이 없는 인간이, 하나님의 은총으로 태어난 주제에 혼자 다 해먹으려고 하거든. 여러분도 아시다시피, 인간이 혼자 뭘 할 수 있습니까? 하늘이라도 날 수 있어요? 짐승 무리로부터 몸을 지킬 수 있습니까? 동물들을 쭉 둘러보다 보면 인간만큼 나약하고 어리석은 생명체가 없다 이 말입니다. 그럼에도 우리 인간이 여태 살아가고 있는 이유는 무엇이냐. 하나님이 왜 우리 오만한 인간을 이토록 불완전한 세상에 정착시키셨느냐. 바로 사랑을 배우게 하기 위함입니다. 어떤 사랑? 하나님의 사랑, 죄 많은 인간들을 용서하고 영원히 행복한 나라로 인도해 주는 사랑, 간악한 짐승과 사탄의 무리로부터 우리 모두를 지켜주는 사랑 말입니다."

"아멘—"신도들이 응답했다.

"그런 기회를 우리가 왜 못 잡습니까? 하나님이 우리 인간의 죄를 사하시고, 용서하시고, 다시 천국으로, 에덴동산으로 인도해 주시려 자비를 베푸시는데, 우리가 왜 기회를 못 잡습니까? 혼자 살려고 하기 때문입니다! 뿌리 깊은 이기주의! 이 지옥 같은 세상에서 저 혼자 잘 먹고 잘 살겠다는 그런 이기주의! 이천 년 전 예수 그리스도를 십자가에 못 박아 죽였던 그 이기주의! 그런 것들 때문에 우리가 볼 수 없는 것입니다. 무엇을? 무엇을 볼 수 없겠습니까? 하나님이 인도하실 세계, 천국. 에덴동산이 바로 코앞에 있는데도 우리는 보지를 못합니다. 어떤 이들은 알지도 못합니다. 신앙이 있고 자신의 죄를 아는 사람들만이 겨우 그곳에 낙원이 있다는 것을 압니다. 믿습니다. 아멘!"

"아─멘." 신도들이 응답했다.

"사랑하는 성도 여러분 이런 말을 들어 보셨을 것입니다. 뭉치면 살고! 흩어지면 죽는다! 이것이 성경이 말씀하는 내용입니다. 하나님 말씀 따라서 뭉치면 우리 죄많은 영혼들이 구원받고, 그렇지 않고 혼자 이기주의로 살아가면은 지옥불에 영원히 고통받는 것입니다. 고독하게, 영원히. 그렇게 되지 않으려면 우리부터 노력해야 합니다. 인간은 혼자 행복할 수 없습니다. 담 너머에 있는 행복의 세상을 보지 못합니다. 오직 함께 있어야만 행복을 넘볼 수 있습니다. 하나님을 믿고, 의지하는 우리 성도들처럼 서로 다리가 되어 주고, 받침대가 되어 주고, 제 몸과 마음을 다 희생해서 위로 보내 주는 이들이 있어야만 천국을 확인할 수 있습니다. 또 그래야만이 하나님이 우리의 믿음을 확인하실 수 있습니다. 주님께서는 말씀과 하나 되어 살아가는 우리 인간들을 굽어 살피십니다." 목사는 도연히 목이 멘 듯 몇 차례 헛기침을 한 다음 말을 이었다. "성도 여러분, 제가 이런 이야기를 왜 하느냐. 왜 하겠습니까? 모두가 아는 이런 얘기를 제가 왜 굳이 꺼내겠습니까? 답답해서 그러지요. 예? 뉴스 보셨습니까? 보셨어요?"

목사가 물었지만 아무도 대답하지 않았다. 둔중한 침묵이 성전의 천장으로부터 내리깔렸다.

"……이단이랩니다! 이 대한민국이 우리 교회와, 수십

년 동안 교회에 몸담아 온 목사 그리고 교인들을 하루아침에 이단 만들었습니다! 제가 말했지요? 대한민국 교회만큼 썩은 곳이 없다고. 썩고 썩고 썩어서 우리 나약한 힘으로는 어쩔 수 없는 지경이 됐습니다. 대한민국 전체가 소돔이고 고모라 아니에요? 이러다가 하나님이 이 땅에 있는 사람들 싹 다 지옥으로 보내버려도 할 말 없습니다. 아무리 억울해도 할 말 없습니다. 하나님 말씀 하나만 믿고 나아가지 않으면, 힘을 합치지 않으면 아무것도 되지 않습니다. 할렐루야?"

"아멘!"

"성전 증축을 왜 하냐고 그럽니다. 그걸 왜 묻느냐 하니 이미 크답니다. 우리 교인들 중에도 그러는 분들 있습니다. 내 기가 차서……둘러보십시오! 우리 이단들! 하하하, 혼자 날 수 없어서 이 둥지에 몰려든 어린 양들이 수백수천 명입니다. 하나님이 굽어보시는 이 둥지를 더 크게, 더 높게 만드는 것은 당연한 일입니다. 교회에 내는 헌금을 아까워 마십시오. 하나님께 바치는 것을 아까워하면 안 됩니다. 그 정성이 조금 조금씩 모여서 교회의 벽돌이 되고 은총이 됩니다. 그 몇 푼 아껴서 부자되겠습니까? 아니면 하나님 날개 아래 영원히 복 받겠습니까? 바보가 아니면 알지 않겠어요? 이런 건 바보도 압니다. 개, 돼지들도 삼세 번쯤 말하면 알아듣습니다. 그런데 여러분은 뭐하십니까. 제가 여기서 목이 터져라 몇십 번을 이야기하고 호소의 말씀을 드렸는데요. 돈이 없어 공사를 착수하지 못하는 교회 어디 찾아보십시오. 우리 교회밖에 없습니다……그래도 용서합니다. 하나님이 용서하고 제가 용서합니다. 그저 하루빨리 우리 교회, 이 영광스러운 둥지를 넓히고 높여야만이……저 구름으로 된 담 너머에 있는 하나님 나라를 볼 수 있습니다. 인간은 날개가 없습니다. 발톱도 없습니다. 눈도 나쁩니다. 저도 눈 나빠서 안경을 씁니다! 사람은 혼자 날 수가 없습니다. 태어나길 그렇게 태어났습니다. 그러므로 우리는 서로 사랑하고, 말씀으로 하나 돼 높이 올라가야 합니다. 감히 혼자 날려고 하지 마십시오. 벌 받습니다. 교만이 하늘을 찔러 패가망신합니다. 믿으십시오. 인간은 날 수 없습니다. 날 수 없기에 서로 희생하고 받치는 역할을 해 줘야 합니다. 그것이 사랑이고 주님을 향한 순종입니다. 순종하십시오. 여러분, 순종하십시오……."

예배는 얼마지 않아 끝났다. 성도들의 기부금 행렬이 이어졌다. 내년 이맘때쯤 교회는 지금의 두 배 높은 건물이 되어 있을 예정이었다. 첨탑 꼭대기에 서면 한강 이남이 훤히 내려다보일 것이다.

〈바벨탑이 무너지랴〉

8

'역시 불편해.'

나는 부산역에서 출발하는 고속열차에 올라탔다.

업무 특성상 철도를 이용해 지방을 다니는 일이 익숙해지기는 했다. 어떤 낯선 일들도 삼 년이나 지나고 나면 별 것 아닌 것 같이 돼 버리니까. 그래도 서양인 체형에 맞춰 나왔다는 KTX 좌석만큼은 영 몸에 붙질 않았다.

회사는 참 별것도 아닌 일에 먼 곳까지 출장을 보내곤 했다. 멀리 가는 것도 일이라면서 특실은 허락해주는 법이 없었다. 하기야 내가 직접 걸어가는 것도 아니고, 시속 이삼백킬로미터로 달리는 열차 좌석에 앉아 바깥 풍경이나 지켜보는 건 일보다 휴식에 가깝다.

정차역이 거의 없다시피 한 고속전철이 속도를 내기 시작한다. 창밖 풍경은 너무도 빨리 스쳐간다. 좀처럼 눈에 초점이 잡히지 않았다. 이따금 교외의 논밭, 산간에 펼쳐진 비포장도로가 펼쳐졌다가도, 뭐가 있나 보려고 치면 깜깜한 터널이며 철제 가림막으로 암전돼 버리곤 했다.

부산에서 출발해 두 시간여 만에 서울에 도착하는 열차. 그런 고속교통수단을 수없이 타다 보면 몇 가지 사실을 깨닫는다. 교과서에서 배운 대로 대한민국에는 참 크고 작은 산이 많다는 것, 그리고 겨우 두 시간도 안 돼 국토를 가로지를 만큼 좁아터진 나라라는 것. 이렇게 좁은 땅덩어리에, 그보다 수천 배는 작을 서울이라는 도시에 오분지 일이 넘는 사람이 모여 산다는 것. 아무리 생각해봐도 실감이 나지 않을 때가 종종 있다.

그렇게 좁은 나라조차 수십 분 간격을 두고 휙휙 날씨가 바뀐다. 내가 출발하던 부산에서는 부슬부슬 비가 내리고 있었는데, 대구를 지날 즈음에는 그냥 흐리고 습한 날씨가 됐다. 그런가하면 대전역 부근은 쾌청한 가운데 가끔 부는 바람이 쌀쌀하고, 경기도에 접어들자 별안간 눈이 내리기 시작했다. 사계절이 뚜렷한 나라라는 건 진절머리가 나도록 배운 내용이지만……그렇게 직접 보면서 지나가자니 실로 다이나믹해서 골치 아픈 나라 같았다. 더도 말고 덜도 말고 딱 캘리포니아 날씨만 돼도 좋을 텐데. 물론 날씨가 좋다는 얘기만 들었지, 캘리포니아 같은 곳에 직접 가 본 적은 없다. 딴 나라 얘기는 다들 쉽게 할 수 있는 거니까.

객차의 움직임에 따라 머리가 따라 흔들거렸다. 그 무

럼 나는 몹시 피곤한 나머지, 차창에 머리를 기댄 채 멍하니 철길을 내려다보고 있었다. KTX 정도로 빠르게 움직이다보면 눈앞의 모든 것들이 시시각각으로 바뀌는데, 오직 하나 바뀌지 않는 것이 그 사다리 모양의 철길이었다. 열차는 철길이 있는 곳으로만 달리기 때문이다. 그건 열차뿐만 아니라 나도 그렇다. 같은 칸에 타고 있던 다른 모든 승객들도 그럴 것이다. 그야 다들 객실에 몸을 싣고 있지 않은가.

다만 그날은 철길에도 눈이 소복이 쌓여서 그냥 바라보기만 해도 기분이 고즈넉해졌다. 지금쯤 서울에도 눈이 내리고 있을까? 올해 성탄절에는 또 얼마만큼의 눈이 내릴까? 그런 별 볼 일 없는 생각을 하고 있을 때였다.

그것은 짧은 몽타주처럼 한순간에 일어났다. 그동안 창밖에는 제법 굵은 눈이 날리는 뒤로 새하얗게 뒤덮인 둔덕, 산과 그 앞으로 논밭과 비닐하우스들만이 오랫동안 이어지고 있었는데, 먼 곳을 지나는 낭만인지 타성인지 모를 것에 젖어 있다가 꾸벅꾸벅 졸려갈 쯤 보였다……그걸 뭐라고 표현해야 할지 모르겠다. 빨갛게 뒤범벅된, 정체불명의 덩어리 같은 것이 순식간에 철길 위쪽을 스쳐지나갔다.

'……방금, 뭐였지?'

돌연 등줄기가 싸늘해져서 눈이 번쩍 뜨였다. 뒤늦게

뒤로 고개를 꺾어 내가 본 게 무엇인지를 확인하려 했지만, 하필이면 그때 열차가 긴 터널에 접어들었다. 모든 것이 캄캄해졌다. 하는 수없이 몸을 원래대로 돌려놓았다. 침침한 객실 속에서 심장이 벌렁벌렁 뛰었다.

'아니지, 아닐 거야.' 나는 생각했다. 그래도 그건 분명히 무언가의 주검이었다. 얼마 안 된 죽음의 흔적. 새하얀 도화지 위에 검붉은 물감이 떨어진 모습. 도저히 잊으려야 잊을 수 없는 충격적인 잔상이 남았다. 불과 일 초도 안 되는 시간에 '사망'이라는 단어가 떠올랐다. 그동안 살아오면서 이보다 더 잔인한 색을 본 적이 있었던가 싶어졌다.

종착역까지는 사오십 분 안팎을 남긴 찻간이었다. 절반이 넘는 사람들은 잠들어 있었고, 눈을 뜨고 있는 사람들도 절반은 이어폰이며 헤드폰으로 귀를 감싼 채 화면을 쳐다보고 있었다. 그럼에도 불구하고 나를 포함해 창밖을 보고 있던 사람도 몇 명은 되는 모양이었다. 터널을 지나는 찻간은 조용히 웅성거리는 소리로 휩싸였다.

이런 와중에도 나는 그 덩어리가 사람이 아니기만을 기도했던 것 같다. 요령부득한 야생동물 하나가 길을 잘못 들었다가, 시속 수백 킬로미터로 지나가던 철골에 부딪힌 거겠지⋯⋯그런 일들은 생각보다 자주 일어난다. 주로 피해를 입는 건 산에서 뛰쳐나온 고라니나, 멧돼지 같은 녀석들이다. 아무리 분별이 없기로서니 다가오는 열차도 못 피해서야. 그대로 살아 돌아갔더라도 금방 누군가의 먹잇감이 됐을 게 뻔하지.

그래, 자연스러운 일이다. 자연스러운 일, 그런 말을 수차례씩 되뇌는 스스로가 겸연쩍었다. 어째서일까? 왜 내가 그런 데에다 신경을 쓰고 있지? 딱히 내가 잘못한 것도 아닌데. 그런 일은 누구의 잘못도 아니다. 실제로 랜디 존슨이 던진 강속구에 비둘기가 맞아 죽은 일도 있었지만, 그 위대한 좌완 투수를 욕한 사람은 아무도 없었다. 이런 건 말하자면 하나의 해프닝이고, 천문학적 확률의 우연한 일치에 불과했다.

그런 와중에 자동개폐식 문이 윙, 하고 열렸다. 수시로 인원을 확인하러 오는 승무원이었다. 승무원은 가능한 조용한 발걸음으로 복도를 걸어 지나면서, 정해진 자리에 알맞은 만큼의 승객이 착석하고 있는지를 확인했다. 내 자리는 객실 중간쯤에 있었다. 나는 곧 기도를 바꿔 승무원이 내 곁을 지나가기 전에 누군가 자리에서 일어나기를 바랐다. 간절히 바랐다.

그러나 그런 일은 일어나지 않았다. 승무원이 지나 걸어온 곳에는 정적밖에 남지 않았다. 침묵을 깨트린 건 오히려 창백해진 내 얼굴 쪽이었다.

"혹시 무슨 일 있으신가요?" 승무원은 내가 앉은 쪽으로 허리를 구부리고 물었다. 사무적으로 하는 말이었겠지만, 실로 예의바르고 사려 깊은 목소리였다. 그 온기 넘치는 음성에 정신이 아찔해졌다.

"아, 그게……," 나는 말을 더듬었다. 살다 보면 말할 생각이 없어도 반드시 뭔가를 말해야 하는 상황이 온다. 그게 정말 어처구니없는 거짓말에 불과하더라도. "그냥 좀 추워서 그런 것 같아요. 괜찮습니다."

"아, 그러시군요. 그럼 제가 객실 온도를 조금 높여드려도 괜찮을까요?" 승무원이 친절한 목소리로 되물었다.

"그렇게 해 주시면 고맙죠." 나는 기운이 살짝 빠진 목소리로 대답하고 말았다.

승무원은 꾸벅 고개를 숙여 인사한 다음, 아무 일도 없었다는 듯 다음 칸으로 향했다.

얼마지 않아 열차는 종착역에 도착했다. 하지만 날 포함해 '그때 창밖을 보고 있던 사람들'에게는 그 시간이 무던히도 길었을 것이다. 온갖 번잡스런 생각을 지나 최근 자신의 정신적 피로함이며, 잠시나마 섬뜩한 환각이 보일 만치 신경이 과민해졌나 하는 걱정을 하면서.

'생각보다 몸 상태가 안 좋은 것 같아. 빨리 집에 가서 쉬어야지. 내일 연차를 쓰는 것도 생각해 볼 일이야…….'

그런 생각을 하며 대합실로 향했다. 널따란 로비가 펼쳐졌다. 수십 번은 와 봤던 장소였는데 그날따라 유독 시끄러운 느낌이 들었다.

멋쩍은 마음에 몇 번 시선을 돌려봤다. 매표소 앞쪽에서 열 명 쯤 되는 사람들이 고래고래 소리를 지르며 소란을 피우고 있었다. 소란은 내가 걸어 지나는 동안 계속 이어졌다. 로비에는 직접 응대 중인 코레일 직원 외에도 몇 명 더 있었지만, 굳이 그 일에 관여하고 싶지 않다는 눈치로 가만히 서 있었다. 그중 한 사람에게 지나가는 말로 물었다.

"무슨 일인데 저 난리래요?"

"아, 예. 열차가 연착되어서요." 직원이 답했다. "인명 사고가 있었거든요."

"……네? 아이고, 어쩌다가요?" 말하는 도중에 스스로의 능청스러움에 소름이 돋았다.

"거기까지는 잘 모르겠습니다. 그냥 기찻길에서 만신창이가 되어 있었다네요. 사람은커녕 고라니 한 마리 치인 적이 없는 길이라는데, 참 희한한 일입니다. 그래도 뭐, 일단 빨리 수습을 해야겠죠."

"……그러네요." 나는 어안이 벙벙해진 채 대꾸했다. "참 희한한 일도 다 있네요……."

나는 그길로 집에 돌아갔다. 도착해 몸을 씻자마자 깊은 잠에 들었다. 일어나 시계를 보니 벌써 저녁때가 훨씬 지나 있었다. 난 또다시 별생각 없이 텔레비전의 전원을 켜고, 또 아무 느낌 없이 뉴스를 틀었다. 마침 선로에 쓰러져 있던 오십대 취객이 경부선 열차에 치여 열차가 두 시간 이상 연착되었으며, 이에 따라 이용객들이 불편을 겪었다는 보도가 나오고 있었다. 사체가 워낙 처참히 흩뿌려진 탓에 수습하는 데도 오랜 시간이 걸렸다고 했다. 이어지는 인터뷰에서, 사건을 담당한 부검의는 '죽은 지 만 하루가 넘게 지났다'고 설명했다. 나는 황망히 텔레비전을 끄고 거실 난방기를 틀었다. 완연한 겨울이었다.

〈Everything happens to me〉

9

　버려져 상처 입은 사람은 무엇이든 돌아오리라고 믿는다.

　태어나 처음으로 보육원을 찾았다. 크고 작은 아이들이 서른 명 정도 입원해 있는 곳이었다.

　건물 내부는 대체로 조용한 편이었다. 천장 모서리에 스피커 몇 개가 부착돼 있었지만, 취침 시간을 알리거나 봉사자를 호출하는 용도로 가끔 사용할 뿐이었다. 음악을 트는 경우는 없었다. 동료 자원봉사자의 말에 의하면 '긍정적이거나 활기찬 음악을 틀어 봤자 분위기가 더 잔인해질 뿐이다'. 하기야 놀이방에서 일과를 보내는 아이들은 이미 할 수 있는 최대한의 활기를 띠는 것 같았다.

　보육원에서 일하는 사람들은 어떤 아이가 '얼마만큼의 마음을 소화할 수 있는지'를 파악해야 한다. 여기서 '소화할 수 있다'는 것은 '가능' 여부와는 사뭇 다르다. 가령, 어떤 아이가 한 끼니에 먹을 수 있는 최대한의 양이 짜장면

두 그릇쯤 된다고 하자. 그 이상은 물 한 방울도 입에 더넣을 수 없을 만큼 완벽하게 배가 꽉 차 있다고 가정하는 것이다. 이쯤 되면 누구라도 필연적으로 배탈이 나서 고생하게 되고, 소화기능이 정상적으로 되돌아오기까지 제대로 된 식사를 할 수 없게 된다. 따라서 이 아이에게 '소화 가능한 양'이라고 하면 짜장면 한 그릇이 채 안 된다. 사람은 단 한 번의 끼니로 평생을 살 수 없기 때문이다.

"그러니까 너무 정을 많이 붙이면 안 돼요." 몇 년째 일하고 있다던 봉사자가 말했다. 처음에는 알겠습니다, 하고 대답하고 말았는데, 선뜻 그 말이 이해가 되진 않았다. 그야 봉사의 대상인 아이들을 막 대해서야 안 되겠지만. 아주 친절해서도 안 된다니 대체 무슨 소리일까……나는 그 이유를 첫날이 다 지나가기도 전에 깨닫고 말았다.

"선생님! 우리 엄마는 언제 와요?" 이번에는 일곱 살쯤 돼 보이는 남자아이였다. 그때가 정확히 다섯 번째였다. 다섯 명의 다른 아이가 똑같은 질문을 한 번씩 했던 것이다. '새로운 봉사자가 오면 이렇게 물어보자'고 저들끼리 약속이나 한 것 같았다. 나는 그때가 돼서야 알았다. 봉사자가 한 말의 뜻은 물론이고 내가 너무 늦게 깨달았다는 것까지.

그렇게 한 달이 다 되어 갈 무렵이었다.

"선생님이 엄마 오신댔어! 선생님이 오실 거라고 했단

말이야……."

　내가 돌아갔을 땐 이미 모든 일이 벌어진 뒤였다. 한 아이가 울음을 그치지 않고 소리를 질러댔다. 놀이방에 있던 벽지가 마구잡이로 뜯겨 있는 가운데, 파란색 크레파스로 기이한 형상 하나를 묘사해 놓은 것이 눈에 띄었다. 아이들이 엉성한 솜씨로 그린 '커다란 고래'였다. 나는 그걸 알아차리는 순간 온몸에 힘이 풀려서, 서 있던 자리에 그대로 쓰러질 뻔했다.

　"정확히 뭐라고 말씀하셨는데요?" 원장은 가까스로 화를 가라앉히며 물었다.

　"그, 저는……"

　나는 나 자신을 꽤 책임감 있는 성격이라 자부하며 살았다. 이제 와보니 턱도 없는 착각이었다. 책임감에 대한 확신이라는 것은, 대개 자기 자신에 대한 과대평가로 이어진다. 그때는 알지 못한다. 세상에는 나 '따위'가 절대 해결할 수 없는 문제도 있다는 것을.

　"저는 그냥……,"

　순간적으로 도망치고픈 마음이 일었다. 원장으로부터 되돌아올 말이 너무도 두려웠다. 난 그런 말을 하지 않았다고, 다른 사람이 한 말을 아이들이 착각했을 거라고, 되도 않는 변명이나마 늘어놓고 싶었다. 하지만 솔직히 말하지 않으면 그나마 남은 시간조차 모두 무너질 것 같다는, 가늠 못할 두려움이 엄습해왔다.

"······아이가 엄마가 언제 돌아오냐고 물어서요."

"네." 원장의 짧은 대답이 내게는 지나치리만치 냉정하게 느껴졌다.

"언젠가 올 거라고 대답했습니다. 그 고래가 다 크면 돌아온다고요······."

"놀이방 벽지에 있던 고래요?" 원장은 기다렸다는 듯 다시 물었다. "뜯겨나간 그 부분에 있던 거, 맞나요?"

"네." 나는 고개를 숙인 채 대답했다.

원장은 안경을 벗어 내리며 말했다. "그 아이 부모님, 두 분 다 돌아가셨어요. 교통사고로. 알고 계셨나요?"

"네. 나중에 듣고."

"그래요. 그동안 수고 많았어요. 사물함에 넣어 놓은 물건 있나요?"

"없습니다." 내가 대답했다. 여전히 고개를 숙인 채.

"네. 그럼 안녕히 가세요." 원장의 마지막 말이었다. 그렇게 내 짧은 봉사 활동은 끝났다.

• • •

버려진 이들이 믿음을 가진다는 것은, 목마른 이가 바닷물로 갈증을 해소하는 일과 무척 닮았다. 왜냐하면.

알고 있기 때문이다. 자신이 이미 비극적 죽음을 향해 치닫고 있으며, 몸 안이 소금물로 푹 절여질수록 한층 더 고통스러우리라는 것까지 모두. 그런 이들에겐 훗날 비가 내릴 거라 믿는 일조차 독이 된다. 절망은 사람을 쓰러지게 만들지만, 희망은 쓰러진 그대로 있을 수 없게 만든다는 점에서 한층 잔인하다. 다리가 통째로 부러지거나 잘려나간 사람들에게는 더욱이.

사람들은 선한 의도를 갖고 한 일들이 으레 선한 결과를 가져오리라고 믿는다. 자신이 세상에 있는 거의 모든 종류의 슬픔을 알고 있다고, 모든 타인을 위로할 수 있다는 착각을 하며 산다. 내가 내미는 온정의 손길이 누구에게나 따뜻할 거라고 여기지만.

안타깝게도, 대부분의 동물은 자신의 체온을 모른다. 다른 누군가와 접촉해보기 전까지는 알 도리가 없기 때문이다.

내가 떠난 뒤 그 보육원은 꽤 큰돈을 들여 놀이방 벽지를 바꿨다고 한다. 벽지에는 그냥 보기에도 상당히 묘한 기분이 드는 무늬가 그려져 있었다. 그 형형색색 패턴이 아이들의 내재된 공격성을 경감시켜 준다는 이유에서였다. 나는 더 버틸 수 없어 울고 말았다.

〈고슴도치〉

10

"저는 방금 그 말에 동의하지 못하겠습니다, 교수님."

내 목소리가 강의실 벽에 부딪혀 돌아왔다. 일순간 얼마나 내부가 조용했는지, 환풍기 도는 소리가 다 들릴 지경이었다. 정신을 차려보니 스무 명 남짓한 수강생들 모두가 나와 교수의 얼굴을 번갈아 쳐다보고 있었다.

이 교수는 제멋대로인 사람이었다. 학생들의 의견은 커녕 동료 교수들이 하는 말조차 건성으로 듣고 넘기기 일쑤였다. 그런 양반이 십몇 년째 대학 강단을 지키고 있다는 사실에 대학 총장이나 이사회에 연줄이 있다는 소문도 돌았다.

그의 강의는 매년 이렇다 할 변화 없이 따분했고, 당연히 학생들로부터 좋은 평가도 받지 못했다. 이런 여론을 의식해서인지는 몰라도 한두 해 전부터는 강의 도중 질문이든 이의제기든 하여간 피드백 비슷한 것들에는 노골적인 거부감을 드러내 왔다.

"그래. 동의하지 않을 수도 있지."교수는 제 나름대로 침착하게 대응했다. "할 말 다 했으면 앉게. 중간시험을 별 탈 없이 보려면 이 부분을 꼭 들어야 하니까……."

"아뇨," 나는 대뜸 교수의 말을 끊고 반항적으로 대꾸했다. 이 교수의 성격이며 평판을 익히 알고 있던 학생들은 하나같이 '쟤가 미쳤나' 하는 얼굴로 나를 응시했다. 자세한 사정을 모르는 타과 학생들조차 뭔가 상황이 이상하게 돌아간다는 것쯤은 눈치챈 모양이었다. "제 할 말은 아직 끝나지 않았습니다. 교수님이 방금 말씀하신 문제에 대해 저는 완전히 다른 생각을 가지고 있고, 그래서 교수님께 꼭 질문 드리고 싶은 게 있어요."

"그걸 꼭 지금 해야 하나? 대학에서는 교수 면담이라는 것도 있는데."교수는 다소 쏘아붙이는 투로 덧붙였다. 다만 이 교수는 면담을 받아주지 않기로 악명이 높았기 때문에, 나는 어떻게든 그 자리에서 의견을 내지 않으면 안 되겠다고 생각했다.

"그렇지만 가능하면 여기서, 다른 학우들이 듣고 있는 가운데서 말씀드리고 싶은데요."나는 불쑥 태도를 바꿔, 공손한 자세로 되물었다. 명목상으로나마 부탁하는 입장에 있었으니 별수없었다.

"내가 왜 그렇게 해야 하지?"

"일대일 면담을 할 만큼 대단한 이야기는 아니라서요."

"하……." 이 교수는 당장이라도 드러눕고 싶은 사람마냥 피곤한 얼굴을 내비쳤다. "내가 한 말에 뭐가 그렇게 큰 문제가 있나? 어떤 부분이 그렇게 불만이지?"

"조금 전 교수님께서 말씀하시길, 사회가 어떤 일이나 직업에 얼마만큼의 의미를 부여하는지에 따라……"

"그 일의 가치가 구별된다고 했지. 그게 문젠가?"

"가치가 '하늘과 땅 차이'라고 하시지 않으셨나요? 단순히 구별이 아니라."

"당연히 하늘과 땅 차이지. 자네는 길거리 좌판에서 떡볶이를 파는 일과, 나처럼 강단에 서서 후학을 양성하고 학문 발전에 기여하는 일이 똑같은 가치를 갖고 있다고 보나?"

"똑같은 가치를 지니고 있지는 않습니다. 다만 각각 다른 형태의 가치를 갖고 있을 뿐이죠. 거기에 절대적인 우열을 나눌 수는 없는 것 아닐까요? 만약 그렇다고 말씀하신다면, 교수님께선 '직업에 귀천이 있다'고 주장하시는 것처럼 느껴지는데요."

"자네 이름이 뭐지?"

"김민철입니다." 내가 대답했다.

"김민철, 김민철…… 그래, 여기 있네. 사회학과 일칠 학번." 교수는 강단 한쪽 구석에 놓여 있던 학생 명부를 들춰 내 이름을 찾아본 뒤 말을 이었다. "좋아, 김민철 학생. 자네는 왜 여기 있나?"

"강의를 듣기 위해서 여기 있습니다."

"강의는 왜 듣지?"

"대학교육을 정상적으로 수료하려면 필요한 과정이니까요."

"아! 그럼 대학교육을 왜 받지? 졸업장을 받으려고?" 교수는 그런 대답을 기다렸다는 듯 곧장 되받아쳤다.

"물론 졸업장을 받기 위함도 있겠죠."

"'있겠죠'가 아니라 '있다'겠지. 왜 유보적으로 얘길 하지? 자신의 모순이 드러날까 봐 겁이 나서?"

"그런 게 아닙니다. 단지 저는 제가 학교에 다니는 이유를 말하는 게, 제가 한 질문과 무슨 상관이 있는지 모르겠습니다."

"그래, 모르니까 학교를 다니겠지? 그럼 가만히 들어봐. 자네들이 여기 앉아서, 이 지루하기 짝이 없는 수업을 듣는 이유는 단 하나야. 대학 졸업장을 따서, 그걸 바탕으로 사회에서 더 좋은 직업을 갖기 위해서지. 조금이라도 더 귀한, 또 조금이라도 덜 천한 직업을 차지하기 위해서. 내 말이 틀렸나?"

"제가 드린 질문과는 논점이 다른 것 같은데요, 방금 하신 말씀은 직업에 절대적인 귀천이 있느냐 없느냐와는 전혀 다른 영역입니다."

"논점일탈은 내가 아니라 자네가 하고 있어. 내가 교수인데 그 정도도 모를 것 같나?"교수는 안경을 고쳐 쓰면서 있는 힘껏 이죽거렸다.

"교수님께 저보다 더 높은 학문적 권위가 있기야 합니다. 그렇지만 그렇다고 해서 교수가 하는 말이 늘 옳고, 학생이 하는 말이 늘 틀렸다는 의미는 아니겠죠. 교수님도 사람이니 실수하실 수 있으니까요."

"그래, 나도 사람이지. 하지만 사람이라고 다 같은 사람은 아니야. 요즘 학생들은 사람이라는 게 뭐든지 공평하고 평등해야 한다고 생각하는 모양인데."

"네. 저도 그렇게 생각합니다. 그게 맞지 않나요?"

"그런 당위적인 태도로 접근해선 안 되는 문제야. 나로 말할 것 같으면, 사람을 모두 동일한 가치로 취급하는 게 더 불평등하다고 생각하네."

나는 끝내 당황한 티를 내고 말았다. 교수의 입에서 그만큼이나 적나라한 주장이 튀어나올 줄은 예상 못했다.

"그래. 사람은 애초에 불공평해. 애당초 생물이라는 존재가 불공평하게 만들어졌으니까. 유전학이나 진화론이라는 것도 아주 확률적인 영역에 기대고 있고. 예를 들어볼까? 다섯 살짜리 애를 흐르는 강물에 던져 넣는다 쳐. 그게 윤리적인 행동인지의 여부는 차치하고. 아무렴 다섯 살짜리라면 강에 빠졌을 때 죽을 확률이 압도적으로 높겠지? 상식적으로는 그럴 거야. 그런데 그런 와중에도, 열 명 중 한두 명, 아니면 백 명 중 한두 명은 꼭 그런 애들이 있어. 어떻게든 헤엄을 쳐서 살아남는 애들이 있지. 그게 재능이고, 가치고, 인류사회가 보존해 나가야 하는 거라고. 그렇게 살아남은 개체들이 문명을 발전시켜온 거야. 반면에 순전히 운으로 살아남은 개체들은 세대를 거쳐 가면서 도태될 위기에 처할 수밖에 없어. 운 이외의 순수한 능력치. 그런 것들이 인류의 발전과 개인의 생존에 미치는 영향을 고려해 봤을 때, 거기서 굳이 우열을 가리지 말아야 할 이유가 있나?"

"그야 당연히 있습니다. 왜냐하면⋯⋯, 교수님께서 말씀하신 게 일리가 없다는 이야기는 아닙니다. 물론 동물의 탄생과 생존에는 확률적이고 불공평한 부분이 명백히 존재하니까요. 상대적으로 우월한 유전자가 살아남아 온 것도 대체로 사실일 거고요.

그럼에도 불구하고, 인류는 그런 태생적 불확실성과 불공평함을 조금씩, 아주 조금씩 극복해 왔습니다. 우리가 통제할 수 없었던 유전자, 그러니까, 성별과 신체 조건, 피부색이나 장애와 같은 것들로부터 가능한 불이익을 받지 않게끔, 그래서 같은 인간으로 태어난 누구라도 제나름의 행복을 추구할 수 있도록 발전해온 거죠. 결과적 불평등을 극복하고자 하는 이런 의지야말로, 단순한 동물과 인간을 구분하는 가장 큰 요소 가운데 하나라고 생각합니다. 적어도 저는⋯⋯,"

나는 이쯤에서 하던 말을 멈출 수밖에 없었다. 앞뒤로 조용히 앉아 있던 학우들이 하나둘 박수갈채를 보내기 시작해, 이내 강의실 전체를 메울 만큼 큰 소리로 울려 댔던 것이다. 대부분은 내가 하는 말을 이해해서라기보다는, 교수의 얄미운 태도가 싫어서였던 것 같다.

"조용, 조용히 해. 박수는 왜 쳐? 시끄럽게."교수가 더럭 신경질을 냈다. 겉으로는 태연해 보였지만, 그 외적인 평온함을 유지하기 위해 안간힘을 쓰는 모양이었다. 어쩌면 그가 싸우고 있는 대상은 일어서 질문하는 나나 내가 내놓은 질문이 아니라, 그간 이 교수가 보였던 조소며 차별적 발언에 알게 모르게 상처받아 왔던 학과생들이 아닐까 하는 생각이 문득 들었다. "나는 이럴 때마다 세대 차이를 많이 느껴. 5년 전만 해도 이 정도는 아니었는데. 도대체가, 요즘 대학생들은 이성적으로 판단하려고 들질 않아. 사람이면 이래야 한다, 저래야 한다, 그런 일종에 강박관념이 있는 건가? 왜 그러는 거지? 모든 인간이 반드시 평등하다고 말할 이유가 있나? 아니면, 불평등하다고 말하면 안 되는 이유라도 있나?"

"교수님이 말씀하신 것 같은 그런 불평등함은 태어날 때 스스로 선택할 수 없었던 영역에 있지 않습니까? 저는 오히려 그런 확률적 요소로 '반드시' 차별받아야 할 이유가 있느냐고 여쭙고 싶습니다. 똑같은 살과 피, 그리고 심장을 가진 사람인데도요."

"당연히 이유가 있지. 인류와 사회가 발전하기 위해선 그렇게 확률적으로만 탄생하는 것들이 필요하니까. 피가 흐르고 심장이 뛴다고 다 같은 인간은 아니야. 전에 없던 물리학 법칙을 발견하고 컴퓨터처럼 놀라운 물건을 발명하거나 하는 건 죄다 그런 확률적 영역의 결과물 아닌가? 그런 게 희소성이고, 사회는 거기에 더 높은 의미와 가치를 부여하는 거야. 이런 단순한 문제에 인간성이니 뭐니 하는 걸 갖다 붙일 이유가 어디 있지? 김민철 학생은 '누구나 할 수 있는 일을 하는 사람'과 '아무나 할 수 없는 일을 하는 사람' 중에 어떤 사람이 되고 싶나? 식당에서 밥 짓는 사람과 인류가 가진 지식의 첨단을 개척하는 사람, 이 중에 어떤 사람이 되고 싶어서 이 강의실에 있는 건가?"

"그건 너무 극단적인 선택지라고 봅니다."

"예시라는 건 다 극단적이지. 그렇게 안 하면 대부분이 이해를 못 하니까." 교수는 단상 위를 좌우로 어슬렁대며 말했다. "하여튼 인정할 수밖에 없는 거야. 우리는 각자가 더 희소한 가치를 지닌 인간이 되기 위해서 여기 있는 거라고. 어느 쪽이 더 사회에 중요한 능력인지는 자명하고."

"교수님은 밥 짓는 사람이 학문하는 사람보다 덜 중요

한 존재라고 생각하십니까? 그저 비슷한 시기에 태어나서 각자 살아남기 위해 애쓰는 원숭이들이라 보실 순 없으신가요?"

"원숭이도 원숭이 나름이야. 우두머리 원숭이가 있고 노예 원숭이가 있는 거지. 같은 원숭이일지언정 가진 능력도 쓸모도 달라. 말했잖아. 누구나 할 수 있는 일과 아무나 할 수 없는 일이 있다고."

"제 생각은 다릅니다. '누구나 할 수 있는 일'과 '누군가는 해야 하는 일'에는 분명히 차이가 있으니까요. 이 세상 누구도 밥을 짓지 않는다면, 학문하는 사람들은 매일 뭘 먹고 공부를 하겠습니까? 뭘 발견하기도 전에 다 굶어 죽을 텐데요."

"그러니까 희소성의 문제라고 하잖아. 왜 계속 억지를 부리는 거지? 보게. 나는 평생 공부만 했고, 밥을 짓거나 다른 집안일 같은 건 손끝 하나 대본 적이 없지만 이렇게 잘 살고 있지. 학문적 재능은 사회에서 희소한 가치니까."

"어떤 직업의 가치가 그런 희소성에만 있다고 하면, 그런 일들이 인간사회에는 대체 어떤 쓸모가 있는 겁니까? 터무니없이 비싼 값에 거래되는 것 말고는요."

"학생은 아직도 할 말이 남았나? 이렇게 단순한 걸 구구절절 설명하려니까 진이 다 빠지는데. 점심시간도 다 됐고. 무엇보다 자네 어머니가 이런 모습을 보면 뭐라고 하시겠나? 비싼 등록금 대 가며 대학 보내 놨더니 이렇게 아무짝에 쓸모없는 논쟁에나 열이나 올리고 있고. 잘은 몰라도 실망하시지 않겠어?"

"아마도 별생각 없으실 겁니다. 제 어머니는 대학은커녕 한글도 잘 쓸 줄 모르시고, 지금쯤 식당에서 열심히 김밥 말고 계실 테니까요. 오히려 기특해하시지 않을까 싶은데요."

"하아! 그렇게 아득바득 얘기한 데는 이유가 다 있었구만." 교수는 엷은 미소와 함께 탄식했다. 또 고개를 돌려 정오가 다 된 시계를 슬그머니 쳐다본 후, 모르는 사람이라면 눈치챌 수 없을 만큼 희미한 조롱을 섞어 말했다. "내 미안하이. 내가 참, 자네 어머니의 직업에 대해 너무 고려하지 않고 이야기해서. 나이 먹고 글자도 하나 못 쓴다고 해서 무가치한 사람은 아닌데 말이야."

"그럼요. 교수님께서 밥 한 끼 스스로 못 짓는다고 쓸모없는 인간이 아닌 것처럼요." 내가 대답했다.

교수는 한동안 내 얼굴을 빤히 쳐다보더니, 별다른 대꾸 없이 강의를 이어나갔다. 그리고 머잖아 단상에 서 있던 교수, 그 앞에 앉아 있던 학생들이 차례로 강의실을 빠져나가기 시작했다. 점심을 먹기 위해서였다.

〈흑연과 다이아몬드〉

11

"아직도 그 여자가 많이 밉나요?" 의사가 나지막이 물었다.

"네." 단발머리 여자가 대답했다. 말하는 가운데 양쪽 눈시울이 붉게 물들었다. "용서할 수가 없어요. 십수 년이 지났는데도 그 눈빛이 잊히지가 않아요. 어떻게 그럴 수 있죠? 어떻게 자기 자식이 반죽음이 돼 가는데……제정신이 아닌 거죠."

"왜 그 여자가 밉죠? 당신을 때린 사람은 의붓아버지인데."

"아, 아버지라고 하지 마세요. 저는 아버지 같은 거 없으니까요. 설령 있다고 해도 그 남자는 아니에요. 절대 아니에요." 여자는 딱 잘라 말했다.

"그래요. 그럼, 그 남자보다 그 여자가 더 미운 이유가 뭐라고 생각하세요?"

"왕따 당해 본 적 있으세요?"

"네?" 의사는 잘 못 들었다는 듯 이맛살을 움푹 조였다.

"따돌림 당해 본 적 있으시냐고요. 학창시절에요." 여자가 거듭 질문했다.

"아, 음, 저는 없는 것 같은데요. 사실 누구랑 꼭 어울려 다니지도 않았어요. 공부만 했으니까. 대체로 의사가 되려는 사람은 그런 편이고요."

"저는 있어요."

의사는 여자의 이전 진료기록을 클릭해 살폈다. 삼 개월 전 진행한 심리검사 결과지에 고등학교를 중퇴하고 검정고시를 치렀고, 중학생 시절 극심한 따돌림으로 인해 대인관계에 어려움을 겪었다고 쓰여 있었다.

"처음에는 저를 대놓고 괴롭히는 애들이 밉죠. 누구나 그래요. 그런데 꽤 오해 시간이 지나고 나면…… 그러니까, 그렇게 쭉, 계속 지나다 보면……,"

"지나다 보면?"

"다른 애들이 더 미워져요. 내가 괴롭힘 당하는 걸 바로 옆에서 지켜봤으면서 아무것도 안 했던 애들. 솔직히 걔들이 더 미웠어요. 내심 제가 괴로워하는 모습을 보고 즐겼을 테니까. 그러면서 직접 손이나 입을 더럽히기는 싫은 거죠. 그러니까 폭력을 '허락'해 준 거예요."

"그렇게 생각할 수도 있겠네요."

"생각할 수도 있는 게 아니라 명백한 문제예요, 선생

님." 여자는 불쑥 뻐기는 투로 말했다. "가해가 잘못이라면, 마음껏 가해하도록 환경을 제공하는 것도 잘못 아닌가요? 그런 상황을 목전에서 보고 있으면서도 침묵하는 게, 그러면서도 나중에 가서는 모든 미움과 책임으로부터 자유로우려 드는 게 더 역겹지 않나요, 선생님?"

"그래서 그 여자가 환자 분께는 폭력을 방관하는 그런 존재였다는 뜻인가요?"

"그보다 더 했으면 더 했죠! 한번은 제가 그랬거든요. 어떻게 엄마라는 사람이 지켜보기만 할 수가 있냐고, 엄마로서 하는 게 뭐냐고. 어디 가서 딸 있는 엄마라고 말하고 다니지 말라고 그랬죠. 그랬더니 뭐라는 줄 알아요?"

"뭐라던가요?"

"비겁하고 못된 년이래요! 맞는 건 아빠한테 처맞았는데 왜 엄마한테 따지고 자빠졌냐고. 제 뺨까지 후려쳤어요."

"상처가 많이 됐겠어요."

"아빠에 비하면 별로 아프지도 않았어요." 여자는 자못 태연한 듯이 말했다.

"그런가요?" 의사는 슬픈 표정으로 응수했다. '상처'라는 말을 단번에 물리적 아픔으로 이해해 버리는 여자의 습관이 애처로웠다.

"저는 아직도 용서가 안 돼요. 어떻게 그 남자 편을 들

수가 있어요? 그쪽은 피 한 방울 안 섞인 남남인데."

"그 여자 분께도 어쩔 수 없는 상황이었을 수는 있습니다. 아무럼 힘으로 남자분을 말리지도 못했을 거고요. 괜히 끼어들었다가 일이 더 커질 수도 있겠다 판단할 수도 있고요."

"선생님도 결국 그 여자 편을 드시네요."

"제삼자의 관점에서 봤을 땐 그렇게 느껴질 수도 있다는 거죠."

"그야 그런 경험이 없으시니까요. 책으로 배우는 거랑 직접 당해본 거는 완전히 달라요."

의사는 말없이 잠자코 앉아 여자의 눈을 마주봤다. 여자가 시선을 내리깔았다.

"그래서, 이런 데에는 약을 처방해 주실 수 없다는 건가요?"

"네. 항우울제는 있지만요. 미워하는 마음이 사라지는 약은 없죠. 저도 있었으면 좋겠는데요."

"짜증나네요."

"답답하신 것도 이해합니다." 의사는 깍지 낀 손을 테이블 위에 내려놓았다. 어디다 손을 두어야 할지, 도통 감이 잡히지 않아서였다. "그래도 방법이 아예 없는 건 아니에요."

"뭐, 기억을 절제하는 수술 같은 거라도 있나요?"

"아뇨, 그런 건 아니고요."

"그럼요?"

"간단합니다. 직접 찾아가서 말씀하세요."

"누굴요?"

"그 여자분요. 가서 말씀하세요. 지금 제게 말했던 거 전부 다. 그럼 한결 나아지실 겁니다."

"아니, 여태까지 뭘 들으신 거예요? 저는 그 여자 코빼기도 보기 싫다니까요? 직접 만나라니요? 약은 안 주더라도 그런 말은……,"

"사람 관계는 약으로 어떻게 할 수 있는 게 아니에요. 가족이라면 더더욱 그렇고요. 직접 대화하는 수밖에 없어요. 그 일로 불면증도 겪고 계시고, 어쩌다 잠들면 그 여자가 나와서 너무 고통스러운 상태인데, 그런 걸 해결할 수 있는 약은 없습니다. 수면유도제를 복용한다고 해서 꿈을 안 꾸게 되는 것도 아니고요."

"괜히 왔네요, 그럼."

"네. 가셔야 할 곳은 따로 있으니까요." 의사는 뜸들이지 않고 받아쳤다.

여자는 짜증스런 목소리를 내며 벌떡 일어나, 진료실을 박차고 나가 버렸다.

· · ·

하여간 정말 지긋지긋한 동네였다. 서울에서 열차로 왕복하는 데만 네 시간이 걸리는 간이역에서, 다시 버스를 타고 시골길을 삼십 분 넘게 달리고 나서야 겨우 그 집의 담벼락이 눈에 들어왔다.

하늘은 야속할 만큼 푸르렀다. 때때로 기분 좋은 바람이 불고 밤비에 흠뻑 젖은 흙냄새가 자욱이 번졌다. 단발머리 여자는 걸치고 있던 코트 허리를 조인 다음, 크게 숨을 들이쉬고 말했다.

"……계세요?"

"왔니?" 그 여자의 목소리였다. "……그래, 밥은 먹었고?"

〈그 여자네 집〉

2부,

BLUE HAZE
블루 헤이즈

12

선생님의 입장은 잘 알겠습니다. 저 역시 해야 할 일이 명확해져 문제가 깔끔해졌습니다. 빠진 월세는 부쳐드렸으며, 관리비와 수리비도 탈 없이 처리하도록 하겠습니다. 단지 통화과정에서 제가 아주 경우 없고 철없는 인간인양 취급하시는 듯하여, 무척 속상한 마음에 긴 메시지를 드립니다.

제가 선생님께 뭘 그렇게 큰 실수를 저질렀습니까? 관리비나 월세를 부당하게 연체한 적도 없습니다. 자동이체가 아니라서 며칠 정도 시간차가 있는 경우는 더러 있었지만요. 하자 문제가 발생했다고 연락드린 것도 입주 초기에 몇 번, 꼭 필요한 부분에 대해 이야기를 드렸을 뿐입니다. 필요이상의 부당한 요구를 한 적도 없습니다. 제가 어쩔 수 없는 서류들에 대해서 요청을 드린 적이 있으나 저 역시 요청해주신 서류는 즉각즉각 보내드렸습니다. 서로에게 의무가 있는 것이지, 임차인의 의무는 당연한 것이고 임대인의 의무가 아량인 건 아니지 않습니까.

중간에 사람이 한 명 있다 보니 오해가 발생했고, 그래서 그렇게 메시지를 드린 것이었다고 말씀드렸습니다. 그런 부분에 대해 제가 잘못 판단했고 죄송하다는 말씀도 드렸습니다. 임대인 입장에서 원칙을 지켜야 하고, 계약상 이런 것들이 맞다고 판단하신다는 건 알겠습니다. 글쎄요. 처음부터 그렇게 세게 나와야만 문제가 원만히 해결된다고 여기실는지도 모르겠습니다. 한데 당초 저는 이해득실을 따지고 든 것이 아니라 이러이러하니 부탁을 드린다고 이야기를 드렸을 뿐입니다. 그런데 이건 뭐 경우가 아니지 않느냐부터, 그건 그쪽 사정이니 내 알바가 아니다, 이런 이야기를 듣게 될 줄은 몰랐습니다.

더구나 임대차계약서라고 해도 서류 한 장일 뿐인데 어떻게 제가 따질 법 조항 한 줄 없겠습니까. 법이 바뀌어 임차인 보호 조항도 많이 생겼거니와, 아무리 계약을 철저하게 해 놓아도 문제가 생기는 것이 사람 일이 아닌지요. 저 역시 임차인의 의무와 권리에 대해서 알고 있고 관련 법령에도 전혀 무지하지 않습니다. 그럼에도 불구하고 인간 대 인간으로서 말씀드리려 한 것은 이런 소재가 한번 따지기 시작하면 밑도 끝도 없어진다는 점, 그리고 그게 서로에게 정말 기분 나쁘고 피곤한 일이라는 점을 알기 때문입니다. 저는 제가 할 일도 바쁘고, 귀찮은 일이 생길 바에야 그냥 제가 손해를 보자는 쪽이지 악착같이 더 이득을 보겠다는 쪽은 아닙니다.

5월 중순에 나간다는 이야기는 이 다음 세입자분이 집에 오셨을 때도 말씀 드렸던 부분입니다. 언제 이사 예정인지 물으시기에 저는 15일 이전에는 무조건 나간다고 이야기드렸고, 그때부터는 언제든 입주가 가능하시다고 답변한 바 있습니다. 그런데 반응을 보니 뭐 그렇게 급한 일정은 아닌 것 같았고요. 내려가서 계약을 6월 1일로 하셨기에 보름 정도 텀을 주는 가보다 생각했을 뿐입니다. 그래서 저는 어련히 잘 전달이 되었나보다고 판단했습니다. 그 전에도 중개인분을 통해서 이런저런 의사를 주고받았으니까요. 근데 알고 보니 이사 일정이나 보증금 반환 계획에 대해 서로 모르는 부분이 있었고, 그래서 입장 차이가 생겼던 것이다……저는 이렇게 이해했습니다. 그러다 보니 제가 드린 메시지가 의도와는 다르게 느껴지셨겠구나, 라는 걸 깨달았고요. 빈 날짜에 대해서도 월세를 지불하겠다고 이야기드렸고 금방 입금도 했습니다. 이렇듯 차라리 돈 문제라면 큰 문제가 없었을 겁니다.

한데 임대업자가 저 같은 사람 때문에 욕을 먹는다니요. 저는 선생님을 비난하는 일체의 말도 생각도 하지 않았습니다. 그냥 상황이 이러니 좀 미리 처리해주실 수 없으신가 하고 부탁을 드렸던 것이고요. 거절당하면 어쩔 수 없겠다고 생각은 했지만, 이야기가 이렇게까지 흐를 줄은 미처 예상치 못했습니다. 저로서도 그런 목돈을 구하는 게 쉬운 일은 아니고요. 어디에 손을 벌리거나 급한 대출을 받는 것보다야, 보증금이라는 게 어차피 받을 돈인데 시기를 조금 앞당겨달라고 해 보자고 생각하는 게 그렇게 경우 없는 발상은 아니지 않습니까.

제가 도중에 계약을 파기하고 나가는 것도 아닙니다. 2년간 살다가 계약을 몇 달 더 연장하고, 나가려던 달에 보름간 시간차가 있었을 따름입니다. 한 달 전 이사 때문에 서류를 요청드린 적도 있었기에 갑작스레 집을 뜨는 것도 아닙니다. 다음 세입자를 구하는 데에도 최대한 협조적으로 임했습니다. 저는 뭘 말씀드리든 선생님께 최대한 존중을 담아 말씀드렸는데, 선생님께서 통화로 제게 말씀하시는 걸 듣자니 나이가 어려 무시당하는 것인가 하는 생각도 듭니다.

좌우지간 저는 5월 말에 나가기로 되어 있고, 그 때 이후로는 관계없는 사람이 됩니다. 때문에 계약이며 돈 문제를 다 제쳐 놓고 한 말씀 드리고자 합니다. 이마저 고깝게 여겨지신다면 어쩔 수 없겠으나, 기왕 경우가 없어 놓은 것, 제가 생각하는 바를 똑바로 말씀드리는 것이 후회가 없을 듯해서입니다.

저는 한때 사업주와 노동자의 분쟁을 옆에서 많이 지

켜보아야 하는 직종에 있었습니다. 물론 직접 사업주 입장에서 겪어보기도 했고요. 그런데 그 수많은 노사갈등 중에서 스스로를 악덕사업주라고 생각하는 사업주는 단한 명도 보지 못했습니다. 오히려 자신은 할 만큼 해주었는데 돈만 받고 일은 제대로 안 하는 저놈이 잘못이라고들 하십니다. 실제로 그분들은 약아빠진 노동자들이 자신을 속여 먹으려 한다고 굳게 믿습니다. 그러다 나중에 법이 노동자의 손을 들어주면(보통은 그렇습니다) 그땐 법을 탓하십니다. 한국 법은 사업자에게 너무 불리하게 돼있다면서요. 이건 어느 정도 사실이기도 합니다. 법적 판단에서는 아무리 영세한 사업주라도 노동자에 비하면 강자로 취급하는 편이고, 이건 좀 너무하다 싶을 만큼 노동자의 편의를 봐주는 사례가 많기 때문입니다.

제가 느끼기에는 주택임대차보호법 역시 비슷합니다. 선생님이 얼마나 법에 빠삭하실지 모르겠습니다만, 가장 최근에 갱신된 사항들만 보아도 그렇습니다. 놀라울 정도로 임차인에게 유리한 조항이 상당합니다. 4년 동안의 계속거주권을 보장한다거나, 전월세신고제와 상한제가 도입됐다거나 하는 부분은 임대사업주뿐 아니라 공인중개사 분들도 잘 모르고 계십니다. 막상 조정상황이 되면 그때 가서 아차 하시는 경우가 대부분이고, 그 다음에는 임차인의 양해를 구합니다. 그냥 좋게좋게 넘어가면 좋지 않겠느냐고요. 원칙대로 하라고 해서 정말 원칙대로 했는데 나중에는 감정적 이해를 구해 오십니다. 당연한 일입니다. 그분들이야 중개인이지 법률 전문가는 아니기 때문입니다.

하지만 이런 일이 걷잡을 수 없이 커져서 감정과 자존심 싸움이 되고, 주택임대차분쟁조정위원회를 거쳐 민사재판까지 넘어가게 되면 그야말로 배보다 배꼽이 더 커지는 상황이 됩니다. 그리고 이 과정에서 임대인은 어떤 식으로든 손해를 입게 됩니다. 그건 선생님께서 말씀하시는 원칙이나 합리성의 영역에 있지 않습니다. 임대인은 임차인보다 유리한 입장에 있다는 사회적 판단에서 나오는 것이지요. 선생님께선 모르는 일, 경우에 없는 일이라고 생각해 따지고 들었던 것이 막상 법을 들여다보니 완전히 반대로 생겨먹은 일도 있을 것입니다. 그때 선생님께서는 누굴 탓하시겠습니까? 다른 사람에 비해 유독 귀찮게 구는 임차인인 저겠습니까, 아니면 임대사업자에게 불리하게 짜인 법령이겠습니까?

그야 저는 사업이나 몇 번 해 보았지 임대사업에 대해서는 잘 모릅니다. 다만 임차인으로서 몇 번 분쟁을 겪고, 몇 차례는 대신 해소해 보기도 한 바로는 이렇습니다. 임대인 입장에서도 제가 모르는 어려움이 많으실 줄로 짐작합니다. 요즘 같은 때에는 모범적인 세입자를 구하는 것도 쉬운 일이 아니니까요. 여기서 문제는 임대인이든 임차인이든 누구 하나 악의를 가지고 있지 않다는 것입니다. 단지 돈 한두 푼이 아쉬운 이해관계자들이 있을 뿐입니다. 누가 갑이고 을이냐 하는 문제는 시간이 지나고 보면 신경쓸 만한 건덕지조차 아닙니다.

막말로 선생님께서도 이런 사소한 돈 문제에 괘념치 않아도 될 만큼 여유가 상당한 상황이시고, 저 역시 목돈이 충분해 딱히 도움을 청하지 않아도 되는 입장이었다면 이런 갈등은 일어나지 않았을 것입니다. 양쪽 모두 상황이 여의치 않을 뿐이지 어느 쪽이 노상 틀려먹었다고 할 순 없습니다. 물론 소통 과정에서 실수가 있었다는 것은 인정합니다. 그러나 선생님께서 하시는 말씀이 전부 옳으냐 하면, 결코 그렇지 않습니다. 선생님께서는 임대 사업에 대해서는 잘 알고 계시겠지만, 상대적으로 임차인 보호법에 대해서는 자세히 알지 못하십니다. 제가 알고 있는 바와 너무 달라서 말문이 턱턱 막힌 부분도 있습니다. 구태여 문제 삼지 않은 것은, 서로 알고 있는 바가 이렇게나 다른데 모르는 부분을 따지고 들어봤자 입장 차이만 명확해질 거라 느껴서입니다.

하지만 언젠간 원칙대로, 법대로 하라는 엄포가 전혀 통하지 않는, 계약서의 문장 한 줄과 관계법령의 단어 하나까지 끈질기게 물고 늘어지는 임차인도 나타날 것입니다. 이미 세를 든 분 중에서도 그런 사람이 있을지도 모릅니다. 저보다도 젊은 세대에서는 그렇게 하는 것이 마땅하고, 그렇지 않으면 손해라고 생각하는 친구들이 대부분이기 때문입니다. 단 만 원조차 불리하지 않으려고 눈에 불을 켜고 달려드는 분도 있습니다. 나아가 유튜브로 그런 내용을 자랑스럽게 공유하고, 집주인에게 대응할 수 있는 매뉴얼을 주고받기도 합니다. 제가 이렇게 긴 글을 써서 드리는 이유는 그 때문입니다. 잠깐의 작은 손해를 막기 위해, 더 큰 손해를 입지 않으시길 바라는 마음에서입니다. 비록 속 편한 내용은 아니나 결단코 나쁜 마음으로 드리는 것이 아니니만큼, 저로선 선생님이 크게 속상해 않으시길 바랄 뿐입니다.

모쪼록 통화로 이야기된 대로 계약은 5월 말일까지로 알고, 저는 제 나름대로 해결 방안을 찾아보겠습니다. 어찌됐건 이것은 제 쪽 사정이니까요. 이 이상 갈등을 키우고 싶은 마음이 제게는 없고 선생님 역시 마찬가지이실 거라 생각합니다. 더는 선생님께 부탁도 요청도 하지 않겠습니다.

〈내용증명〉

13

나는 상담실에 놓인 자그마한 테이블을 응시하고 있었다. 그런 말을 할 때면 시선이 항상 상대방을 피해 달아나버린다. 그게 얼마쯤 잘못이라는 것을 알고 있는 사람처럼. 모르는 집 벨을 누르고 도망치는 초등학생 같다. 차라리 그만큼 장난스럽게 할 수 있는 일들이라면 좋겠는데. 실은 아니다.

"가끔은 너무 슬프고 우울해요. 어떤 일도 할 수 없을 것 같고, 아무것도 하기 싫어져요. 그러고 있는 제가 너무 한심하고 아무 짝에도 쓸모없는 존재 같이 느껴지고⋯⋯."

"글쎄요, 꼭 뭔가를 할 필요가 있나요?" 상담사가 되물었다.

"다른 데서도 그런 말을 많이 듣기는 했어요. 꼭 뭔가를 할 필요는 없다고요. 그런데⋯⋯아파 죽겠다는 사람에게 '그냥 아무것도 하지 않고 있으라'는 게 썩 뾰족한 해결책은 아닌 것 같아요. 사람이 아프면 보통 약을 주거나 좀 나아지는 방법을 제안하지 않나요? 한데 유독 정신이 아프다는 사람에게는 도움 안 되는 말만 보탠다니까요. 꼭 뭘 할 필요는 없어, 시간이 지나면 괜찮아질 거야, 그런 걸로 슬퍼하기엔 네가 너무 소중해, 넌 충분히 사랑받을 가치가 있는 사람이야 같은 말⋯⋯."

"그런 말을 들었을 때 기분이 나쁘던가요?"

"늘 그런 건 아니지만 가끔은 정말 싫을 때도 있어요. 그게 내가 걱정돼서 하는 말이 아닌 것 같아서요. 그냥 '누군가를 위로할 줄 아는 자기 자신'이 되려고 하는 말 같아요. 너무 삐딱한 생각 같기는 하지만⋯⋯." 나는 잔뜩 기어든 목소리로 말했다. 죄스러웠다. 그런 생각을 한 것으로도 모자라서 입 밖으로 토해내기까지 했다는 것이.

"너무 우울하면 그런 생각이 들 수도 있죠."

"네. 너무 우울할 때 그래요. 혼자 우울한 걸로도 모자라 옆에 있는 사람들에게까지 우울감을 전이시킨다고요. 그럴 땐 대체 어떻게 해야 할지 모르겠어요. 하루 종일 잠만 퍼질러 자는 것도 한계가 있고요. 근본적인 해결책이 아니기도 하고⋯⋯."

"아, 우울한 걸 어떻게 해결하죠?" 상담사는 난데없이 눈을 휘둥그레 뜨며 물었다.

"어⋯⋯, 저도 그걸 알고 싶어서 상담에 온 거겠죠?"

"그런 건 없어요."

"네?"

"해결책 같은 건 없다고요. 우울한 마음이 한순간에 사라져 버리는 그런 일은 일어나지 않아요. 항우울제 같은 약물로 보조 정도야 할 수 있겠지만."

"하지만, 이렇게 상담을 받는 것도 우울감을 해소하기 위한 일종의 해결책 아닌가요? 저는 그렇게 생각하면서 왔는데……."

"네. 애초에 우울하다는 건, 감정이라는 건 해결할 수 있는 문제 같은 게 아니니까요. 문제도 아닌 걸 해결한다니 좀 이상하죠?"

"문제가 아니란 말씀은……?" 나는 당혹감에 휩싸여서, 상담사의 말을 되풀이하며 물었다.

"문제가 아니에요. 굳이 말하자면 현상이겠죠. 맑은 날이 있으면 비가 오는 날이 있고, 안개가 자욱한 날이 있는가 하면 눈이 펑펑 쏟아지는 날이 있는 것처럼요. 그런 것들을 '문제'라고 하진 않잖아요? 그날그날의 날씨라고 하지. 당연히 해결이라는 것도 없고요. 약간의 대비 정도야 할 수 있겠지만. 애초에 사시사철 맑고 쾌청한 날씨만 이어질 필요가 있나요? 비오는 날이 좀 우중충하지만 나름의 쓸모가 있을 텐데."

"그럼 우울감을 '비 오는 날'처럼 받아들이라는 건가요? 날씨처럼……그냥 어쩔 수 없는?"

"비슷한데 조금 달라요. 제가 말씀드리려는 건," 상담사는 앞으로 내밀었던 허리를 꼿꼿이 세우고, 호흡을 한 차례 가다듬었다. "……비가 올 땐 비가 오는 것부터 알아야 한다는 거죠. 팔을 창문 밖으로 쭉 내밀어 손바닥에 떨어져 닿는 빗방울을 느껴보든지, 유리 벽에 이리저리 부딪혀 눈물처럼 흘러내리는 모습을 후두둑 소리와 함께 지켜보든지. 일단 비가 올 땐 비가 온다는 것부터 마음속 깊은 데서 받아들여야 해요."

"비가 오는 것 부터 알아야 한다고요."

"네. 어제까지 밝게 떠 있던 해를 오늘은 찾아볼 수 없다는 것, 한편으론 비가 언제 그칠진 모르지만 영원히 내리지도 않을 거라는 것도. 뭘 해야 할지는 그다음에 생각할 일이죠. 그건 사람마다 다를 거고요……자, 그럼 비가 오는 걸 알았어요. 이제 뭘 하실 건가요? 보통 비 오는 날에는 뭘 하세요? 할 일이 없는 날이라고 치면?"

"글쎄요……일이 없으면 딱히 하는 건 없는데요. 그냥 빗소리를 들으면서 멍하게 있어요. 어두컴컴한 와중에 사람들이 우산을 쓰고 이리저리 다니는 모습도 지켜보고요. 그게 다예요."

"좋아요. 괜찮은 대답이 됐나요? 스스로한테."

"……잘 모르겠어요. 그래도 도움이 될 것 같긴 해요. 어렴풋이 알 것 같기도 하고요. 우울할 때 뭘 해야 할지."

"다행이네요, 그럼. ……벌써 시간이 다 됐네요. 그래도 마지막으로 여쭤 봐도 될까요? 우울할 때 뭘 하실 건가요?"

"꼭 뭘 해야 하나요?" 나는 자리에서 몸을 일으키고, 천천히 겉옷을 챙겨 입으며 말했다. "꼭 해야 하는 게 있다면 그런 거겠죠. 우울할 땐 최선을 다해서 우울해할 수밖에 없어요. 있는 힘껏……"

대답을 들은 상담사는 아무 말도 없이, 한없이 인자한 미소로 나를 배웅했다. 놀랍도록 편안한 표정이었다. 소나기 내리는 오후, 인적 없는 암자의 불상에서나 피어오를 것 같은.

〈해가 없는 연립방정식의 풀이〉

14

아버지는 택시 드라이버였다. 초등학교도 들어가기 전이었던 나는 지금보다도 더 잠이 많았다. 그래서였을까? 가장 일찍 일어났을 때조차 아버지는 가고 없었다. 흔적도 없이 떠나 있었다. 원래부터 집에 없었던 사람처럼 꼭 그랬다.

돌아오던 아버지의 얼굴 뒤엔 언제나 깜깜한 밤하늘이 배경이었다. 나는 어머니가 시킨 대로, 다녀오셨어요 아빠, 하고 배꼽 인사를 했다. 다만 그건 하루에 한 시간도 보이지 않는 표정이었다. 어쩐지 멋쩍고 데면데면한 기색은 별수없었다. 지금도 아버지의 얼굴보다는 누렇게 뜬 벽지가 한층 선명히 떠오른다. 미안한 말이지만.

그러자면 아버지는 날 번쩍 안아 들었다. 그러고 나서 놀란 아들내미의 멍청한 얼굴을 쓱 감상한 다음, 현관에서 집안으로 들어오지도 않고 성큼성큼 왔던 길로 돌아나가는 것이다. 누가 보면 차라리 납치하는 장면인 줄 알았을 것이다. 그렇다. 겉으로 보기엔 그랬지만, 그럼에도 그렇지 않았다. 부정할 수 없는 부정이었다.

"택시 타는 게 그렇게 좋니?" 운전석에 앉아 있던 아버지가 물었다. 대로 위 신호등에 빨간불이 걸렸다. 차체는 정지선 앞에서 여유롭게 안착한다.

"네." 하고 나는 조수석에 앉아 창밖을 내다보며 대답했다. 짙게 깔린 어둠 위로 뻐끔거리는 헤드라이트와 가로등들이 자못 신비로웠다. 도로와 교량을 따라 늘어선 빛, 빛, 빛⋯⋯. 아버지의 발끝이 엑셀과 브레이크를 왔다 갔다 한다. 오렌지색 불빛은 거기에 따라 점으로 머무르기도 하고, 점선이 되기도 하다가, 선이 되더니 도로 돌아오기를 반복한다. 나는 거기서 일련의 리듬감을 찾아내고 있다.

"넌 아빠가 계속 택시 운전했으면 좋겠어?" 아버지는 다시 한번 물었다.

"네. 계속요." 나는 별다른 감흥 없이 말했다.

"우리 빈이 고등학교 졸업할 때까지?" 신호가 바뀌고, 택시는 다시 속도를 냈다. 몇 줄기의 광선이 차례로 차창 표면을 수놓는다.

"음⋯⋯, 아뇨?"

"그럼?"

"대학교 졸업할 때까지요."

"이야, 아빠가 택시로 너 다니는 대학교까지 태워달라고?"아버지는 좀 터무니없다는 투로 되물었다.

"네."나는 한 치의 망설임 없이 대답했다. 왜 그랬을까. 그땐 자퇴나 제적이란 단어를 들어본 적이 없었다. 당연한 일이지만.

"그래. 그럼 좋겠구나. 근데 그땐 아빠가 택시 운전을 못할 수도 있잖아?"

"응? 왜요?"

"글쎄, 왜일까? 우리 아들은 어떻게 생각해?"텅 빈 뒷좌석 창문이 스르르 열린다. 야간 도로를 떠돌던 공기가 푸르르, 하고 자리를 찾아 들어온다.

"음, 으음……"나는 그제야 창밖으로부터 시선을 뗐다. 한참을 고민하는 체하다 대꾸했다. "아. 그래도 이천이십 년에는 아빠가 못 할 수도 있겠다."

"이천이십 년? 왜?"아버지는 텅 빈 도로를 한 차례 확인하고, 속도를 줄이면서 잠깐 동안 나를 바라봤다. "그때는 뭐, 아빠 대신 니가 하려고?"

"으으응, 아니요……."

"야, 그럼 택시는 누가 운전하는데?"

"운전은 아무도 안 해요. 날개가 날아요. 그땐 하늘을 날아다니거든요. 자동차가."

"뭐?"아버지는 전혀 예상하지 못했다는 듯 대꾸했다.

"그런 건 대체 누가 그러든?"

"엄마가요."

"오! 엄마가?" 아버지가 작게 탄성을 터트렸다. 약간은 웃고 있는 것처럼 보이기도 했다. "하기야 그쯤 되면 진짜 이런 고철 덩어리가 붕붕 날아다닐 수도 있겠지? 막 집 옥상에다가 주차해 놓고 말이야. 그럼 진짜 편할 텐데."

"네." 나는 계속 창밖을 보며 대답하고 있었다.

"그래. 아빠는 머리가 나빠서 하늘 나는 자동차는 못 몰고 다니겠네. 그래도 우리 아들은 날아다녔으면 좋겠다. 아빠 대신 훨훨 날아다니면 좋겠어."

"네?" 나는 영문을 몰라 되물었다. 그 말이 무슨 뜻인지 그땐 알 수 없었다. 사실은 지금도 잘 모르겠다.

"아니다. 그냥……공부 열심히 할 거냐고. 열심히 할 거지?"

"모르겠어요." 실로 정직한 대답이었다.

"아니야. 넌 공부 열심히 해야 한다. 그래야 아빠처럼 택시 같은 거 안 몰지. 배운 게 많아야 해, 사람이라는 게. 훌륭한 사람이 되려면 공부를 많이 해야 하지. 공부 많이 할 거지, 아들?"

"네에." 나는 생각없이 대답했다.

"그럼 됐어." 아버지가 말했다. "이제 집에 가자."

"벌써요?" 나는 못내 아쉬운 표정으로 물었다. "조금만 더 있다 가면 안 돼요? 저기 저 다리까지만⋯⋯."

"안 돼. 너무 늦었어."

"아, 아!"

"뭐가 아, 아야. 가야 돼서 가자고 하는 건데."

"그래도." 나는 생떼를 쓰고 있었다.

"안 된다면 안 되는 줄 알아." 아버지는 마침내 엷은 미소를 지으며 말했다. "⋯⋯공부 열심히 하겠다고 약속하면 한 번 생각해 볼 순 있지."

"열심히 할게요. 정말요."

"진짜 열심히 할 거야?"

"네, 진짜." 나는 확신에 가득차서 대답했다. 적어도 그땐 진심이었던 것 같다. 그 나이대 아이들은 대개 그렇다. 거짓말도 진심에서 우러난 것들만 한다. 스스로가 거짓말을 하고 있는 줄도 모른다. 거짓말 탐지기는 5세 이하 얼라들에겐 아무 쓸모가 없는 물건이다.

"그래. 그럼. 나중에 딴말 하기 없기다."

"네. 안 할게요." 내가 말했다. 역시 진심이었다.

그러자 택시는 서서히 속도를 내기 시작해서, 곧 침침한 다리 위로 방향을 틀었다. 멀리 동쪽에 있는 불빛들이 희뿌연 동그라미처럼 번져왔다. 지금의 나는 택시라는 것이 그토록 빠르고 안정적이면서, 또한 아름다운 곡선을 그리며 도는 모습을 상상할 수 없다.

"우와아!"

대양의 파도를 마주한 범선. 아버지는 조타수처럼 핸들을 확 꺾었다 돌려놓는다. 내가 살던 동네는 까마득해 보이지 않고, 달동네들은 두껍게 깔린 암막커튼에 성탄절 장식 조명들이 흩뿌려진 모양이다. 그 짧은 찰나, 나는 그 수천 개 불빛들을 모조리 헤아릴 듯하다 그 마음 그대로 잠들어 버렸다.

피곤에 곯아떨어진 내가 어떻게 조수석의 문을 열고, 어떻게 방 안으로 들어가 잠자리에 누웠는지 모르겠다. 그런 내 모습을 누가 어떤 표정으로 보았을지도 나는 알 수 없다.

아버지는 그로부터 석 달 뒤에 돌아가셨다. 취미로 마시던 가스가 너무 독해서였다. 조촐했던 장례식 날엔 바람이 많이 불었다. 나는 우는 방법을 잊어버렸다.

그렇게 눈을 떠 보니 이천이십 년이 됐다.

나는 어른이 됐지만 대학교를 나오지 못했다. 창밖엔 날아다니는 고철은커녕 간혹 반짝거리는 것도 없다. 인간은 달 너머 다른 별에는 갈 생각이 없어 보이고, 가끔은 그랬던 과거조차 조작이라는 사람들이 나왔다. 그래서 문득 얼굴도 모르는 아버지가 생각났다. 그때 당신과 내가 했던 말처럼, 이 허무하고 부질없는 것이 모두 바람일까 싶어서.

그리운 건 아무것도 없다. 다들 바라고 바라다가, 그저 지나갈 따름이다.

〈990104〉

15

또다시 커피를 쏟았다.

무슨 생각을 하고 있었는지 모르겠다. 플라스틱 컵이 대리석 바닥에 떨어져 뒹굴었다. 담겨 있던 얼음이 우수수 쏟아졌고, 차가운 커피가 얼룩처럼 제 땅을 넓혔다. 천장에 매달린 조명들이 쏟아진 액체의 표면에 반사되어 빛났다.

사람들이 모두 소리가 난 곳을 쳐다본다. 몇몇은 금방 고개를 돌려 자신의 세계로 되돌아가고, 그러게 조심 좀 하지, 하며 입방아를 찧는 사람도 있다.

맞는 말이다. 가능하면 커피를 쏟지 않는 게 좋다는 것이나, 일이 터지기 전에 늘 조심하고 경계해야 한다는 것, 이런 것들을 모르는 사람은 없다. 그저 실수하지 않을 능력이 있는 사람과, 그럴 능력이 없는 주제에 애쓰다 들키는 사람이 있을 뿐이다.

내가 살면서 쏟아버린 커피, 아니 액체를 한 방울도 남김없이 주워 담는다면……모르긴 몰라도 옥상의 물탱크 하나는 다 채우지 않을까 싶다. 나는 그렇게나 커피를 자주 마시면서도 커피를 쏟지 않는 법은 깨닫질 못했다.

나라고 똑같은 실수를 반복하고 싶진 않았다. 도대체 너는 학습 능력이란 게 없는 거냐, 왜 맨날 비슷한 실수를 하느냐 같은 말들을 더 듣고 싶지도 않다. 그러나 나 같은 사람이 겪는 딜레마란, 이런 속 편한 말들로 해결될 만큼 단순하지가 않다. 조심하려고 안간힘을 쓰다 보면 오히려 몸이며 정신에 힘이 바짝 들어가기 마련이다. 그리고 내가 아는 한 '실수를 하지 않기 위해 긴장하는 것'은 실수를 저지르기 위한 최적의 조건이다.

따라서 나는 실수투성이다. 나의 삶 자체가 거대한 실수라고 해도 무리가 없을 만큼, 나는 살아감에 있어 크고 작은 실수를 너무도 많이 저지른다. 아주 가끔씩 내 생각처럼 일이 진행되거나 계획대로 잘 되어가는 느낌이 들면 덜컥 두렵기까지 하다. 실수하는 사람이 실수하지 않는다는 것만큼 큰 실수도 없기 때문이다. 더구나 나는 태어나기를 실수로 태어났다. 어머니는 걸핏하면 "널 낳은 건 내 인생 최대의 실수야" 같은 말을 심심찮게 했다.

그 덕분인지 나는 오늘도 어김없이 실수를 한다. 실수하지 않는 완벽한 사람들을 위해 또 한 번 한심한 인간이 된다.

……한동안 커피를 흘리지 않고 마실 때도 있다. '전에 있었던 결함을 고치고 새로운 사람으로 거듭났다'는 착각에 빠질 때도 있다. 그런 안이함과 안도감, 편안함과 오만함이 쌓여갈 찰나의 순간에 그것은 터져 나온다. 와르르 무너지고 콸콸 쏟아진다. 아, 나는 또 다시 커피를 쏟고 말았다. 베이지색 바짓자락에 거무튀튀한 물기가 튀어 번진다. 아, 변함없는 실수, 발전 없는 어리석음. 의미 없는 나의 존재.

부랴부랴 카운터에서 휴지 한 덩어리를 가져와 바닥을 훑어 닦았다. 나는 돌아온 실수에 무릎을 꿇었다. 남들 같은 사람이 될 수 있다고 믿었던, 내 일그러진 얼굴을 흘려 보낸다. 그런 오늘의 실수. 카페인 한 줄기 없이 병든 정신을 일으켜 세우는, 한 모금의 시원함도 없이 동공을 열어젖히는.

각성한 나의 곁으로 잠시 걸음을 늦추는 사람들이 있었다. 그저 세상엔 너 빼고 실수 한 번 못 하는 사람들로만 가득 찼다는 듯이. 저 역시 실수 따위는 전혀 무섭지 않다는 듯이. 용납되지 않는 실수들을 뒤로하고 완벽의 세계로 걸어 나간다. 나 아닌 누군가의 실수로 온몸을 흠뻑 적셔가면서.

〈엎질러진 커피〉

16

길에서 히치하이커를 태운 건 그때가 처음이었다. 그 여자는 엷은 갈색 단발을 하고 있었다. 거기 맞춰서 비슷한 색 안경을 코 위쪽으로 올려 썼는데, 가만 보니 안경알도 없이 테만 걸친 것이었다.

"태워 주셔서 감사해요. 휴대폰 배터리도 다 떨어져서 막막했거든요." 조수석에 앉은 여자가 대뜸 말을 꺼냈다.

"뭘요. 어차피 가는 길인데요." 내가 대답했다. "그런데 젊으신 분이 겁도 없네요. 저야 건장한 남자니까 무서울 게 없지만……."

"하하, 괜찮아요. 제가 관상을 좀 보거든요."

"관상요?"

"네. 그래서 위험하겠다 싶은 사람이면 바로 느낌이 와요. 그런데 아저씨는 딱히 그렇진 않았어요."

"다행이네요."

제주시와 서귀포시는 각각 섬의 열두 시와 여섯 시 방

향에 위치해 있다. 직선거리로는 얼마 되지 않지만, 한라산 봉우리를 길 사이에 두고 있어 생각보다는 꽤 시간이 걸린다. 지루한 숲길을 내달리다 보면 좀체 시간이 지나지 않는다.

"아저씨는 여자친구 있어요?"

"그건 왜요?" 나는 어이가 없었다.

"그렇게 말하는 거 보니까 없나 보네요. 하하하."

"아니, 없기는 한데……보통은 그런 거 안 물어보지 않나요? 처음 보는 남자한테."

"무슨 소리예요. 옛말에 사람이 옷깃만 스쳐도 인연이라는데. 저는 차까지 얻어 탄 마당이잖아요. 못 물어볼 이유도 딱히 없잖아요?"

"……그럴 듯하네요." 그쯤 되니 귀찮아져서 대충 대답하고 말았다. "모슬포항에 내려드리면 되나요?"

"아, 네. 그냥 지나가는 길에 세워주세요. 적당히 걸어가면서 경치도 볼 겸……. 물론 모슬포항 입구에 내려주시면 더 좋지만요."

"네. 안 그래도 돌아가는 길이라서. 항구 안쪽까지는 좀 그렇고, 그쪽 입구에 버스정류장이 있어요. 걸어가기는 좀 먼 거리라."

"에, 한 번 더 갈아타라구요?"

"아니, 뭐 갈아타는 게 싫으시면 조금만 더 가고……."

"아하, 괜찮아요. 제가 싫으시면 어쩔 수 없죠."

"그런 게 아니라."

"어쩔 수 없잖아요? 목적지가 다르면요. 갈 수 있는 데까지만 같이 가다가 각자 갈 길 가는 수밖에 없죠. 안 그런가요? 사는 게 다 그렇잖아요."

우리는 한동안 말이 없었다.

나는 모슬포항 근처까지 가서 속력을 더 냈다. 항구 안쪽까지는 불과 몇 분 되지 않는 거리였다. 까짓것 태워주고 좀 늦는다 한들 일에 엄청난 차질이 있을 것도 아니니까. 사실은 그래도 상관없는 일이었다. 생각해 보면 대부분의 상황이 그랬다. 나도 그녀도 좀 더 갈 수 있었다. 잠시라도 더 함께 있을 수 있었고, 그렇게 경우 없이 떠나버리는 것보단 나은 선택지가 있었다.

여자는 내가 차를 세우기 무섭게 문을 열고 내렸다.

"갑자기 여기까지 태워주셔서 고마워요. 뭔가 떼쓴 것 같아서 미안하네요."

"알면 됐어요."

"그런데 왜 마음이 바뀌었대요?"

"이왕이면 끝까지 갈 수 있는 데까지 가 주면 좋잖아요? 사는 게 다 그런 거니까."

"그럼 기왕 가는 거 끝까지 가요, 저랑. 어때요?"

"저는 할 일이 있어요. 서귀포에서 기다리는 사람이

있다니까요."

"그래봤자 그냥 업무 관계자라면서요. 미팅 같은 건
그냥 취소해 버리라고요. 미팅은 언제든지 다시 할 수 있
잖아요? 저같이 예쁜 여자애랑 배 타는 건 언제 있을지
모르는 일인데. 그렇지 않아요?"

"아, 제기랄." 그렇게 차에서 내리면서, 나는 신경질적
으로 말했다. "짜장면은 니가 사."

"하하, 좋아요." 그녀가 대답했다.

〈길 위에서〉

17

온통 캄캄한 길을 가로질러 걸었다. 오른손에 램프가 들려 있었다. 몸에는 파란색 비옷을 걸치고 있었다. 언젠가 비가 올 것 같다는 생각은 하지 않았다. 주위에는 이따금 푸른 가지가 엉켜 나왔다. 주먹만한 사과 몇 개가 가지들 사이에 주렁주렁 매달려 있었지만, 내 힘으론 도저히 따먹을 수 없는 곳에 있었다.

물론 그것들은 코앞에 있는 것처럼 '보이기는' 했다. 그렇지만 나는 알고 있었다. 제아무리 키가 커도, 높이 뛰어도, 그 열매들에 손끝조차 닿을 수 없으리라는 것을. 세상에 있는 것들은 대개 그런 식이었다. 가까워 보이는 것치고 멀리 있지 않은 게 없었다. 보기보다 가까운 곳에 있는 건 사이드미러에 보이는 뒤쪽 차량들이 고작이다.

나는 하루 온종일 걷는 일밖에 하지 않았다. 거기에는 낮밤의 구분이 없었다. 덥지도 춥지도 않았다. 희미한 빛이 내 주변을 싸고돌았지만 두세 발자국 앞에 있는 것조차 분간이 안 됐다. 지치지도 않았고 잠도 오지 않았다.

언제부터, 얼마나 오랫동안 걸어왔는지 기억이 나질 않았다. 하기야 떠올려봤자 지금 모습 그대로 걷고 있는 것밖엔 없다. 기억은 순전히 필요에 의해 선택되는 것이다. 떠올리고 싶은 과거나, 그렇게 생각해 두고픈 추억이 있을 때에나 의미가 있다. 그러나 돌아가고픈 곳도 나아가고픈 곳도 내겐 없었다.

똑같은 하루가 영원히 계속된다면, 아무것도 바뀌지 않는 시간이 끝없이 이어진다면, 그땐 시간을 구분하는 일 자체가 쓸모없는 것처럼 여겨질 것이다. 똑같이 영원한 시간은 멈춰있는 것과 다를 바 없다. 그리고 멈춰 있는 시간은 굳이 시간이라 부르지 않아도 무방하다. 사람은 오직 변해가는 것들로만 시간을 감지할 수 있기 때문이다.

나는 슬프지도 기쁘지도 않은 상태로, 목적지도 없이 줄곧 걷기 바빴다. 따라서 내가 그 세계에서 토끼를 만난 것이 얼마만의 일인지 이야기해 봤자. 그다지 믿을 만한 얘기는 못 될 것이다.

나는 눈을 휘둥그레 뜨고, 별안간 내 앞에 튀어나온 토끼를 빤히 쳐다봤다. 흰 토끼였다. 하기는 그렇게 눈부실 만큼 하얀 토끼가 아니었다면, 나는 무언가 튀어나온 줄도 모르고 계속 걸었을 것이다.

"넌 왜 그렇게 슬픈 표정을 하고 있니?" 토끼가 내게 물었다. "뭔가 슬픈 일이 있었니?"

"아니." 내가 말했다. 나는 토끼가 사람의 말을 하는 것에 아무 이상도 느낄 수 없었다. 토끼라고 말을 못 할 이유가 어디에 있단 말인가. 아무것도 없다. 내게는 생각도 판단도 없었다. 내가 어떤 표정을 하고 있는지도 몰랐다. "딱히 아무 일 없는데."

"그래서 답답하니?"

"글쎄."

"어디로 가는 거야?"

"그러게."

"걷는 게 힘들진 않아?"

"모르겠어."

"그럼 알고 있는 걸 말해 봐."

"그것도 모르겠어. 내가 뭘 알고 있지?"

"너는 토끼보다 멍청하구나?" 토끼가 빈정거리는 투로 말했다.

"그럴지도 몰라." 나는 진심으로 대답했다. "잘 모르겠어. 아무 생각도 들지가 않아. 내가 왜 살아 있는지조차 알 수 없어. 나는 아무것도 아니고, 내 곁에는 아무도 없거든."

"그건 누구라도 그래. 알고 보면 누구나 혼자 걸어가

고 있지."

"그렇니?"

"응." 토끼가 말했다. 신기하리만치 아무 억양도 없는 목소리였다.

"나는 뭔가 바뀌길 원하는 걸까?" 나는 무어라 중얼거리는 것처럼 물었다. "아니면 아무렇지도 않게 있고 싶은 걸까?"

"잠깐. 고민하지 마. 고민하면 안 돼." 토끼의 안색이 파랗게 질렸다.

"왜?"

"왜라고 묻지도 마. 여기선 안 돼. 여기는 고민 같은 게 싫은 사람들만 있거든. 더 이상 생각도 하지 마. 슬퍼해서도 안 돼."

"내 맘대로 되지 않는 일이야, 그건." 내가 대꾸했다.

"오, 제발. '내 맘'이라는 단어는 여기 없어. 더 고민하지 마. 고민하면 여기 있을 수 없어."

"왜?" 나는 견딜 수 없어져서, 재차 물었다. "왜 고민하면 여기 있을 수 없는데? 나는 왜 여기 있는 건데?"

"네가 선택했잖아."

"선택? 무슨 선택?"

"더는 선택하기 싫다는 선택을 했지. 아! 이런 이야기는 할 수 없는데. 더 이상 묻지 마. 대답해 줄 수 없어." 토끼는 난처해 죽겠다는 듯이, 삐질삐질 땀까지 흘리고 있었다.

"아니, 아니야. 나는 물을 거야. 나는 궁금해. 나는 알고 싶어." 내가 말했다.

"안 돼. 여기서는 못 해."

"왜 못 하는데?"

"왜라고 생각해서도 안 돼. 말했다시피."

"아니," 내가 말했다. "그건 내 맘대로 안 되는 일이야. 그리고 난 그렇게 할 수 있어. '왜'라고 물을 수도 있고, 생각을 할 수도 있어."

"……정말 그렇게 생각해?" 토끼가 언뜻 느슨해진 말투로 물었다.

"응." 내가 대답했다.

"그럼, 너는 더욱 여기 있을 수 없어."

"뭐라고?"

"거기선 여기랑 다르게 모든 게 바뀌니까. 아무것도 '그대로' 있지 않아. 이건 알아두렴. 시간이 흐르면, 배경이 움직이면, 거기에 따라서 너도 따라서 걷거나 뛰어야 해. 그럼 안녕……." 토끼는 마지막 인사를 다 끝내기도 전에 사라졌다.

• • •

"……아!" 사방이 밝아 왔다. 흐릿한 형체가 날 보자마자 알은체를 해 왔다. "……응? 선희야! 이제 정신이 드니? 엄마 말 들려?"

나는 아무 말도 하지 않았다. 온몸이 두들겨 맞은 듯 저릿저릿했다. 오른쪽 손목에 굵은 링거 바늘이 꽂혀 있었고, 왼쪽 손목에는 빨갛게 물든 붕대와 거즈─그리고 지혈대─가 꽉 묶여 있었다.

차츰 정신이 되돌아왔다. 나는 파란색 담요를 덮고 있었다. 등줄기에 땀이 흥건했다. 응급실은 몹시 더웠다. 이상한 약품 냄새도 풍겼다.

엄마는 내 목덜미를 부둥켜안은 채 엉엉 울기만 했고, 아빠는 병실 바닥에 주저앉아 괴로운 표정을 짓고 있었다. 하얀 가운을 입은 의사는 한시름 놓았다는 듯 소매로 이마에 맺힌 땀을 훔쳤다.

나는 비로소 내가 선택했음을 깨달았다.

〈한여름 밤의 꿈〉

18

할아버지가 돌아가신 뒤부터 할머니의 건강은 날이 갈수록 안 좋아지셨다. 십수 년째 손녀딸 생일을 챙기셨던 분이 오늘의 날짜를 헷갈리는가 하면, 이따금 찾아오는 사위의 얼굴도 긴가민가하다 겨우 알아보시곤 했다.

"어떻게 할아버지 돌아가시고 나서 바로 그러시는지 모르겠네." 엄마가 푸념하는 투로 이야기했다. "일흔 넘게 잔병치레 한 번 없으셨거든, 너희 외할머니는. 뭐 자잘한 거 잊어버리는 일도 없었고. 건망증이 뭐야? 세상에 기억력이 얼마나 좋은지, 이십 년 전엔 할아버지 챙겨먹는 밥알 개수도 알고 계셨다니까. 그렇게 건강하셨던 분이 저러니까 참……."

"엄마가 건강한 것도 할머니 닮아서 그런가 봐." 내가 말했다. 농담할 타이밍이 아니라는 것쯤이야 알고 있었다. 그래도.

"내가 건강하긴? 엄마도 나이 먹고 몸 움직이는 게 하루하루가 다른데."

"내 친구들 부모님 보면 벌써부터 성인병이다 뭐다 해서 병원 안 다니시는 분이 거의 없던데? 엄마 정도면 정말 건강한 편이야."

"아이구, 그건 타고난 게 아니라 관리를 잘해서야. 관리를. 그리고 내가 어디 맘 편하게 아플 수라도 있는 입장이니? 자기 밥도 제대로 못 챙겨 먹는 딸 때문에라도 건강할 수밖에 없지."

"아, 예예." 나는 부루퉁하게 대꾸했다. 그럭저럭 잘 넘어간 것 같다. 슬픈 와중에 슬픈 대화까지 하고 싶지는 않다. 나는 아직 어려서, 그렇게밖에 생각할 수 없다.

할머니는 하루가 다르게 수척해지셨다. 올곧았던 허리가 휘어 거동이 어려워지셨고, 검게 윤기가 흐르던 머리칼도 새하얗게 셌다. 나는 무엇보다 그 사실에 충격을 받았다. 할머니는 늙는 법을 몰라서 흰 머리가 없는 줄 알았는데.

엄마의 말로는 그랬다. 백발이 된 건 애저녁 일이었지만, 그동안은 할아버지가 못 알아볼까 봐 꼬박꼬박 염색을 하셨다는 것이다. 왜인지 나는 그런 할머니의 흰 머릿결을 볼 때마다 마음이 좋지 않았다. 그래서 엄마에게 할머니가 주무시는 동안 몰래 염색을 해 드리는 건 어때요, 하고 물었는데. 생각지도 못한 부분에서 혼이 났다.

"그건 할머니를 위한 일이 아니잖아. 우리 마음 편하려고 하는 거지. 그래선 안 돼."

"할머니도 젊어 보이시면 좋잖아요. 흰 머리로 계신 것보단 훨씬."

"할머니가 우리를 위해서 젊어 보이실 필요가 있니?"

나는 할 말이 없었다. 할머니의 머리는 힘도 색도 남아 있질 않아서, 이제는 시들어가는 일밖에 남지 않은 것처럼 보였다.

그런가 하면 곧 죽을 사람이라곤 볼 수 없을 만치 생기가 넘치실 때도 있었는데, 딸과 손녀딸의 부축을 받으며 느지막이 동네 산책을 나가는 날이 그랬다.

할머니와의 산책 코스는 천천히 걸어 왕복 한 시간쯤 걸리는 길이었다. 현관을 빠져나와 자그마한 근린공원을 지나면, 완만한 오르막길이 야트막한 둔덕 너머로 이어졌다. 그 길로 쭉 걷다 보면 어느덧 시야가 확 트여 근처 동네가 한눈에 들어왔다.

할머니는 거기 놓인 나무 벤치에 걸터앉아 한참을 말 없이 계셨다. 그러면서 저 아래 동네에서 장을 보러 가는 부모들, 그 뒤를 따라 걷는 대여섯 살배기 꼬마와 오후 장사를 준비하는 과일가게 아저씨, 커다란 헬멧을 쓴 채 지나다니는 오토바이 청년, 그리고 학교에서 막 돌아오는 길의 여고생들을 내려다보시다가 대뜸 말을 꺼내셨다.

"내가 몸이 안 좋아지긴 했어."

"새삼스럽게 무슨 말씀이에요." 나는 조금쯤 당황해서 되물었다. "그래도 산책하시면서 많이 나아지셨다면서요. 내일은 더 좋아질 거예요."

"으응, 몸은 좋아졌지. 그런데 눈은,"

"눈? 할머니, 눈 이상해요? 그런 말 안 하셨잖아요."

"꽤 오래 됐어. 눈앞이 흐릿흐릿해가지고, 어떨 땐 바로 앞에도 잘 안 보인다니까." 할머니는 자못 태연하게 대답했다. 얼마나 자연스럽게 말씀하시는지. 언뜻 들으면 당신과 아무 상관 없는 사실을 말하는 듯 느껴졌다.

나는 황급히 휴대폰을 꺼내들었다. 그리고 할머니가 눈치채지 못할 만큼 빠른 속도로 엄마에게 메시지를 보냈다. '할머니가 눈이 안 좋으시대. 앞에 뭐가 낀 것처럼 흐릿하다시는데 혹시 백내장이면 어떡하지? 내일 내가 안과 모시고 가 볼까 하는데 엄마 생각은 어때……'

그러던 와중에 할머니가 말을 꺼냈다. "새롬아."

"네, 할머니."

"좀 흐릿하지만 괜찮아. 뭐든지 꼭 자세히 볼 필요도 없고."

"일상생활하는 데 불편하시잖아요, 그래도. 내일 저랑 같이 병원 가요." 나는 내일 할 일들을 모두 취소할 작정이었다.

"아이고, 이 나이에 병원은? 됐다. 됐어……. 흐릿한 것도 나름대로 멋이 있지. 어느 정도 되면 세상이 다 그림처럼 보이거든." 할머니가 말했다. "……나이 들어선 너무 자세한 건 볼 필요가 없어. 색깔만 구분하면 돼."

잘 모르겠다는 내 말에 할머니는 허허 웃으셨다.

할머니는 그날 새벽에 돌아가셨다. 할아버지가 돌아가신 지 정확히 반년 되는 날이었다. 엄마는 하필이면 그런 날 당직이었던 것이 평생의 한이 될 것 같다며 우셨고, 의사는 그런 엄마에게 편안하게 떠나셨으니 너무 자책하지 않으셔도 된다며 심심한 위로를 건넸다.

실제로 영안실에서 본 할머니는 너무도 평화로운 얼굴로 누워 계셨다. 마치 그렇게 될 순간을 아주 오랫동안 참아오신 분 같기도 했다. 그런 표정으로 떠나신 할머니 때문에, 나로선 슬퍼하는 엄마를 이해하는 데 부단한 노력이 필요했다.

장례가 끝나고, 엄마와 나는 할머니 집에 남아 있던 유품과 잡다한 짐들을 하나둘 정리했다. 열 평 남짓한 방에 혼자 사시던 할머니는 흔적이 너무 적어서 야속할 정도였다. 하루 종일은커녕 반나절 만에 거의 모든 정리가 끝났다. 따로 사람을 부를 필요도 없었다.

우리는 짐을 몇 보따리 챙겨다가 근린공원에 딸린 공터로 갔다. 그리고 공원관리인에게 양해를 구해 작은 불을 피웠다. 할머니가 덮고 주무시던 이불, 베갯솜, 아끼던 색동저고리와 보자기들을 하나둘 태워 올렸다.

돌아 나올 무렵엔 때마침 해가 지고 있었다. 할머니가 동네를 내려다보시던 그 장소가 앞에 보였다. 다가가 고개를 내밀면 지금이라도 벤치에 할머니가 앉아계실 것 같았다.

"그만 가자." 엄마가 뒤에서 내 소맷자락을 잡아당기며 말했다.

"잠깐만 보고 갈래요."

"그러지 마." 엄마는 고개를 가로저었다.

"왜요?"

"엄마는 못 보겠어. 앞이 흐릿해서……."

나는 그저 말없이 엄마의 손을 잡았다. 공원으로 향하는 길섶에는 초저녁의 선선한 바람이 불었다. 길가 수채화는 빛이 바래 꼭 할머니의 눈을 닮아 있었다.

〈슬픈 수채화〉

19

"봐 봐. 네가 두 달 전에 마감했던 소설이 어제 출간됐는데, 사람들이 아주 난리야 난리. 호평도 그냥 호평이 아니라니까. 여기서 몇 개 읽어줄까?" 쇠창살 너머 여자의 실루엣이 일렁거렸다. 정신없이 호들갑떠는 목소리…… 얄밉기로는 더할 나위 없다.

나는 잠긴 문쪽으로 시선조차 주지 않았다. 황당하고 절망적인 것도 하루 이틀이지, 이 년쯤 지나고 나니 그런 노력에조차 이골이 났다. 이 상황에 그딴 게 다 무슨 소용인가.

"그래도 보람 정도는 있지 않아? 누군가는 네가 쓰는 글을 목이 빠져라 기다리고 있어."

"하하, 완전히 돌았구만." 헛웃음이 나왔다. 그렇게라도 웃는 것이 얼마만일까? 한 달은 지났을 것이다. 독방에 틀어박혀 있는 사람에게 표정이란 무의미한 것이다. 얼굴 근육도 반절은 감각이 없다.

"왜 자신의 문학적 성취를 부정하려고 해? 넌 대단한 글을 써냈다니까. 정말이야, 내가 여기 관리자라서 하는 말이 아니라. 너는 꽤 잘하고 있어. 생각 이상으로."그녀는 진정 날 치켜세우려는 투였다. 나로선 그런 진심이 불쾌하고, 증오스러워서 구역질이 났다.

"이게 작가를 양계장 같은 곳에 감금해서 반강제적으로 나온 결과물이라는 걸 사람들이 알까?"

"감금이라니? 세상에 어떤 감옥이 이래? 호텔처럼 푹신푹신한 소파 침대에 맨날 끼니도 세 번 꼬박꼬박 챙겨주잖아. 그러면서 월세도 관리비도 안 받는 나한테 감금이라니? 여긴 감옥이 아니야. 그냥 출입이 자유롭지 못할 뿐이지."

"네가 언어능력이 딸려서 잘 모르나 본데. 원래부터 출입이 자유롭지 못한 곳을 감옥이라고 하는 거야. 그래서 여긴 감옥인 거고."

"아, 왜 항상 화가 나 있는 거야?"그녀가 더 못 참겠다는 듯이 투덜거렸다.

"화라니? 난 전혀 화나지 않았어. 갇힌 지 한두 달까지나 그랬지. 지금은 그냥 체념했어. 난 스스로를 글 쓰는 기계 그 이상이나 이하로 보고 있지 않아. 이게 너희들이 원하던 거 아냐?"

"기계라니, 그런 비인간적인 말이 어딨어? 우리는 그

저 창작의 효율을 극대화하기 위해 최선의 환경을 조성하고자 애쓸 뿐이야. 거의 자선사업이라니까? 가장 이상적인 원원, 누이좋고 매부좋고."

"그따위 이유로 합리화하지 마. 아무 죄 없는 사람을 가두는 건 명백한 범죄야. 만에 하나 내가 나가면 너희들은 싹 다 고발돼서 철창 신세를 질 테니까……그땐 감옥이 정확히 뭔지 알게 되겠지?"

"그렇게 나를 나쁜 사람으로 만들어야 글을 쓰고 싶어진다면, 그렇게 해. 나 하나 희생해서 위대한 저작이 나온다면야!" 여자의 목소리는 실선—에서 점선…으로 점차 옅어지다가 자취를 감췄다.

• • •

위대한 재능을 지닌 예술가가 동기를 잃고 방황하거나, 경제적 압박에 굴복해 세속적인 작업에 몰두하는가 하면, 술과 마약에 빠져 창작 활동을 게을리하는 것은 흔하디흔한 사건이다. 역사적으로 그렇다. 폭발적인 저작을 남긴 아티스트가 정상적이고 모범적인 삶을 살았다면 그거야말로 소름끼치도록 예외적인 케이스다.

더구나 오늘날 높은 평가를 받고 있는 작가들 중에서 도덕적으로 존경 받을 만한 인생을 살고 간 사람은 얼마나 되는가? 러시아의 대문호 도스토옙스키는 도박 빚에 쫓길 때쯤에야 부리나케 소설을 써냈다. 일찍이 베스트셀러 작가로 이름을 떨쳤던 피츠제럴드는 돈을 물 쓰듯 쓰다 재산을 탕진했다.

하기야 누구나 그런 과정으로부터 『죄와 벌』이나 『위대한 개츠비』 같은 결과물을 내놓을 수는 없다. 한때 떳떳하지 못한 삶을 살았다고 해서 그들이 창작에 소홀했다는 평가를 내려 버린다면 그야말로 부당한 일이다.

하지만 그럼에도 '만일'을 떠올려보는 것이 인간의 습성이기도 하다. 만일 그들이 잠시나마 오염된 삶에 노출되지 않고, 타고난 재능을 온전히 인류 문화의 진일보에 헌신할 수 있게끔 상황이 잘 굴러갔다면 얼마나 좋았을까? 누구 말마따나 '당신의 글이 너무 좋아서 방에 가둬놓고 평생 글만 쓰게끔 만들고 싶다'는 것은 실없는 농담인 동시에 개인으로서 표현할 수 있는 최대한의 관심이며 애정이기도 한 셈이다. 나는 그만큼의 위대함을 논할 처지는 아니더라도, 그런 안타까움이며 조바심을 십분 이해하는 입장에 있다고 느꼈다.

—상황이 이렇게 되기 전까지는 말이다.

고백컨대 나는 2년이 넘어가도록 그 단단한 철문 바깥으로 나가보지 못했다. 열 평 남짓한 방이 절대적으로 좁다는 얘기가 아니다. 다만 일 년 삼백육십오 일을 내내 지나 보내며 타자기를 두들기기에는, 여기가 터무니없이 좁은 공간인 것도 사실이다.

물론 생활하는 데 부족한 것은 딱히 없다. 식사는 매일 아침 7시, 정오, 그리고 저녁 6시 정각에 맞춰 나온다. 어떤 영양사가 담당하는지 죄 두뇌 회전에 좋다는 것들로만 식단이 구성돼 있다. 필요하다면 원하는 간식이나 읽을거리를 가져다주기도 하며, 내부에 설치된 텔레비전을 통해 바깥 세상의 소식도 접할 수 있다.

이런 상황에서 그럴듯한 저작 하나 써내지 못한다면, 나는 재능과 의욕의 부족 이외의 어떤 변명을 내놓을 수 있단 말인가. 아무래도 몸이 좀 안 좋았다고 말하는 수밖에 없나?

"……그러니까, 자극이라고 할 만한 게 하나도 없잖아. 글을 쓰는 인간이라고 무에서 유를 창조할 순 없어. 다들 넓은 세상을 직접 경험하면서 머릿속에 글감을 쌓아나가는 거라고." 그건 내가 그토록 싫어하던 '영감론'이었다. 이걸 내 입으로 말하게 될 줄이야. 과연 환경이 인간을 만든다던가.

"그럼 바깥에 있을 때 열심히 쓰지 그랬어. 출판사는 너한테 시간을 많이 줬어. 기회도 여러 번 줬지. 갖은 인내심을 동원해서 늦게나마 완성될 원고를 기다렸어. 자그마치 1년 동안. 그런데 불시에 찾아간 집에서 넌 뭘 하고 있었지? 그냥 소파에 드러누워서 게임이나 하고 있었잖아. 니가 아무리 궁시렁대도 그 사실은 변함이 없어."

"그렇다고 해서 이런 몰상식한 방법을 쓰는 게 정당화되는 건 아니야. 내게 좀 게을렀던 건 사실이고, 한 반년쯤은 출판사랑 계약을 했다는 것조차 까맣게 잊고 있었어……그건 잘못이지. 프로답지 못했어. 하지만 그건 적어도 범죄는 아니었어. 너희가 지금 저지르고 있는 일과는 달라. 난 한심했을 뿐이지 사악하지는 않았으니까. 세상의 그 누구도 '아무런 이유도 없이' 타인의 자유를 뺏을 권리는 없어. 심지어 그 이유가 언뜻 보편타당한 것으로 비쳐지더라도."

"자유는 자유를 위해 최선을 다하는 사람들에게나 주어지는 거야. 넌 아니지. 그래, 적어도 넌 아니야. 갇힌 지한두 달쯤 지나선 탈출도 완전히 포기해 버렸잖아. 이렇게 되길 원하고 있었던 사람처럼." 그녀가 말했다. 금속성의 문을 쓰다듬는 소리가 스쳐 지나갔다. "백 번 두드려열릴 문을 아흔아홉 번째에 포기하는 사람들이 참 많다니까. 탈출하려면 아예 못할 것도 아니었는데."

"아. 나는 똑같은 문을 아흔아홉번까지 두들기지 않아. 그딴 건 바보들이나 하는 거지. 난 안 된다 싶으면 한두 번에도 쉽게 포기하는 사람이야. 시간이 아깝고 에너지가 아까우니까."

"뭐가 그렇게 아까운데? 그렇게 아낀 시간을 어디다 시간을 쓰려고?"

"뭘 하긴? 글이나……" 나는 불현듯 머리가 어지러워졌다. 뇌에다 전력을 공급하는 기관이 고장난 것처럼. 더는 무슨 말을 해야 할지 가닥을 잡을 수 없었다. "……글, 글……"

"……뭐, 글이나 쓴다고?"

"……그래. 그것밖엔 할 게 없네." 나는 고개를 가로저으며 대답했다. 내가 무슨 소리를 하는 거지?

"좋아. 그럼 됐어." 여자는 말을 끝맺으면서 철문을 벌컥 열어젖혔다.

이 년 만에 처음 있는 일이었다.

나는 그 일이 너무도 순식간에, 무척 돌발적으로 벌어진 탓에 통 정신을 차리지 못했다. 문 바깥에는 침침한 조명이 많아야 하나 켜져 있었고, 나와 키가 비슷한 여자 하나가 어안이 벙벙한 내 표정을 아주 재밌다는 듯 바라보고 섰다. "여기서 나가든, 계속 있든 네 마음대로 해. 어차피 들어온 지 세 달쯤부터는 잠가두지도 않았어."

"오, 젠장." 나는 입을 떼고 말했다. "눈부시니까 문 좀 닫아줄래? 지금 당장……."

〈완전한 사육〉

20

노인은 오늘로 백 번째 생일을 맞았다.

백 년이란 어떤 시간일까. 여느 달력에서 한 세기를 구분하는 기준이고, 어디서는 슈퍼마켓에서 물건을 담을 때 쓰는 검정 비닐봉투가 땅 속에서 썩는 데 걸리는 시간이라고도 한다. 이런 주장들이 으레 그렇듯 직접 보고 이야기하는 사람은 없다. 백 살치곤 무척 정정한 편이었던 노인에게도 대답하기 어려운 부분이다. 노인이 태어날 당시의 한국에는 검정 비닐 같은 물건이 없었으니까.

다만 노인은 많은 이들이 막연히 영원할 것이라고 여기는 것들—타인과의 관계, 사랑, 행복과 불행, 국가와 이념, 전통과 권위, 철근과 콘크리트로 쌓아 올린 건물들까지—이 덧없이 사라지고 무너지는 모습을 지켜봐 왔다. 하물며 기다림에도 유통기한이 있다. 한 번 썩으면 두 번 다시 원래대로 돌아오지 않는다.

그럼에도 노인이 지금껏 가지고 있는 것들 중에, 가

장 오랫동안 그 원형을 유지해 온 것은 기다림이었다. 전쟁통에 생이별했던 어머니와 아내, 그 아내의 배에서 두 달 뒤면 나올 예정이었던 아이. 그 모든 기다림들을 휴전선 이남에 떠나보내고 수십 년을 살아 버렸다. 그동안 열두 번은 넘지 않았을까. 가족이 있을 남녘으로 넘어가려던 시도가. 지금처럼 노인이 되기 전은 물론이고, 환갑을 지나 걷기도 힘들어졌을 때까지 월남에 공을 들였지만 번번이 실패했다. 어떤 실패에 대해서는 필요 이상으로 혹독한 대가를 치러야 했다. 십 년 넘게 옥살이를 하느라 몸도 망가질 대로 망가졌다. 그렇게 썩어빠진 기다림을 껴안고, 고독한 죽음에 매일 한 걸음씩 다가가고 있었다.

그러던 어느 날, 끝났지만 영 끝나지 않았던 전쟁이 하루아침에 완전히 끝났다. 정권이 바뀌고, 인적이 없던 곳에 도로가 생겼다. 철조망이 걷힌 자리에, 반백년 넘게 끊어져 있던 철길이 새로 놓였다. 하루아침에 벌어진 그 일을 더러 통일이라 해야 할지, 아니면 단순히 국교 정상화 정도로 보아야 할지는 같은 동네 사람들끼리도 의견이 엇갈렸다.

그러나 노인으로선 어느 쪽이든 간에 골치가 아팠다. 솔직한 심정으로는. 기쁘기는커녕 어처구니가 없었다. 한민족이라는 놈들이 하루아침에 반으로 갈라져 수십 년을 따로 지내놓고선 갑자기 하루아침에 길을 이어서 예전처럼 잘 지내보자는 식이라니. 희망이란 꼭 그렇게 바라고 열망하던 때에는 이뤄지지 않다가, 그런 바람이 있었다는 사실조차 희미해질 즈음 불쑥 나타났다.

그런 삶에 넌더리가 나서 스스로 끊어버리려고도 했다. 한데 그러기에는 남쪽이 너무 가까운 곳까지 다가와버렸다. 읍내 전철역에서 기차표 하나만 끊으면 남쪽 끝까지 갈 수 있었다. 또 노인은 야속할 정도로 거동이 멀쩡했다. 시간은 얼마 남지 않았지만 그래서 더 여유롭기도 했다. 어쩔 수 없이 멀리 떠날 채비를 하고 역으로 향했다.

노인이 올라탄 열차는 신의주에서 평양, 개성을 거쳐 서울에 잠시 정차했다가, 오송과 대전을 거쳐 남쪽으로 이어지는 노선이었다.

열차 내에는 사람이 많지 않았다. 표준어와 문화어로 안내방송이 한 번씩 흘러나왔다. 노인은 그 두 가지 말 중에 어느 쪽이 더 그립게 느껴지는지를 곰곰이 생각해 봤다. 영 분간하기가 쉽지 않다. 머잖아 머리가 지끈거려져서 그만뒀다. 그러는 동안 허름한 중절모 아래로 투명한 창밖이, 대동강 줄기를 따라 수놓인 논밭과 도로, 회색 도시의 경관들과 산등성이들이 스쳐 지나갔다.

열차는 머잖아 서울역에 도착했다. 조용하던 객실에는 인기척이 잠시 일더니 열댓 명쯤 되는 사람들이 일어나 하차했고, 플랫폼에서 정확히 그 두 배 되는 승객들이 올라타 북적거렸다.

"와! 한강이다. 엄마! 저거 봐, 한강이야!" 맞은편에 앉은 여자아이가 객실이 쩌렁쩌렁할 정도로 크게 외쳤다. "진짜 크다. 강 아니고 바다 같애!"

"지유야, 조용히 하고 가만히 앉아 있어. 안 그럼 할아버지가 이놈 하신다." 곁에 앉아 있던 엄마가 손으로 아이를 제지했다.

"할아버지, 죄송합니다." 꾸벅하고 머리를 숙이며 사과하는 아이에게, 노인은 아주 오래된 미소를 지어 보였다. 한강이 반가운 건 피차 마찬가지 아닌가.

"정말 죄송해요. 애가 아직 여섯 살밖에 안 돼서⋯⋯."

"아, 일 없습네다." 노인은 정중하게 대답했다. "여기까지 내려오는 데 하도 조용해서 나도 심심하던 차였소."

"엄마, 근데 나 여섯 살 아니고 일곱 살이잖아."

"생일이 지나야 일곱 살이지. 넌 아직 여섯 살이야." 엄마가 아이의 옷을 툭툭 털어주며 말했다.

"그런 게 어딨어? 내 친구들은 다 일곱 살인데 왜 나만 여섯 살이야?"

"응, 생일 지난 친구들만 일곱 살이고 너는 아직 안 지났으니까 여섯 살인거야."

시무룩해 하던 아이가 갑자기 노인에게 물었다. "아. 할아버지, 할아버지는 몇 살이에요?"

"지유, 할아버지한테 예의 바르게 말해야지."

"아니오. 일 없소." 노인이 한쪽 손바닥을 들어 보이며 괜찮다는 시늉을 했다.

"응? 몇 살이에요?" 아이가 거듭 노인에게 물었다. 빨갛게 물든 보조개 위로 투명한 눈망울이 쌍으로 빛났다.

"나야 먹을 만큼 먹었지."

"먹을 만큼?" 아이는 고개를 갸우뚱하며 따라 말했다. "먹을 만큼이 뭐예요? 그게 몇 살인데요?"

"몇 살이든 상관없어. 누구나 너무 오래 살았다는 생각이 들면 먹을 만큼 먹은 게지." 노인이 대답했다.

"할아버지는 언제부터였는데요?"

"글쎄, 한 삼십 년은 됐을 걸."

"우와, 할아버지는 그럼 삼십 살?"

"하하, 그것보단 많이 먹었지."

"저, 어르신, 실례가 아니라면" 가만히 대화를 지켜보던 아이 엄마가 끼어들었다. "어디서 오셨는지 여쭤봐도 괜찮을까요? 말투가 특이하셔서."

"이북에서 왔소."

"그러셨군요. 그쪽 사투리가 좀 익숙해요. 저희 어머니도 똑같은 말씨를 쓰셨거든요. 지금은 돌아가셨지만. 아, 혹시 불쾌하셨으면 죄송해요."

"그럴 수도 있지." 노인은 대답과 함께 창밖으로 고개를 돌렸다. 아이 엄마는 자신이 말실수를 한 것 같다는 생각이 들었는지 멋쩍게 아이의 머리를 쓰다듬었다.

광명역을 지난 열차가 점차 속도를 내기 시작했다. 노인과 마주 앉아 있던 아이는 삼십 분 가까이 부산스럽게 움직이다가, 대전역을 지나칠 무렵에는 창가에 머리를 기댄 채 깊은 잠에 빠졌다. 엄마도 그런 아이의 모습을 지켜보던 중 까무룩 잠들었다.

반면 노인은 뒤따라 잠들기에 너무 오랫동안 깨어 있었다는 생각이 들었다. 또 이따금 모녀를 빤히 응시했다가, 열차가 터널을 통과해 나오면 창밖을 쳐다보기를 수차례 반복했다. 풍경은 역 근처에 가까워갈 때마다 크고 작은 콘크리트 빌딩으로 메워졌다.

"깨워주셔서 정말 감사해요. 어르신 아니었으면 이대로 부산까지 갈 뻔했어요." 아이의 엄마가 벗어놓은 외투를 도로 걸치며 인사치레를 했다.

"경주에서 부산이 뭐가 멀다고." 노인은 아무렇지 않은 척 대꾸했다.

"어르신한테는 아니어도 저희한테는 멀죠. 지유야, 할아버지한테 감사합니다, 해야지."

아이는 엄마가 시키는 대로 배꼽인사를 했다.

"어서 가시오."

"예. 이제 문이 열리면 가야죠. 어르신은 어디서 내리시나요?"

"아, 나야 뭐,"노인은 애써 눈길을 피하며 말하고 있었다. "가는 곳까지 가는 거지. 시간이 허락하는 대로 계속 가는 거요."

"그래도요. 어디서든 어르신이 오길 기다리는 분들도 있으실 텐데."

"그런 건 없소."

"가족이 없으신가요?"

"있었는데, 지금은 없어. 원래부터 있었는지도 이제는 잘 모르겠구먼. 시간이 좀 지났어야 말이지."

"너무 그렇게만 생각지 마시고요. 혹시 모르는 일이잖아요."

"자, 이제 가야겠구만. 문이 열렸네."노인이 열차 칸 끝자락을 턱으로 가리켰다. "젊은 사람들은 갈 길 가시오."

"네, 그럼 안녕히 가세요."엄마가 아이의 손을 잡아끌었다. 노인이 지켜보는 차창 너머에 서늘한 바람이, 그리고 그 사이를 뒤도 돌아보지 않고 휙 비집어 떠나는 모녀의 뒷모습이 반사돼 왔다. 백 년간의 기다림이 끝나고 열차가 출발했다.

〈남행렬차〉

21

아침 조례와 함께 짧은 자습시간이 끝났다. 그즈음의 교실에는 제각기 다른 방식으로 시끄러우면서도 편안한 느낌을 주는, 이상야릇한 느낌의 평화가 흐르곤 한다. 담임이 교실 앞문으로 빠져나가는 소리, 누군가 가방 지퍼를 여는 소리와 먼 뒷자리에서 들려오는 코골이 소리, 조심스레 화장실로 향하는 학생들의 사부작대는 소리와, 여전히 문제풀이에 골몰하고 있는 아이들이 내는 볼펜 소리에 이르기까지. 쓸데없어 보이는 소리들이 하나둘 짝을 이루더니 이윽고 교묘한 조화를 이루는 것이다.

미정은 공부를 좋아해서 열심히 하는 학생은 아니었지만, 그런 일상적인 평온함 속에서 제 할 일을 이어가는 것에는 제법 보람을 느꼈다. 수능을 앞둔 고삼 수험생들이 옹기종기 모여 앉은 모습. 그 답답한 교실에서 딱 한 가지 사회에 갖고 나가고 싶은 게 있다면 바로 그런 종류의 평화다. 분명히 그랬다.

"너, 아침에 먹는 사과가 금사과란다." 채영은 어느 순간 미정이 앉은 자리 옆구리에 붙어 말했다. 꼭 대본을 읽을 때나 나오는 억양이었다. 이쑤시개에 꽂힌 사과 한쪽이 미정의 눈앞에 아른거리듯이 날아다녔다. "하나 먹을래?"

"난 아침 먹고 왔거든. 너나 먹어." 미정은 아주 귀찮다는 태도로 손사래를 쳤다. 모름지기 평화란 길지 않고, 길지 않아서 소중하다는 격언이 떠올라 기분이 복잡스러웠다.

"아니, 진짜 몸에 좋은 건데! 우리 미정이가 싫으면 어쩔 수 없지. 나 혼자 다 먹어야겠다. 응? 너무 슬프지만 그럴 수밖에 없어. 미정이가 싫다니까……."

"아!" 미정이 보고 있던 교과서를 팍 덮었다. 얼마나 셌는지 작은 바람마저 일었다. 채영의 앞머리가 들썩했다. "야, 나 사과 싫어한다고. 몇 번을 말해?"

"몇 번은 아니고 몇십 번쯤 말했지." 채영은 능청스레 어깨를 들썩였다.

"그런데 왜 자꾸 난리냐고. 염병할 다이어트는 너 혼자 하라니까. 가만히 공부하고 있던 사람 방해하지 말고."

"뭔 소리야? 나는 다이어트로 먹는 게 아니라, 정말 사과가 맛있어서 먹는 거라니까. 솔직히 이렇게 맛있는 걸 네가 왜 안 먹는지 이해가 안 돼."

"싫은데 이유 같은 게 어딨어? 그냥 싫은 거지."

"사과한테 너무하다고 생각은 안 해?"

"안 해." 미정이 딱 잘라 말했다.

"정말 너무하네. 사과의 맛있음을 모르는 미정이가 불쌍해." 채영은 자그마한 락앤락 통에서 사과 한 쪽을 더 꺼내 집었다. "하지만 난 포기 안 해. 어떻게든 너한테 사과를 먹이고 말 거야. 그게 이번 학기 내 목표니까……."

"넌 완전 돌았어. 수험생활의 과도한 스트레스 때문일까?"

"네가 그렇게 말할 때가 난 너무 좋아, 미정아. 그럼 왠지 더 오기가 생기거든." 채영이 사과를 으적으적 씹어 먹으며 말했다. 살짝 올라간 입꼬리며, 무언가 음흉한 일을 꾸미고 있는 듯한 눈빛이 오싹했다.

"채영아, 너 진짜 미친 사람 같아."

"응. 고마워."

"농담이 아니라."

"그래서 고마운 건데."

"그만 좀 해."

"알았어." 채영이 말했다. 미정은 몇 초간 채영의 거동을 지켜보다가, 비로소 안심한 듯 읽고 있던 교과서를 도로 펼쳤다.

그사이 교실은 새삼스레 시끄러워져 있었다. 미정이 사랑했던 그 순간의 평화는 채영의 등장으로 말미암아 증발해 버렸다. 미정은 뭐라 말할 수 없는 상실감에 쓰고 있던 안경을 벗고 마른세수를 몇 번 했다.

"야." 얼굴을 감싼 미정의 목소리였다. 다소 먹먹한 것이 어디 좁은 창고에서 몰래 이야기하는 느낌이었다. "요즘 사과 엄청 비싸지 않아? 내가 알기론 그런데."

"그래? 음, 엄마가 사 오는 거라서 난 잘 몰라." 채영은 뜻밖의 질문에 다소 쭈뼛거리며 말했다. "근데 요즘 과일값이 전반적으로 다 올랐대. 태풍이 불어서 그런가?"

"어, 태풍 때문에. 말 그대로 금사과지. 아침이든 저녁이든 똑같은 금사과인 거야."

"사과 싫어한다더니, 비싸진 건 어떻게 알았대?"

"뉴스에 자주 나와. 사과 가격이 천정부지로 올랐다고. 그렇게 흔해 빠진 과일을 왜 못 먹어서 안달들인지는 모르겠지만." 미정은 이제 겨우 얼굴에서 손을 떼고 안경을 도로 썼다.

"흔하다고 해서 가치가 줄어드는 건 아니지. 사과는 항상 사과야. 기본적으로 맛있는 과일이니까. 영양가도 있고."

"그건 그렇지."

"그러니까 한입 어때?" 채영이 마지막 사과 한 쪽을 꽂아 내밀었다.

"싫어." 미정이 말했다.

"아니, 그러지 말고 한입만 먹어 보라니까? 아침사과가 금사과라고오."

"아, 나 엄마한테 전화해야 돼."

"아, 뭐야. 수업 시작까지 5분도 안 남았는데?"

"진짜야." 미정은 휴대폰 화면을 들어 '엄마'라고 적힌 발신자 정보를 채영에게 보여준 다음, 복도 바깥쪽에 있는 건물 벽에 기대 전화를 걸었다.

신호음이 무척 길었다. 기다리는 동안 미정은 태풍이 지나간 교정을 눈으로 훑었다. 보도 곳곳에 웅덩이가 패여 빗물이 고여 있었다. 그 뒤에는 야트막한 언덕이 비에 젖어 휘늘어졌고, 그 위쪽으론 새벽잠 자러 가는 기숙사 건물 두 채가 비딱하게 균형을 맞추고 솟아 있었다.

"미정아!" 엄마의 목소리가 수화기 너머로부터 건너왔다. "아유, 공부하느라 바쁠 텐데 왜 아침댓바람부터 전화를 걸고 그래. 밥은 잘 챙겨먹지? 잠 못 자는 건 좀 나아졌어?"

"응. 난 괜찮아, 엄마. 성적도 아주 조금씩이지만 좋아지고 있고." 미정은 알게 모르게 망설이다가 말을 꺼냈다. "엄마는 괜찮아? 집은?"

"집이야 뭐, 고치면 그만이지만. 너희 아빠랑 나는 과수원이 더 걱정이다. 가뜩이나 경기도 안 좋은데 고놈의 태풍이 얼마나 억세던지! 바람이 너무 세서 작은 것들은 뿌리까지 뽑혀나갔어, 애. 그래도 그 와중에 버티고 달려 있는 것들이 있어서 그것들이라도 따고 있고 그래. 너도 알다시피 이게 사과는 약간만 멍이 들고 생채기가 나도 도매로 안 나가잖니? 그렇다고 버리기는 아깝고 그래서 우리도 아침마다 사과 파티해, 파티. 썩을 놈의 태풍 때문에 먹을 복이 아주 터졌어."

"······그랬구나. 그럼 나한테도 좀 보내줘. 기숙사 애들이랑 나눠 먹게."

"어이구, 그렇게 보내준달 땐 안 받는다더니. 사과 질린 게 이제는 좀 괜찮아졌나보네?"

"그런가 봐. 안 먹은 지 하도 오래돼서. 보내기 힘들면 안 보내도 돼."

"그럴 줄 알고 이미 준비해놨다. 오늘 보낼 거야."

"아, 그래?"

"그럼, 준비해놨고말고." 엄마는 진심으로 즐거워하는 말투였다. 미정 자신은 물론, 미정이 알고 있는 그 누구보다 힘든 상황이 분명했을 텐데도 엄마는 그랬다. 금방 재미있는 일이라도 있었던 것처럼 철딱서니 없이 말하고 있었다.

미정은 그런 엄마가 철이 없게 느껴져서, 그게 아니면 여전히 자신을 세상 물정 모르는 갓난애 취급하는 것 같아서, 불쑥 부아가 솟아 전화를 끊었다. 몇 번이고 엄마가 다시 전화를 걸었지만 받지 않았다.

　그날따라 미정은 좀체 수업에 집중하지 못했다. 맨 앞에 앉아 듣는 둥 마는 둥 하는 태도 때문에 담임교사에게 한 소리 얻어듣기까지 했다. "많이 힘들겠지만 지금부터가 중요해. 100일쯤 남았을 때 좀 더 힘을 내서 끝까지 가야 하는 거야. 지쳐도 포기하지 말고 계속 버텨. 미정이는 그동안 잘해 왔으니까. 선생님은 널 믿는다."

　"네, 선생님." 미정이 고개를 푹 숙인 채 나직하게 대답했다. 그날은 열람실에서 새벽까지 자습을 하다 잠이 들었다.

· · ·

　"야, 미정아!" 아침 댓바람부터 채영의 목소리가 귀를 울렸다. "여기서 자고 있으면 어떡해? 기숙사에 너 택배 받아가라던데."

　"아, 그래?" 미정은 거의 시체나 다름없는 모습으로 깨어났다. 입가에 묻은 침은 교복 소매로 닦아올렸다. 본능적인 행동이었다.

　"가능하면 지금 가져가래. 엄청 크고 무겁다던데."

　"뭐지?"

　미정은 채영과 함께 기숙사 경비실로 향했다. 공기며

바람이 몹시 산뜻해 기분이 좋았다. 생각해 보니 태풍이 다 지나간 뒤로는 줄곧 그런 바람만 분 것 같았다. 꿈도 한 번 안 꾸고 그렇게 깊이 잠든 것도 오랜만이었다. 이제는 어쩐지 좋은 일만 생길 것 같은, 그런 막연한 희망이 마음속 깊은 곳에서 용솟음치려던 찰나, 문득 전날의 기억이 되돌아왔다.

'맞다, 엄마가 사과 보낸다 했었지. 얘한테는 어떻게 설명을 해야 하나? 사과 싫어한다고 그렇게 말했는데.'

그런 노파심과는 달리, 의외로 채영은 별일 아니라는 듯 말했다.

"아니, 부모님이 과수원 하신다는 얘긴 왜 안 했어? 그럼 사과 싫어하는 게 당연한 거 아냐? 진작 말했으면 그렇게 안 괴롭혔지."

"그냥 설명하기 귀찮았어. 딱히 해야 할 이유도 없고." 미정은 채영과 함께 택배로 온 사과 박스를 책상 위로 옮겨놓았다.

"그건 좀 서운한데. 우리 친구 아니야?"

"아, 누가 그래?"

"이거 뜯어봐도 돼? 나 하나만 주라. 니네 부모님 사과는 어떤 맛인지 궁금해서"

"맘대로 해. 너 다 먹어."

"정말이지? 나중에 딴말하지 마." 채영이 커터칼로 박스 양쪽에 붙어 있던 테이프를 잘라 뜯었다. 박스 윗부분이 활짝 열리기 무섭게 짙은 사과 향이 비바람 냄새와 섞여와 코를 때렸다. "어, 이거 뭐야. 여기 쪽지 있다."

"뭐, 잘 먹으라고 썼겠지. 그냥 보내긴 좀 그러니까." 미정은 팔짱을 끼고 서서 심드렁하게 말했다.

"그건 아닌 것 같은데" 채영은 빨간 사과들 사이에 꽂혀있던 종이를 쑥 내밀었다. "이건 니가 읽어봐야 될 거 같아. 내 생각에는."

"뭔데?"

"읽어봐야 알지."

미정은 별수없다는 듯 한숨을 푹 쉬었다. 그리고 쪽지를 멋쩍게 받아들어 읽기 시작했다.

'그 태풍 속에서도 흠집 하나 없이 버틴 사과들이야. 다 모으니까 딱 한 상자 나왔음. 반은 혼자 먹고 나머지 반은 친구들과 나눠먹길 바람. - 늘 미정이를 사랑하는 엄마아빠가'

미정은 한동안 말이 없었고, 채영은 그런 미정의 눈치를 살피며 슬쩍 쪽지의 내용을 읽었다.

"……와우. 너네 부모님 정말 대단하시다. 어떻게 이런 생각을 다 하셨대? 어, 야, 왜 그래? 너 설마 울어? 우는 거야? 응? 어디 봐 봐!"

"닥쳐."미정은 반대쪽으로 몸을 굽히고 아주 조금 울먹거리며 말했다. 그러면서 옷소매로 눈가를 훔쳐 닦았는데, 좀 전에 닦았던 침이 얼굴에 엉겨 붙었다. 그래서 언뜻 봤을 땐 그 몇 초 사이 눈물콧물로 범벅이 된 사람처럼 보였다.

"이야, 미정이 이런 모습 오랜만인데……일학년 때 이후론 정말 처음 같아."

"닥치라니까……."

"그러니까, 내가 말했잖아."채영의 다정한 손길이 머리를 감쌌다. "아침에 먹는 사과가 금사과라고……."

〈Apple of my eye〉

22

"정말 오래 기다리셨습니다!" 별안간 시끌시끌하던 장내가 고요해졌다. 사회자는 한층 차분해진 청중들을 쓱 훑어보고, 왼손의 마이크를 들어 말을 이었다. "드디어! 이곳을 찾은 모든 분이 기다리고 기다리던 순서……곧 시작하도록 할 텐데요……."

경매는 서울 소재의 모 호텔 세미나실에서 매달 적당한 날짜를 골라 진행됐다. 명목상 출품 기준은 따로 없었지만 대개 개인이 소장하고 있던 고가의 예술품만을 등록하는 것이 불문율이었다.

다 떠나서 이 사설 경매에 상품을 올리는 것부터가 여간 어려운 일이 아니었다. 일단 등록부터가 기존 관계자들의 소개와 추천으로만 가능하게 돼 있었다. 신청한 뒤에도 약 한 달간의 유예 기간을 두고, 예술 분야의 내로라하는 전문가들에게 감정을 받은 뒤 해당 물품의 최근 동선을 파악해 장물 여부까지 파악하고 나서야 본 경매에 출품할 수 있었다.

이렇다 보니 어떤 물건이든 그 경매에 무사히 출품됐다는 사실 자체만으로도 어느 정도의 프리미엄을 보장받는 셈이었다. 여태껏 가장 저렴한 가격에 낙찰된 것조차 천만 원대를 훌쩍 넘어가는 수준이었고, 그 덕에 대중적인 인지도는 거의 없다시피 한 행사였다. 청담에서 논현에 이르는 부촌의 졸부들이나 책 좀 읽고 문화적 교양도 제법 있노라고 자부하는 양반들 정도가 꾸준히 찾아올 뿐이었다.

"그런데 정말, 이번에는 정말로 많은 분들이 경매에 참여해 주셨는데요. 저도 여기서 두 해 넘게 사회를 봐 왔지만 참 진풍경입니다. 그만큼 오늘 등장하는 작품이 해당 경매, 아니, 대한민국 미술사에 거대한 한 획을 그을 만큼 놀라운 작품이라는 반증이 아닐까요? 자, 이제 그 작품이 저 뒤쪽에서 여러분을 만날 준비를 마친 상태인데요. 출품자인 김여욱 씨의 요청에 따라 촬영을 엄금하오니 좌석 뒤쪽에 계신 기자분들께선 전부 카메라를 꺼 주시길 당부드립니다. 퇴장 시에 불법 촬영된 사례가 적발되면 주최 측에서 법적 책임을 묻게 되어 있으니 주의하시기 바랍니다. 아! 저기 나옵니다!"

사회자가 손날을 뻗어 단상의 왼쪽을 가리켰다. 일순간 경매장이 긴장감에 휩싸였고, 그 안에 있는 모든 사람의 시선이 한쪽으로 몰려들었다. 일동의 눈빛들이 얼마나 따갑고 의미심장했는지, 단상이 나무로 돼 있었다면 금방 불길이 치솟았을 것이다.

이윽고 양복 차림의 남자 두 명이 베일에 싸인 중간 크기의 액자를 들고 나왔다. 단상 중앙으로 향하는 그 몇 초간의 몸짓은 지나치게 조심스러웠다. 그새 카메라를 내려 놓은 몇몇 기자들에게는 무척 우스운 장면이었다. 끽해야 삼십 인치쯤 되는 직사각형 물체를, 우람한 장정 둘이서 예식용 흰 장갑까지 끼고 나르는 모습은 흔한 광경은 아니다.

그러나 그런 종류의 우스꽝스러움은 전혀 중요하지 않았다. 경매 참가자들을 비롯해 현장에 있던 사람들 모두가 그들이 들고 나온 물건, 즉 군청색 천으로 가려진 액자에 정신이 팔려 있었던 것이다. 액자는 매우 느린 속도로 단상 중앙에 배치됐다.

사회자는 마이크를 쥔 손이 바들바들 떨려오는 것을 느꼈다. 지금까지 정말 수많은 작품들, 그야말로 억 소리 나는 예술품들을 소개해 왔지만, 이만큼이나 많은 시선과 관심, 긴장감, 두려움에 사로잡힌 적은 한 번도 없었다. 그 천조각 뒤에 도사리고 있는 무언가가 시시각각으로 숨통을 조이는 것 같았다. 원래 계획대로라면 몇 마디 재치 있는 멘트로 청중들의 기대감을 고조시킬 시점이었다. 하지만 지금은 그럴 수 없었다. 눈앞에 놓인 진정한 예술, 인류문화의 찬란한 소산이, 지금 당장 베일을 벗겨 모습을 드러내게끔 충동질했던 것이다.

"정말 어떻게 할 수가 없네요." 사회자는 체념하듯 말하고 나서, 이내 결심을 굳힌 듯 액자 위에 늘어져 있던 천을 젖혀 들었다. 결국 사람들은 그 놀라운 작품을, 미처 마음의 준비를 할 겨를도 없이 마주해 버리고 말았다.

"와!" 어느 사이비 종교단체의 집회에서나 나올 법한 환호성이었다. 그중 몇 명은 자신이 이미 기절한 것과 다름없다는 듯, 그 황홀한 미술적 감동을 견딜 수 없다는 듯 이상야릇한 얼굴을 하고 있었다. "오, 세상에!"

"자, 이것이 스페인의 위대한 예술가, 파블로 루이즈 피카소의 역작입니다. 이 경매에 출품되기 전까지만 해도 존재조차 알려지지 않았던, 오랫동안 그 정체를 감추고 있었던 보물이, 지금 이 순간 여러분들 앞에 그 아름다움을 드러냈습니다." 사회자는 더이상 말을 잇지 못할 것처럼 서 있다가, 그림에서 관객 쪽으로 고개를 돌리고 나서야 겨우 진행을 이어나갔다. "그렇습니다. '그' 피카소입니다. 그림에 대해 일절 모르는 사람들조차 이름은 알고 있는, 인류가 낳은 역사상 가장 위대한 화가라고 할 수 있겠는데요. 피카소는 살아생전 전쟁의 참상에 많은 관심을 가지고 있었던 것으로 알려졌습니다. 그러다보니 자연스럽게 1950년 6월 25일 발발한 한국전쟁에도 깊은 인상을 받았고, 그걸 계기로 〈한국에서의 학살〉이라는 걸작을 남겼다는 건 잘 알려진 사실입니다. 그런데……"

"경매는 언제 시작합니까?" 사회자의 말이 길어지자, 참가자 대기열에서 불만이 터져 나왔다.

"네, 잘 알려져 있지 않습니다. 피카소가 비밀리에 한국을 방문했고, 당시 연합군 관계자와 만나 그림 한 점을 기증했다는 사실은요. 불과 몇 달 전까지만 해도 관계된 사람들 이외의 모두가 몰랐던 부분입니다만……" 사회자는 청중의 불만에도 아랑곳 않고 설명을 이어나갔다. "그때 그 연합군 관계자가 미군 장교에게 그림을 보관하게 했는데, 그 장교는 중공군의 역습으로 수세에 몰리게 되자 그 걸작품을 보호하고자 한 가지 꾀를 냈던 것입니다. 북한군에게 부모를 모두 잃고 미군 주둔지에서 보호받고 있던 한 여자아이가 있었어요. 당시 한국 나이로 열두 살밖에 안 된 아이였죠. 바로 이 그림의 출품자인 김여욱 씨였습니다. 증언에 의하면 그 미국인 장교는 적군의 공세에 대비해 캠프를 철수시키면서 이렇게 당부했다고 합니다. '헤이, 여욱. 유 머스트 고 투 부산 앤 킵 디스 페인팅……잇 이즈 에이 아티스틱 트레져 페인티드 바이 피카소, 유 노? 이프 유 세잎리 어라이브드 앳 부산 앤 캔트 파인드 미 커즈 암 올레디 데드, 디스 트레져 윌 비 유어스.

오케이? 쏘 유 햅 투……'"

"아! 나 먼저 할게요! 더는 못 참겠습니다!" 그 즈음 객석에선 불만을 넘어 주체적으로 경매를 속행하려는 움직임이 일었다. 이미 경매에 참여하기로 한 사람 중 사회자의 말을 귀 기울여 듣는 이는 한 명도 없었고, 제각기 그 역사적 그림을 자신의 애장품으로 삼거나 지나치게 세련된 탈세 루트로 활용할 생각으로 혈안이 되어 있었다. "5번! 오백억!"

"아!" 말문이 막힌 사회자의 얼굴이 눈에 띄었다. "여러분, 잠시만 기다려 주시면……" 수습할 틈조차 없이, 다음 입찰자들이 줄을 이었다.

"20번! 칠백억!"

"33번! 구백억!"

"61번! 천억!"

경매는 통제 불가능한 상황에 접어들었다. 사회자는 '놀랍게도 시작부터 기존 최고 낙찰가 기록을 경신했습니다!'라고 말할 타이밍을 완벽하게 놓쳤고, 그래서 그 정신 나간 레이스를 관리할 최소한의 권한조차 상실하고 말았다.

참가자들의 주도로 말미암아 순식간에 경매가 마무리됐다. 노련한 기자들에게 그 정도 상황쯤이야 충분히 예상 가능한 범위다. 각종 언론사의 취재기자들이 호텔 메인 로비며 주차장까지 진을 치고 기다리는 중이었다. 다만 최종 낙찰가가 무려 이천억 원에 달했다는 것이나, 그 그림을 낙찰 받은 중년 남성이 그저 낙찰자로부터 권리를 위임받은 대리인에 불과하며, 누구에게도 정체를 밝히지 않겠다고 선언하리라곤 상상조차 하지 못했다.

몇몇 기자들은 지푸라기라도 잡는 심정으로, 대리인이라던 그 남자를 몇 달이나 쫓아다녔지만 허탕을 쳤다. 억만장자들의 비상식적인 소비 행태에 경악을 금치 못했던 대중들 역시 서서히 일상으로 돌아가기 시작했다. 사람들의 뇌리에서 그 희대의 경매와 피카소의 그림, 거기에 붙은 이천억 원이라는 가격표와 익명의 낙찰자가 잊히는 데는 몇 주 걸리지도 않았다.

인터넷 포털 실시간 검색어와 모바일 뉴스로 이 사건을 목격했던 모두는 꼬박 한 해가 지나갈 무렵에야 기억을 떠올렸다. 피카소가 한국에 남기고 갔다던 그 그림이, 알고 보니 교묘하게 꾸며진 가품이었다는 보도가 잇따른 것이다.

"……해당 작품이 명백한 피카소의 저작이라며, 거짓으로 증언한 혐의를 받고 있는 돈 후앙(48)씨는 스페인 말라가에 위치한 한 사설 미술관에서 큐레이터로 일하고 있었으며, 예술품 브로커들로부터 청탁을 받고 보증서를 작성해 준 것으로 드러났습니다. 한편 모 대학 서양화과

전임교수로 알려진 A씨를 비롯해 당시 경매에서 그림을 감정했던 전문가들은 이번 사건에 대해 '잘 기억나지 않는다'는 답변으로 일축했으며, 감정 결과를 믿고 그림을 구매했던 낙찰자 B씨 내외는 경매 주최측 그리고 감정단에게 수백억 원 규모의 손해배상을 청구한 것으로 알려졌습니다. 한편, 관련 업계에 종사하고 있는 B씨는 기자회견을 통해 '자칭 전문가라는 족속들이 해외에서 찍힌 보증서만 보고 진품 판정을 내린 것은 국제적 망신이며, 외부의 권위에 의지해 기생충처럼 살아가는 예술계의 현실을 고스란히 보여주는 사건'이라며 맹렬한 비판을 쏟아냈습니다…….."

"아이고, 꼴값을 떤다. 별 같잖지도 않은 그림으로 그 호들갑을 떨어대더니만." 대합실 구석에 앉아 뉴스를 보던 중년 여성이 혀를 차며 말했다. "아유, 나는 저놈의 그림이 무슨 이천 억씩이나 한다고. 이해가 하나도 안 가던데. 저 때 건넛집 아줌마가 얼마나 날 창피주던지……나한테 뭐라 그랬는지 아니? 어떻게 저런 걸작품을 보고도 아무 느낌이 안 들 수 있냐고, 참 못 배웠다 쳐도 최소한의 교양은 갖추고 살자고 씨부려대댔다니까, 글쎄."

"아, 작년에 아들 미대 보낸 그분?" 바로 곁에 앉아 있던 딸이 물었다.

"그래, 그 아줌마. 똑같이 못 배워 놓고서는, 미술관 몇 번 다녀왔다고 그렇게 거들먹거리길래 난 또 뭐가 있는 줄 알았지. 참, 예술은 개똥이 예술이야. 내가 발로 그려도 저것들보단 잘 그리겠다……."

"그럼, 엄마 정도면 괜찮지. 내가 볼 땐 요즘 현대미술이라는 게 그냥 다 이름값 같다니까. 그 뭐냐, 누가 그랬다잖아. 일단 유명해지면 똥을 싸도 박수를 받는다고."

"저런 걸 보면 그것도 틀린 말은 아니지. 그나저나 저 그림 산 양반은 얼마나 속이 쓰릴까? 이천 억이 누구 집 개 이름도 아닌데. 하루아침에 휴지 쪼가리가 됐으니."

"그래도 아직 돈 많을 걸? 우리가 걱정할 팔자는……"

"하긴 그렇네. 너는 언제 취직해서 돈 벌어올래?"

"아, 왜 결론이 그렇게 되는데?"

모녀는 몇 분쯤 실랑이를 주고받다가 서울로 향하는 열차에 몸을 실었다. 뉴스에 나왔던 그 가짜가 기행으로 유명한 살바도르 달리의 작품이며, 고의로 피카소를 따라 그린 것이란 보도는 석 달 뒤에나 나올 것으로 보인다. 그때 사람들은 어떤 표정으로 어떤 말을 내놓을 것인가. 모르긴 몰라도, 그것이야말로 예술이 아니라 할 수 없겠다.

〈교양학개론〉

23

남자는 외투 양쪽을 싸매고 움츠려 앉았다. 어두컴컴한 산마루 주위로 이따금 벌레 우는 소리가 들려왔다. 구—구—구구구—하고 산비둘기 우는 소리도 번갈아 울린다. 쌀쌀한 밤공기에 살짝 젖은 나무줄기와 풀잎 냄새가 스며들어 있다.

두 사람은 초저녁이 되기 전에 산에 올라서 적당한 곳에 차를 세워두고 자리를 잡았다. 남자는 머리털이 난 뒤로 산에 온 기억이 손에 꼽을 정도로 몇 번 없었다. 안 가야겠다고 결심한 건 아니었지만 그냥 살다 보니 그렇게 됐다. 전형적인 도시 사람, 본인 입으로 이야기하듯 서울 촌놈이나 다름없다.

그에 비하면 여자는 시골이라고 까지는 할 수 없어도, 비교적 외진 동네에서 유년 시절을 보낸 축이었다. 여자뿐 아니라 쭉 지방에서 지내다 처음 상경한 사람이라면 누구라도 놀라게 된다. 서울에 가득 들어찬 막대한 인파와, 그들이 만들어내는 서울의 야경, 그 야경에 가려진 밤하늘의 별빛들, 무엇보다 밤하늘에 별이 보이지 않는 것을 당연하게 여기는 사람들에게 아연하게 되는 것이다. 별이란 교과서에서, 그나마도 지구과학 같은 비인기과목에서 몇 차시에 걸쳐 알려주고 끝낼 뿐이다. 밤하늘에는 별이 있고 별자리가 있으며 은하수가 있다고. 비록 우리 눈에는 보이지 않지만.

학생들은 그 내용을 심드렁하게 듣다가, 바로 다음 수업인 국어 과목 교과서를 미리 꺼내놓아 버린다. 여자는 그 학생들이 마침 배우던 작품이 '별 헤는 밤'이었다는 사실에 울분을 토했다. 학생들에게 별이란 그저 외우고 학습하는 대상일 뿐이다. 실제로 헤아릴 수 없을 만큼 많은 별들이 하늘에 촘촘히 박혀 있는 모습을 알지 못한다. 이런 사실이 그녀에게는 어찌나 슬픈 일이었는지, 처음 만난 남자에게 그런 이야기를 털어놓게 되고 말았다.

사실 해와 달을 빼면 하늘에서 별을 찾는 것 자체가 미련한 짓 아닌가, 남자만 해도 그렇게 생각했다. 가끔 하늘에서 뭔가 빛나면 야간비행 중인 여객선이거나, 무슨 일로 발광하고 있는 인공위성이라고만 이야기하곤 했다. 언제 한 번 시간 나면 별이나 보러 가시죠, 라고 이야기한 건 그냥 지나가는 말로 한 것이었다. 나는 당신이 마음에 들며, 언제 어떤 핑계로라도 다시 만나고 싶다는 의사표

시에 지나지 않았다.

남자는 여자가 마음에 들었다. 이목구비가 야무진 외모로만이 아니라 자신의 직업에, 사람들의 마음에 그렇게나 진심을 기울이고 있다는 사실이 존경스러웠다. 그렇지만 다가오는 주말에 바로 별을 보러 가자고 할 줄은, 그게 비유적인 말이 아니라 진짜 문자 그대로의 의미일 줄은 예상하지 못했던 것이다. 남자로서는 다가오는 주말이 내내 수수께끼처럼 느껴졌다. 산에 오른 적도 없고 별을 본 적도 없는데, 이번 주말에는 꼼짝없이 별을 보러 야산에 가야 한다. 아직 잘 알지도 못하는 여자와 단둘이.

"뭐가 무슨 별인지 알 것 같아요?"

"잘 보이네요. 다는 모르겠지만 몇 개는 충분히 알아보겠는데요. 한 번 보실래요?" 여자는 천체망원경에서 눈을 떼고 남자를 바라봤다.

야산은 어두컴컴했다. 남자는 여자의 얼굴을 확인할 수 없었지만, 어째서인지 여자가 자신이 봤던 그 어느 때보다 들떠 있다는 인상을 받았다. "좋아요. 저는 뭐가 뭔지 잘 모르지만."

"몇 개는 제가 가르쳐 드릴게요. 여기다 눈을 대 보세요."

여자의 도움을 받아 남자는 처음으로 망원경 내부로 초점을 맞춰보았다. 육안으로 볼 땐 잘 보이지 않던 별들이 모습을 드러냈다. 하나, 둘, 셋, 넷……서로 순서를 맞춰놓기라도 한 것처럼 차례차례 밤하늘이 밝아져 왔다. 뭐라고 말하면 좋을까? 소금 같기도 하고, 시커먼 카펫 위에 크고 작은 유리 조각들을 흩뿌려 놓은 것 같기도 했다.

"우와, 보인다. 보여요!" 아무튼, 남자는 밤하늘에서 달 이외의 무언가가 보인다는 것 자체에 감탄했다. 별을 보겠다고 마음먹는 것만으로도 수십 수백 개의 별이 더 비쳐 보였다. 적어도 그건 별 이외의 그 무엇도 아니다. 왜냐하면 인간은—남자가 아는 바에 따르면—그렇게나 많은 여객선이나 인공위성을 띄워 올리지 못했기 때문이다. "세상에, 세상에. 밤하늘에 별이 이렇게나 많았다니. 진짜 몰랐어요."

"그죠, 신기하죠?" 여자는 남자의 야단법석에 씩 웃으며 말했다. "가장 중간에, 눈에 띄게 제일 밝은 별이 시리우스예요. 큰개자리에서 가장 밝은 별이고, 태양을 제외하면 지구에서 볼 수 있는 가장 밝은 별이에요."

"태양을 제외하면?" 남자는 의아하다는 듯 되물으면서도, 눈은 그대로 뷰파인더에 올려두고 있었다. 한동안 그 광경에 넋을 빼앗긴 게 분명해 보였다. "달이나 태양계에 있는 다른 별들은요? 시리우스보다 덜 밝은 건가요?"

"말씀하신 것들은 엄밀히 말해 '별'이 아니에요. 우리 말로는 밤하늘에서 빛나는 천체들을 통틀어 별이라고 부르긴 하지만 사실 스스로 빛을 내는 친구들만 항성, 즉 영어로 '스타'라고 지칭해요. 우리가 사는 지구나 목성, 금성 같은 별들은 태양 같은 항성을 중심으로 공전하는 행성들이구요. 달처럼 그 행성들을 공전하는 별들은 위성인 거죠. 간단하게 말하면 그래요."

"아하, 그럼 시리우스는……"

"태양 다음으로 지구에서 가장 밝게 보이는 항성인거죠."

"그럼 지구랑 가장 가까이에 있는 건가요?"

"그건 아니에요. 우리 입장에서 가장 밝게 보이는 것과 실제 지구와의 거리는 좀 다르거든요. 더 멀어도 더 밝게 보일 수 있고, 더 가까워도 잘 안 보일 수도 있고요. 태양이 달보다 밝지만 훨씬 멀리에 있는 것과 똑같아요."

"역시 설명을 잘하시네요. 단번에 이해했어요."

"저야 이런 걸 가르치는 사람이니까요. 그래도 뭐, 시리우스 정도면 아주 가까이에 있는 축에 속한다고 볼 수 있어요." 여자는 차 트렁크에 벗어 둔 외투를 집어 몸에 걸쳤다. 밤바람이 선선하게 불었다.

"지구랑 어느 정도 떨어져 있는데요? 시리우스는."

"팔 광년 정도?"

"팔 년을 가야 닿을 수 있다는 거네요."

"네. 빛의 속도로." 여자가 억양 없는 말투로 대답했다. 남자는 여전히 밤하늘을 보고 있었다. "그러니까, 지금 우리가 보고 있는 빛도 팔 년 전에 시리우스에서 출발한 거예요."

"그런데 그게 그나마 가까운 별이라니."

"재밌죠?"

"물론 재밌기도 한데." 남자는 마침내 천체망원경에서 시선을 떼고, 여자의 얼굴을 바라보며 말했다. 물론 잘 보이지는 않았지만. 여자로서도 남자가 자신을 바라본다는 것만 알아차리면 그만이었다. "조금 쓸쓸하네요. 저는."

"왜요?"

"이 넓은 우주에 우리가 살 수 있는 곳은 지구밖에 없는 거잖아요."

"그야 지금은 그렇죠."

"아직 다른 별에서 문명의 흔적을 찾지도 못했고요."

"네. 그것도 지금은." 여자는 왜인지 학생과 대화한다는 느낌으로 대답했다. 왜일까? 이유는 알 수 없다. 이유가 중요하지도 않다. "그런데 그건 왜요?"

"아니. 별 건 아니고요. 이렇게 생각하니 인간이 참 외로운 존재다 싶어서요. 이 좁아터진 지구에서도 고독하게 사는데, 저 넓은 우주에서조차 혼자라니……. 아, 죄송해요. 모처럼 별 보러 왔는데 이런 얘기나 해서."

"아, 아니에요. 그런 생각이 당연히 들 수 있죠. 저도 별 보러 왔다가 가끔 그런 기분이 확 들 때가 있거든요. 이 드넓은 우주에 철저히 혼자된 기분이죠. 나도 혼자, 인류도 혼자."

"저만 그런 게 아니었네요. 다행입니다." 남자는 진심으로 안도의 한숨을 쉬었다. 의도치 않게 실례를 범한 건 아닌지 노심초사하던 차였다.

"교수님들도 그런 말씀을 하세요. 우주를 연구할수록 더 외로워진다고요. 우리가 집착하며 사는 것들이 우주적 관점에선 얼마나 보잘것없는지를 인식하게 되니까." 여자는 좀 전의 대화에 근거를 보태가며 말했다. "이러나저러나 우주의 먼지라 이거죠. 지구는 '창백한 푸른 점'이고. 그 점 안에서 내가 맞네, 네가 틀리네, 이제나저제나 다투고 싸우고. 이런 게 다 무슨 의미가 있나? 이건 자연스러운 사고 과정이에요. 그럴듯한 결론을 낸 사람이 없어서 문제지. 그래서 천문학자 중에 스스로 목숨을 끊은 사람도 많다는 모양이에요. 저야 그 정도로 심각하게 받아들인 적은 없지만요."

"듣고 보니 충분히 그럴 만한 것 같아요. 오늘 처음 본 저도 그러니까. 혹시 실례가 아니면 질문 하나 더 해도 될까요?"

"그럼요."

"장래희망이 과학자셨다면서요?"

"네. 정확히는 천체물리학자가 되는 게 꿈이었죠. 칼 세이건이나 스티븐 호킹 같은……." 여자는 생각에 잠긴 듯 말끝을 흐렸다.

"그런데 갑자기 과학 교사로 진로를 바꾸게 된 계기가 있어요? 아니면 그냥 현실적인 이유에서?"

"아, 그런 건 아니에요. 천체물리학자가 돈을 잘 버는 건 아니지만, 교사가 돈을 많이 버는 직업이라고도 할 수 없어요. 조금 더 안정적이긴 하지만요. 제 입장에선 별 차이가 없어요."

"그럼, 다른 이유가?"

"으음……." 여자는 적당한 대답을 꺼내놓기 여간 어렵지 않다는 듯 가볍게 미간을 찌푸렸다. 생각해 보니 학생에게서는 그런 질문을 받을 일이 없지 않은가. 진로에 관해서야 늘 물어보는 입장이었으니까. 이런 건 좀 더 깊이 생각해보고 대답해야 한다는 책임감이 엄습했다.

한편 남자는 여자가 있는 위치로부터 일 미터도 떨어지지 않은 곳에 서서 마주보고 있었다. 가로등 하나 없는 산속이었기 때문에 표정의 변화를 상상하는 것밖에는 도리가 없었다. 이슥한 풀숲에서 움직거리는 소리가 들렸다. 여자는 그 소리를 눈치채지 못할 만큼 질문에 골몰해 있는 듯했다. 남자는 아마도 자그마한 산짐승이 아닐까 추측했다.

"아, 혹시 허블 망원경이라고 아세요? 우주에 떠다니는 망원경인데."여자는 마침내 입을 열었다.

"아, 그, 우주가 배경인 영화에 몇 번 나오지 않았나요? 어디서 본 것 같은데."

"그건 잘 모르겠네요. 제가 영화를 잘 안 봐서……아무튼, 그건 중요하지 않고."

"네. 전혀 중요하지 않죠."남자는 아무렇지 않게 거들었다.

"허블 망원경은 인류가 가장 먼 곳까지 볼 수 있는 눈과 같아요. 구십년 대에 쏘아 올린 허블 망원경이 지금껏 천문학에 기여한 바가 얼마나 많은지, 하나하나 다 헤아릴 수 없을 정도고……중요한 건 그거죠. 조금 전에 시리우스 이야기할 때, 우리가 보고 있는 빛이 8년 전에 나온 것이라고 말씀드렸잖아요? 지구에서 8광년 떨어져 있는 별이니까요. 아주 정확한 수치는 아니지만. 대충 그렇거든요."

"네."

"그럼 100억 광년 떨어진 별을 우리가 본다는 건 어떤 의미일까요? 생각해 보신 적 있으세요?"

"그야 100억 년 전에 방출된 빛을 우리가 보고 있다는 거 아닐까요?"

"네. 맞아요. 하지만 동시에……"여자는 부드럽게 허

리를 숙여 천체망원경을 어루만졌다. 금속성의 표면이 차갑게 식어 있었다. "우주의 나이가 '적어도' 100억 년은 됐다는 의미이기도 해요. 당연한 얘기죠. 빅뱅 이전에는 빛도 별도 없었을 테니까."

"생각해보니까 그렇겠네요."

"지금 우리 인류가 볼 수 있는 가장 오래된 빛, 우리가 가늠할 수 있는 가장 먼 곳은 138억 광년쯤 떨어져 있다고 해요. 그러니까 우리에게 '관측 가능한 우주'의 나이는 138억 살인 거죠."

"그건 정말 상상이 안 되는데요. 138억 년이라니. 굳이 따지면 지구 나이의 세 배쯤 되는 거네요."

"그런데 이건 몇 년 안으로 더 늘어날 거에요. 우주의 나이도, 관측 가능한 우주의 넓이도."

"어떻게요?" 남자는 여자가 망원경 렌즈에 가까이 갈 수 있게 자리를 비켜 주면서 물었다.

"내년 초쯤에 새로운 우주 망원경을 쏘아 올리거든요. 제임스 웹 우주망원경이라고. 사실 허블 망원경만 해도 삼십 년이나 된 기술을 그대로 쓰고 있는 셈인데, 그보다 훨씬 발전한 지금의 기술력으로 우주 망원경을 궤도에 올린다면 두말할 것 없이 놀라운 발견들이 이어지겠죠. 백오십억 년 훨씬 전의 천체들을 볼 수도 있을 거고, 더 나아가선 빅뱅의 비밀을 풀 수도 있을지 몰라요. 그렇게 된다면 우리에게 우주란 훨씬 더 넓은 곳이 될 거고."

"인간은 한층 더 작은 존재가 되겠네요, 그렇게 되면
요."

"맞아요. 결국 더 멀리, 더 오래전의 시간을 들여다본
다는 건 그런 거죠. 외로운 인간을 더 외롭고 초라한 존
재로 만드는……영원히 닿을 수도, 다가갈 수도 없는 어
딘가를 더 자세히 알게 되잖아요? 그런 기분이 들지 않
을 수 없어요. 물론 전 시리우스를 보면서 그런 생각을
하진 않았지만요." 여자는 다시금 웅크려 앉았다. 그러
고 나서 한쪽 눈을 뷰파인더에 들이민 다음, 망원경 이곳
저곳을 한 손으로 조절하기 시작했다. "그런 거예요. 저
는 더 멀리, 더더욱 멀리 바라보면서, 갈수록 고독해지는
나 자신을 견딜 수 없다는 생각이 들었어요. 그래도 좋은
건 좋은 거니까. 이 재미있는 걸 더 많은 친구들이 알아
나갔으면 좋겠다 싶어서 교사가 되기로 한 거죠. 굳이 말
하자면 그래요. 근데 아직 미련은 남아서……가끔씩 이
렇게 별 보러 오는 걸로 달래는 거겠죠. 누구랑 같이 온
건 처음이지만."

"듣고 있자니 멋진데요? 어린 나이에 자기 진로에 대
해 그렇게 깊이 생각할 수 있었다는 게."

"그런가요?" 여자는 너스레를 떨며 대꾸했다.

"그럼 지금은 그런 생각이 안 드는 건가요? 교사 말고

과학자가 되는 게 좋았을 텐데, 같은 생각을 했다거나."

"그렇진 않아요. 전 과학자들을 존중하지만, 그에 못지않게 과학 교사도 중요한 존재라 생각하거든요. 비록 과학자들처럼 더 멀리 보지는 않고, 고작해야 같은 별에 사는 다음 세대 아이들을 가르치는 것뿐이지만. 제 생각에는……" 이내 여자가 설치된 망원경을 정리하면서 말을 이었다. 남자는 여자를 거들면서 이야기에 귀를 기울였다. "더 멀리 볼수록 우리의 가까움을 실감하게 돼요. 우리가 얼마나 서로의 곁에 있는지, 그러면서도 어찌나 외롭게 살아가고 있는지. 그래서 아이들한테는 우주가 얼마나 드넓고 광활한 곳인지도 알려주어야겠지만, 동시에 이토록 가까이 있는 서로가 얼마만큼 소중하고 특별한 존재인지도 말해 줘야 해요. 전 그런 사람이 되고 싶었어요. 그리고 그건 과학자가 아니라 과학 교사가 해야 할 일에 가까우니까요."

"그렇군요. 이해가 돼요. 물론 전부는 아니겠지만."

"전부 이해할 필요도 없죠."

"맞아요. 갑자기 엄청 추워졌네요. 슬슬 갈 거죠?"

"네, 그런데." 여자는 분리된 천체망원경을 케이스에 정돈해 넣고, 착 소리가 나게 닫아 잠근 다음 말했다. "혹시 괜찮으면 컵라면 먹고 갈래요? 트렁크에 몇 개 사둔 게 있는데."

"아, 그거 좋죠." 남자가 대답했다.

오밤중 산속이 풀벌레 소리로 가득 찼다.

〈천체, 물리학의 이해〉

24

사람이 하는 어떤 운동이든 굳은살이 박이기 전까지는 무척 아프다. 그다지 마찰이 없던 부위에 지속적으로 일정한 강도의 압력이 가해지면 고통이 이만저만하지 않다.

다만 그 일련의 압박을 꾸준하게 받다 보면 어느 순간 그 부위에 생기던 물집이 사라지고, 나무껍질같이 단단한 살이 올라와 자리를 차지하는 것이다. 어째서인지는 모른다. 그냥 인간의 몸이란 게 그렇게 생겨먹었다. 아마 수백 년간 이어져 온 진화의 산물이겠지…….

"그런데요, 선생님. 제 생각에는 조금 불합리한 거 같아요."

"무슨 말씀이시죠?" 트레이너는 별 생뚱맞은 질문을 다 듣는다는 듯 대꾸했다. "아직 한 세트 남았는데요. 이런 식으로 시간 끄시면 5분 더 할 수밖에 없어요."

"아니, 그냥 그런 생각이 든다고요. 이 턱걸이도 그렇고." 나는 어정쩡한 자세로, 보조 밴드에 발 한쪽을 갖다 대며 말했다. 운동할 생각이 없는 게 아니라고요, 같은 느낌으로. "처음 운동할 때는, 굳은살이 안 박인 상태로 하면 너무 아프잖아요. 근육에 힘이 풀려서가 아니라 물집 때문에 못할 정도로요."

트레이너는 팔짱을 낀 채 그런 경우가 더러 있기는 하지만 그게 다음 세트를 못할 이유는 못된다고 말했다. 나는 들으란 듯이 대놓고 투덜거렸지만 트레이너는 내 말에 전혀 신경쓰지 않고 기계처럼 내 허리를 잡아 자세를 보조했다.

"하나, 둘⋯⋯셋⋯⋯좋아, 방금 자세 좋아요. 팔로 당기지 말고. 팔로 하면 더 힘들다니까. 등으로 당긴다는 느낌으로. 광배에 이제 힘 들어간다. 아, 이제 잘하시네. 감을 좀 잡으신 것 같은데? 열넷, 열다섯! 아! 내려오지 말고, 내려오지 말고! 여기서 세 개만 더 해 봅시다!"

"아니⋯⋯원래 열다섯 개⋯⋯끄아악⋯⋯!" 근육이 터질 것 같았다! 손바닥에 있는 물집은 이미 터진 모양이었고, 전완근이 저릿저릿해서 철봉을 붙잡고 있는 것조차 힘이 들었다. 그 상태에서 세 개를 더 하라니. 말도 안 돼. 말도⋯⋯.

"하니까 되잖아요. 그죠?"

나는 거의 다 죽어가는 사람처럼 고개만 겨우 끄덕였다. 세 번의 동작을 더 하기야 했지만, 그건 트레이너가 나를 공중으로 밀어 올렸기 때문에 어쩔 수 없이 취해진 동작에 가까웠다.

"그래서. 아까 하려던 말이 뭐예요?"

"아." 이마 아래로 구슬땀이 주르륵 흘러내렸다. 양손 바닥을 내려다봤다. 손가락들과 손바닥이 연결되는 부분에, 새끼손톱 절반 만한 물집 몇 개가 터져있었다. 투명한 액체가 상처를 저미고 들자 무척 쓰라렸다. 이건 또 다 나으려면 얼마나 걸리려나? 나는 그제야 하려던 말을 기억해냈다. "그러니까. 불합리하다고요. 처음에 하면 뭐든지 고통스러운데, 그게 익숙해지고 덜 아프려면 그 고통스러운 걸 쉬지 않고, 계속 반복해야 하니까요. 그래야 겨우 버틸만해지고⋯⋯너무 비효율적이잖아요. 처음부터 튼튼하게 태어나면 좀 좋냐고요."

"근육 키우려고 하는 운동에 효율을 따지는 게 신기하긴 하네요, 저는." 트레이너는 의아하다는 표정으로 말했다.

"그럼 서킷 트레이닝은 시키지 말았어야죠. 지난주에는 한 시간도 너무 짧다 그랬으면서."

"아, 그건 다른 얘기죠. 서킷 트레이닝은 매우 좋은 운동 방법입니다. 한 번쯤 경험해두는 게 좋아요."

"뇌가 점점 근육이 되는 걸까요? 선생님처럼 운동을 많이 하면요."

"그런데 제가 보기에, 회원님이 방금 말씀하신 말에는 간과된 사실이 하나 있어요." 트레이너는 아무 말도 듣지 못했다는 듯 제 하고 싶은 얘기만 했다. 항상 그런 식이지만, 나로선 그게 편했다. "굳은살이 생기면 좀 편해지기야 하죠. 그런데 한번 박인 굳은살도 어느 순간에는 떨어져 나가거든요. 처음엔 굳은 곳 한쪽에 작은 균열이 생기다가, 운동을 계속 하다 보면 금방 너덜너덜해져요. 쓰라린 걸로 치면 있던 굳은살이 떨어져 나간 직후가 제일 아프죠. 굳은살 밑에 난 새살에다가 또다시 압력을 가하는 거니까요."

"……그래요?" 나는 새삼 진지하게 물었다. "선생님도 그러셨나요?"

"그럼요. 운동한 지 15년이 넘었지만. 계속 생겼다 떨어졌다 그래요. 제 피부 문제일 수도 있는데……."

"그럼 어떻게 하나요? 이젠 정말 익숙해졌다고 생각했는데, 순간 떨어져 나가서 더 아플 때는요……."

"아, 그거야……." 트레이너는 전에 없이 즐거운 표정으로 대답했다. "계속 열심히 운동하는 수밖에 없죠. 언젠가는 안 떨어져나갈 굳은살이 생길지도 모르니까요. 아님 어쩔 수 없고. 하하."

"와, 그건 너무 대책 없는 방법 아닌가요?"

"인생이란 게 그렇게 생겨 먹은 거죠. 완벽한 대책이

있는 삶이 어딨겠습니까. 운동도 마찬가지예요. 해 보기 전에는 알 수 없죠."

"물어본 제가 잘못입니다." 나는 이마를 탁 쳤다. 당연히 내 이마다.

"자, 갑시다. 허리 운동은 하고 끝내야죠. 남자는 허리가 튼튼해야 합니다. 혹시 모르는 거잖아요. 회원님의 부실한 허리 때문에 여자친구가 떠났을 수도 있는 거니까."

"피티 중간에 끊으면 환불되나요?"

"아뇨." 트레이너는 뒤도 돌아보지 않고 말했다. "그러니까 약관을 잘 읽고 서명을 하셨어야죠."

"……이런 트레이너인줄 어떻게 알고요?"

트레이너의 뒤를 따라 터덜터덜 걸으면서, 나는 왜인지 그런 생각을 했던 것 같다. 지금의 나는 어딘가 너무 쓰라려 아프지만, 곧 거기에도 굳은살이 생길지 모를 일이라고. 언젠가 또 다시 떨어져 나가더라도, 죽어라 아파도 살 수밖에 없는 게 인생이라고. 당장은 물집이 터지고 진물이 흘러나오겠지만…….

〈굳어가는 일〉

3부,

BLUEPRINT
블루프린트

24

주황색 택시가 하늘을 날아다니고, 드론을 통한 맥딜리버리가 상용화될 무렵의 일이다.

인류의 문명은 한동안 끝을 모르고 발전을 거듭했다. 어느덧 아이폰 뒷면에는 카메라 렌즈가 스무 개 넘게 부착돼 나왔고, 삼성은 그보다 한두 개 더 붙인 신제품을 발표했다. 이 눈부신 문명의 약진을 막을 수 있는 것은 실상 소행성 충돌이나 외계인의 침략밖에 없어 보였다. 그렇게 인간이 지구를 완전히 통제하게 됐다고, 오만한 착각을 하고 있을 즈음이었다.

고도로 발전한 개미 집단이 어디서 처음 발견되었는지는 아직까지 의견이 분분하다. 인간이 인지하지 못했을 뿐 아주 오래전부터 존재했다는 설도 있고, 기후 및 생태 변화에 발맞춘 진화의 결과라는 주장도 있다. 다만 그로부터 인류가 최초의 위협을 감지하게 된 것이 대규모의 조직적 '식량침탈'이었다는 점은 학계의 정설로 인정받고 있다.

"지금 이 개미들은 이전의 우리가 알고 있던 개미와 차원이 다릅니다. 아예 다른 종이라고 해도 좋을 정도인데요……"뉴스에선 연일 개미떼 출몰에 관한 속보가 잇따랐다. 한 곤충학 박사는 아나운서와의 인터뷰에서, 잔뜩 긴장한 표정으로 다음과 같은 의견을 내놓았다. "가장 충격적인 것은, 이 새로운 개미떼들의 식량 탈취가 매우 동시다발적으로 일어났다는 점입니다. 고작 하룻밤 사이에, 개미 수조 마리가 전국에 있는 대형마트체인, 유통허브, 식자재마트에 침입했어요. 여기서 충격적인 사실은 단순히 인간이 먹는 음식 전반이 도둑맞았다는 점이 아닙니다. 순전히 조직적인 움직임으로서 우리를 침략해왔다는 점이죠. 땅 속에 숨어 있던 이 개미들은 우리들 인간이 생각하는 것 이상으로 정치적이고 전략적인 생물입니다. 인류가 모르는 지하 세계에 지금쯤 초거대 개미왕국이 건설돼 있다 해도 전혀 이상한 일이 아니에요. 그리고 그 개미왕국의 통치자는 이렇게 결정했을 수도 있죠. '우리들은 충분할 만큼 발전했고, 인간은 더 이상 위협적인 존재가 아니야. 지상으로 나가서 그들 문명을 빼앗고 식민지로 만들어야겠어'라고요. 이건 인류와 개미사회의 전쟁입니다. 단순한 생물종끼리의 전쟁이 아니라, 전례 없었던 문명의 충돌입니다."

시간이 흐르면서, 박사의 말은 대부분 사실로 밝혀졌

다. 하지만 인간이 그 개미떼의 등장을 본격적인 '전쟁'으로 받아들이기까지는 좀 더 많은 시간이 걸렸다.

당연하게도 처음에는 살충제를 사용했다. 생활에 다소 불편을 겪기는 했으나 '그래봤자 벌레'라는 인식은 쉽사리 사라지지 않았다. 하나하나로 보면 인간의 손톱만도 못한 개미 아닌가. 혼자서는 아무것도 할 수 없으며 인간과는 체급 자체가 다르다……고 생각했다.

그동안 개미들은 살충제에 내성을 갖춘 돌연변이를 탄생시켰다. 약국에서 파는 살충제는 아예 통하지 않았다. 지독한 농약을 넘어 고엽제 수준의 독극물을 풀어야만 간신히 진압할 수 있었다. 물론 이런 것들은 인간들에게도 치명적이었으므로, 머지않아 다른 대응 방법을 개발해야 했다.

약품 다음으로 각광받은 것은 전기였다. 인간이 알기로 거의 모든 생물에게는 전기에 대한 내성이 없고, 개미도 마찬가지였다. 모든 사회기반시설에 전류가 흐르게 되기까지는 몇 달이 채 걸리지 않았다. 무언가 먹을 게 있다 싶은 곳에는 항상 개미들의 시체가 줄지어 있었다. 그런 광경은 뭇 사람들에게 혐오감을 불러일으켰지만, 다른 한편으로는 '또 이렇게 인간이 이겼군' 하고 승리를 확신하는 계기가 되었다.

그러나 개미들도 바보는 아니었다. 영악한 개미들은

'어디서 전기가 발생하는지'를 파악한 듯했다. 발전소는 곧 수십조 마리에 달하는 개미떼에 의해 점령당했다. 거점 도시들의 전력 수급에도 비상이 걸렸다.

이윽고 정부는 가구마다 사용 가능한 전력량을 제한하기 시작했다. 전등은 횃불과 양초로 하나둘 대체됐고, 주거 지역에 있는 가로등 대부분이 꺼졌다. 한밤중에도 밝았던 중심가들도 깜깜해졌다. 사람들은 해가 지기 무섭게 집으로 돌아가서, 날이 밝을 때까지는 밖에 얼씬도 하지 않았다. 인류가 천 년 넘게 점유하고 있던 밤을 고작 '개미 따위'가 빼앗아 버린 것이다.

안이한 대처로 일관하던 인간들은 그제야 비로소 전쟁을 실감했다. 인류는 유사 이래 최초로 '다른 종'에게 공격받고 있었다. 그 공격은 매우 조직적이고 계획적이어서 마치 벌레만한 크기의 자신들과 싸우고 있다는 생각마저 들었다.

각국의 지도자들은 하루가 멀다 하고 비상대책위원회를 소집했다. 세계의 모든 나라가 '인류가 가진 모든 역량과 자원을 총동원하여 하루빨리 개미왕국을 절멸시킨다'는 목적에 동의했다. 세계 어디에도 개미로부터 공격받지 않은 곳이 없었던 것이다. 이대로 가다가는 인류문명의 퇴보는 말할 것도 없고, 최악의 경우 인류 전체가 개미의 노예로 전락하게 될지도 몰랐다.

개미는 근면성실의 대명사처럼 여겨지는 곤충이다. 그야 알에서 깨어나서 죽을 때까지 쉬지 않고 일하는 것이 개미의 일반적인 한살이이기는 하다. 하지만 개미라는 곤충을 그토록 부지런하게 만드는 것은 무엇인가.

다른 건 몰라도, '노예를 부리는 것'에 한해 개미만큼 탁월한 생물종도 드물다. 개미는 의심하지 않는다. 자신이 태어난 곳이 자신의 집이며, 자신이 속한 집단이 곧 자신의 속성이라 굳게 믿는다. 그래서 어떤 개미들은 오직 전쟁만을 위해 태어난다. 노예사냥개미라고 불리는 이 종은 평생 동안 다른 개미굴을 침략하기만 하는데, 그 과정에서 무수히 많은 번데기들을 약탈해 온다. 그 번데기에서 자라나온 개미는 노예사냥개미의 집을 자신의 집으로 알고 집단의 일을 돕는다. 이 개미들은 자신이 노예라는 것을 인식조차 하지 못하며, 자기 자신과는 아무 관계없는 종species의 번영에 일생을 바치다 죽는 것이다.

이것은 적어도 같은 개미들끼리 일어났던 일들이었다. 어떤 개미새끼들이 평생 노예로 살다가 죽는 것이야 인간이 상관할 바 아니다. 지금까지는 그랬다.

그런데 이제는 인류가 그 역할을 대신할지도 모르게 된 것이다. 세상에, 인간에게 개미의 노예가 되는 것만큼 끔찍한 미래가 있을까?

"아니, 지금도 우리는 개미처럼 일하고 있는데, 이제

개미를 위해서 일하라고?" 노동자들은 자조 섞인 푸념을 내놓았다. "아니, 개미새끼들이 왜 일은 안 하고 멀쩡한 사람을 공격하고 지랄이야, 지랄은?"

특정 생물종에 대해, 당시의 인류가 느꼈던 무한한 악의와 분노는 실로 전례 없는 것이었다. 인간이 가진 모든 것들이 개미와의 전쟁에 동원됐다. 현역 군인은 물론 예비군과 심지어 민방위까지, 멀쩡한 땅을 파헤쳐 개미들의 식민지를 불태웠다. 공장에서는 개미를 밟아죽이기 위한 전차를 생산했고, 학교에서는 생물학과 화학이 가장 중요한 과목으로 부상했으며, 연구원들은 바이러스와 백신 대신 개미를 분석하기 시작했다.

결과는 놀라웠다. 과학자들은 자신들을 공격하고 있는 개미떼가 하루가 다르게 진화하고 있으며, 땅속 깊은 곳에 제국을 세운 뒤 무수한 여왕개미를 거느리고 있다고 말했다. 그 여왕개미들은 오직 일개미들이 가져다주는 음식을 먹으면서, 죽을 때까지 단 하루도 쉬지 않고 유충을 낳는 데 집중한다는 것이다. 땅속 탐사가 끝날 때까지 정확한 수치는 알 수 없지만, 일 초에 대략 수천억 마리의 개미들이 태어나고 있다는 계산이 나왔다. 부화장이 아니라 군수공장이었다. 개미제국은 이미 오래전부터 인간을 공격하기 위한 만반의 준비를 해온 듯 했다.

인류는 공포에 휩싸인 나머지 상상도 못했던 대안들

을 내놓기 시작했다. 어떤 사람은 개미의 천적인 개미핥기, 끈끈이주걱, 나아가 바퀴벌레를 양식해야 한다고 주장했고, 또 어떤 사람은 아주 깊은 구멍을 뚫어 지하에 핵폭탄을 터트려야 한다고 역설했다. 지구를 개미들에게 내줄 바에야 차라리 작살을 내버리는 것이 낫다는 말까지 나왔다.

이중에서 그나마 현실적인 것은 개미의 천적을 만들어낸다는 발상이었다. 어떤 아이디어들은 실제로 개발돼 응용해 보기도 했지만 모두 실험 단계에서 좌절됐다. 개미의 천적으로 알려진 그 어떤 동물이나 곤충도 개미들의 '제국'과 대결할 힘은 없었다. 생각해보면 당연한 일이었다. 그건 지금의 인간도 못하는 일이니까.

그러나 인간은 개미들의 가장 강력한 천적을 하나 남겨뒀다. 그건 개미핥기도, 잠자리도, 바퀴벌레도 아니고, 인간도 아니었다.

"그건 개미입니다." 비상대책위원회의 단상에 올라선 세계적 석학의 말이었다. "개미의 가장 큰 천적은 다른 종의 개미입니다. 그건 개미에 대해 조금이라도 알고 있는 사람들이라면 어렵히 알고들 있는 사실입니다."

"그렇다면 왜 개미를 이용한 대책을 내놓지 않는 겁니까? 지금은 인류의 존망이 걸린 상태인데요!" 모 국가의 대표로 나온 의원 한 명이 따지고 들었다.

"물론 생각해보지 않은 것은 아닙니다. 개미들은 다른 종은 물론이고, 그저 다른 콜로니에 있는 개미들과도 쉬지 않고 전쟁을 벌이는 생물입니다. 정확히 말하면 '그랬습니다.' 과거의 인류처럼 서로 죽고 죽이는 싸움을 계속했기 때문에, 고등생물을 위협할 만한 사회 규모를 만들수 없었습니다. 그런데 지금은 그렇지 않아요. 오늘날의 개미들은 하나의 통일된 왕국입니다. 우리가 모르는 어떤 지도층의 지배 구조가 지구상의 모든 개미들을 통솔하고 있는 거죠. 더 이상 개미들은 개미들끼리 싸우지 않는 겁니다……이렇게 통일된 개미사회는 가늠이 안 될 정도로 유기적이고 위협적입니다. 아시다시피 개미 사회는 철저하게 계급이 나눠져 있죠. 개미들은 사람처럼 자기 일에 의문을 가지거나 불평하는 일이 없습니다. 일개미들은 죽을 때까지 일만 하기 위해 태어났고, 병정개미는 그저 싸우기 위해서 태어났으며, 여왕개미는 마지막 순간까지도 유충을 낳다가 죽어요. 맹목적으로 자신들의 숙명을 받아들입니다. 더욱 무서운 것은, 그 통일된 개미사회의 한 개체, 한 개체가 이제 '지능'이라고 불릴 만한 것을 갖추기 시작했다는 겁니다. 최근에는 개미들이 독자적인 언어체계를 구축했다는 사실도 밝혀졌고요. 페로몬만을 따라가는 기계적 생물체가 아니라, 인간처럼 스스로 판단하고 행동할 수 있는 고등생물로 거듭나고 있습니다……."

"그럼, 지금 하신 말씀은 인류에게는 희망이 없다는 말입니까?" 의원 대표가 단상을 향해 질문했다.

"중대한 상황인 만큼 솔직히 말씀드리자면, 그렇습니다. 어찌됐든 암울하고 절망적인 상황이라는 것은 확실합니다."

회의장에 있는 누구도 이의를 제기하지 않았다. 건물 모서리 곳곳에 형형색색의 개미들이 들끓었다.

침울한 분위기에서 마무리되기는 했지만, 이때 회의에서 논의된 내용은 분명 개미제국의 몰락에 기여한 바가 있었다. 비대위가 있은 지 불과 몇 달 만에 전무후무한 성능의 개미약이 출시된 것이다.

'디시플린'이라 이름 붙여진 이 개미약은 전 세계에 있는 공장에서 십억 개 가까이 생산됐다. 사용 방법도 몹시 간단했다. 그냥 개미들이 자주 출몰하는 곳에 붙여 놓기만 하면 끝이었다. 그렇게 해 두기만 하면 개미의 개체수가 눈에 띄게 줄어들었고, 나아가 근처에 있는 개미 사회, 식민지들이 알아서 자멸하기 시작했다. 보름이 지나면 반경 1km 안에 있는 개미들 중 9할 이상이 구제됐다.

디시플린은 성능도 놀랍지만, 그 확실한 효과에도 불구하고 인간에게는 그 어떤 부작용도 일으키지 않는다는 점에서 더욱 높은 평가를 받았다. 인류는 몇백 년 전부터 거기에 내성을 갖고 있었기 때문이다.

결과적으로 인류의 삶은 1년도 채 되지 않아 정상으로 돌아왔다. 도시에 전력이 공급됐다. 정체되어 있던 기술은 다시금 발전을 거듭했고, 애플은 뒷면에 카메라가 서른 개 달린 스마트폰을 출시했다. 삼성은 꼭 서른두 개의 카메라가 달린 제품을 뒤이어 내놓았다. 맥도날드에 이어 버거킹까지 드론을 통한 배달 서비스를 개시했다.

한편 디시플린을 개발해 인류의 구세주로 등극한 인물은 독일 태생의 한 경제학자였는데, 그 전무후무한 업적을 인정받아 노벨화학상과 평화상을 동시에 수상하는 위업을 달성했다. 이듬해 편찬된 새 역사 교과서에는 개미제국의 침략과 디시플린의 개발이 인류의 주요 사건으로 기록됐다. 어떤 저명한 역사학자는 '인류가 처했던 가장 어려운 시련을 가장 간단한 해결책으로 극복한 사례'로 디시플린의 발명을 꼽았다.

실제로 디시플린의 작동 원리는 너무나도 간단했다. 설치된 주위로 지나다니는 개미들의 언어를 자동으로 분석하고 학습한 다음, 똑같은 문구를 끊임없이 반복 출력하는 것뿐이었다. 비유하자면 '개미들에게만 들리는 대형 확성기'를 곳곳에 설치해 놓는 셈이다.

그 반복되는 문구라는 것도 단순명료하기 짝이 없는데, 인간의 언어로는 다음의 두 문장으로 번역할 수 있다.

"모든 개미는 평등하게 태어났다. 그 어떤 개미도 다른 개미의 자유를 억압할 수 없다."

〈Discipline〉

25

"하여튼 정리하자면 이런 거야. 계층 사다리는 무너졌고, 열심히 공부하고 일해서 성공한다는 건 산업화 세대가 만들어낸 허상이라는 거지……너도 어렴풋이 느끼고 있지 않아?"

"어렴풋이……뭘 느낀다는 건데?" 나는 영 내키지 않는 질문을 했다. 그다지 궁금하지도 않았는데. 단지 그 술자리를 망쳐선 안 된다는 의무감 때문에 한 대꾸였다.

"그러니까, 내 말은, 잠깐 한번 계산을 해 보자고. 우리가……"그러나 그 공연한 되물음 때문에, 무려 삼십 분 동안이나 자기만의 논리—라고 해야 할지 신앙이라 해야 할지 모르겠지만—를 이어나가던 놈의 흐름에 탄력이 붙어버렸다.

함께 시달리고 있던 여자 동료는 내가 원망스럽다는 듯 짧은 눈총을 보내왔다. 나는 마주 앉아 있던 입사 동기의 말을 듣는 둥 마는 둥하고 있다가, 5분쯤 지나고 나서야 다시 귀를 열었다. "그렇게 알뜰살뜰 아끼고 모아 봤자 일 년에 천만 원 모으면 잘 모은 거지. 야, 이게 말이 되는 세상이냐? 저어기 지방 내려가서 전셋집 하나 얻는 데도 일이 억은 들어. 하다못해 서울은? 우리 같은……아니, 미안하다, '나 같은' 흙수저들은 월세 아님 서울에서 눈도 못 붙여. 아파트 한 채에 10억이 말이 되는 소리냐 그게? 심지어 거기서 계속 올라. 또 올라. 내가 10년 동안 매년 천만 원씩 죽어라 모아봤자 이자 합쳐서 1억이 조금 넘을 텐데. 그동안 서울에 아파트 가지고 있는 인간들은 숨만 쉬어도 나보다 많이 벌어. 왜? 10년 전에는 그 십억짜리 아파트가 2~3억 밖에 안 됐거든! 10년 동안 대충 칠억 정도 시세 차익이 발생했다 치면, 세금 떼고 뭐 떼고 해도 일 년에 연봉 5천은 그냥 넘는 거야. 아무것도 안 했는데! 일도 안 하고 출근도 안 했는데! 그냥 연봉이 5천이라고! 정말 욕 나오지 않냐? 걔네는 관리비 말곤 월세도 안 내는데!"

"하긴, 그렇긴 하지. 요즘 세상이 빈익빈부익부인거 누가 모르겠어?" 여자 동료가 다소 동요된 투로 말했다.

"아아니! 빈익빈부익부 수준이 아니라니까 그러네!" 동기 녀석이 다시 열변을 장전했다. 놈의 얼굴은 몇 분 전부터 시뻘겋게 달아올라 있었다. 몇 잔 마시지도 않은 술 때문일 리는 없었고, 정말 그렇게 상기될 만큼 흥분한 것처럼 보였다. "그건 당연한 거, 정말 당연한 거고. 이젠 방법이 없다니까요. 뭐 사람답게 살 수 있는 방법이 없어. 열심히 살기만 해서는, 확률이 제로나 마찬가지야. 백전백패, 열 번 싸우면 열 번 다 지는 싸움이지. 그건 하는 놈이 바보인 거야."

"아니, 그래도 아주 제로라곤 할 수 없지. 로또도 있고." 나는 볼멘소리로 대답했다. 조금쯤 반항하고 싶은 마음도 있었다. 이런 대응은 대개 역효과만 불러오지만, 이런 걸 참을 수 없는 지점이 몇 군데 있다.

"로또, 그래. 로또……. 지난 주 로또 일등 당첨금이 얼만지 아냐?" 놈은 제가 사이비 교주라도 된 것처럼, 무척 의미심장한 목소리로 말했다. "17억이야, 17억. 많아 보이지? 근데 딱히 그렇지도 않아. 백세시대에 넉넉하게 살 만한 돈은 절대 아니지. 그렇게 생긴 돈을 잘 굴리면 모르겠지만 보통은 그럴 역량이랄 게 없어. 애초에 로또 일등에 당첨될 확률이 얼마나 터무니없이 적은지는 말할 필요가 없고."

"아주 확률이 제로는 아니라는 거지, 내 말은."

"제로나 다름없다는 거야, 내 말은. 우연히 많은 돈이 생겨봤자야. 그걸 잘 불리지 못하면 말짱 도루묵이지. 그냥 시간문제라고."

"아, 그래서 결론이 뭔데. 우리한테는 꿈도 희망도 없다고? 오늘 여기 술안주가 그거야?" 듣다 못한 동료가 역정을 냈다.

"아니……꿈도 희망도 아예 없지는 않지. 문제는 그게 아주 어렵고 복잡한 원리를 깨우쳐야 겨우 가능하다는 거지만." 놈이 괜히 점잔을 빼며 대답했다.

"그게 무슨 소리야?" 내가 물었다. 별 호기심 없이 계속 묻는 것도 병이라면 병이다.

"내가 요즘 회사에서 휴대폰 자주 보고 있잖아. 그 정도는 눈치 챘지?"

"그건 뭐, 평소에도 다를 건 없잖아. 아 그러고 보니 핸드폰 잡는 방향이 바뀌긴 했네."

"모바일 게임은 접기로 했어. 재미도 없고, 인생에 별로 도움도 안 되고."

"좋네, 자아 높은 강도 비판." 내가 덧붙였다.

"솔직히 말하면 주식 차트 공부를 계속 하고 있어. 최근 들어서 투자에 관심이 생겨서. 정확히 말하면 투자의 필요성을 절실하게 느낀 거지. 좀 전에 얘기했던 것처럼, 개처럼 일해 봐야 그냥 평생 노예로 살다 뒈질 뿐이니까. 이제 투자는 선택이 아니라 필수야. 살아남으려면 세상이 어떻게 돌아가는지를 미리 알고, 그렇게 확보한 인사이트를 자본으로 치환할 수 있는 능력이 필요하다는 거지. 단순노동으로 재화나 서비스를 만들어서 돈을 번다? 4차 산

업혁명 시대에는 어림도 없지. 암. 어림도 없고말고."

"그래서 잘 돼 가? 말하는 것만 들으면 그래 보이네."

"뭐, 나쁘진 않은데 그렇다고 아주 드라마틱한 정도도 아냐. 단타로 자본금을 두 배로 뻥튀기하는 것까진 괜찮았는데." 놈이 이 부분을 얼마나 자랑스럽게, 그러면서도 그런 티를 내지 않으려고 안간힘을 쓰는지 보는 내가 속이 역해질 지경이었다. "그 뒤로는 조금 교착상태야. 업앤 다운이 계속되고 있지. 플러스마이너스 제로. 어느 지점까지는 순간의 감각과 직관으로 커버가 되는데, 그 너머에서는 정말 프로가 되지 않으면 안 되겠더라고."

"이젠 뭐, 학원이라도 다니냐?"

"학원은 아니고, 온라인으로 일대일 코칭을 받고 있어. 코칭해주시는 분이 정말 프로거든. 운용자산만 쳐도 수십억은 되는 분인데 진짜 겨우 만났다니까. 원래 돈 줘도 그런 거 잘 안 해 주는 사람인데, 아는 형님 통해서 어떻게 어떻게 연결이 된 거지. 확실히 그런 사람은 보는 눈이 완전히 달라. 진짜로. 일반인들이랑은 사회를 보는 안목 자체가. 한 수 앞을 내다보는 수준이 아니라 세 수 네 수 앞까지 보고 있는 느낌? 사회나 시사 문제에 대해서도 정통하시고. 진짜 많이 배우고 있어. 그분한테 거의 모든 걸 전수받는다? 그럼 회사에 다닐 필요도 없을 것 같애. 그냥 재택근무하면서 이런저런 정보 확보하고, 그러다 보면 적어도 지금 받는 연봉의 두 배는 거뜬히 벌 것 같거든."

"아, 그래?"나는 시큰둥하게 말했다. 그게 놈의 뭘 자극했는지는 나도 잘 모른다. 확실한 건 놈이 다음과 같은 말로 나를 도발했다는 사실이다.

"……그러니까 너도 일만 열심히 하지 말고 시간 좀 내서 배워. 원래 제일 늦었을 때가 제일 빠를 때라니까."

"내가? 왜?"나는 나 스스로를 가리키며 대꾸했다."나는 지금 삶에 그렇게 불만스럽진 않은데? 하는 일도 나쁘지 않고. 물론 출퇴근 버스 땜에 빡치긴 하지만 웬만큼 만족해."

"그런 문제가 아니라니까. 지금까지 뭐 들었냐?"

"본인이 안 하겠다는 데 왜 그래? 그냥 냅둬."동료가 조심스럽게 제지하려 들었다. 하지만 타이밍이 썩 좋지 않았다.

"막말로 여자는 안 배워도 돼. 좋은 남자 만나서 결혼만 잘 해도 먹고 사는 데는 지장 없으니까."

"이야, 이건 진짜 막말인데?"이제는 좀 노골적으로 비아냥대야 했다.

"그런데 남자는 달라. 남자새끼로 태어났으면, 어른들 말마따나 지 앞가림은 할 수 있어야지. 돈 벌 능력 없는 남자를 누가 거들떠보기나 하냐?"놈은 내가 하는 말은 들은 체 않고 제 목소리만 더 높일 뿐이었다."요즘 세상에 돈 굴릴 줄 모르면 맨날 죽어라 일해도 잃으면서 사는 거야."

"흠……." 나는 손가락 마디로 턱밑을 쓸어 만졌다. 이유는 없었다. 굳이 말하자면 고민하는 시늉은 해야 할 것 같아서였다. 알고 보면 내 인생에, 내가 하는 말과 행동에 그렇게 지어내고 흉내내는 것들이 얼마나 많을까. 잘 모르겠다. 확실한 건 그렇다. "야야, 맞다……. 내가 대학에서 경영학과 졸업한 건 알지?"

"아, 그랬어?" 동료는 진심으로 놀란 눈치였다.

"그래서, 그게 뭐?" 동기 놈은 팔짱을 끼고 되받아쳤다. '어디 한 번 해 보시지' 하는 제스처였다. 마주 앉아서 그런 동작을 보고 있자면 오기가 생길 수밖에 없다.

"학교 다닐 때 나도 주식 투자 같은 데 관심이 꽤 있어서, 비슷한 동아리에서 잠깐 활동도 해보고 관련 강의도 몇 개 듣고 그랬거든." 나는 눈을 가능한 한 크게 떠 보이며 말을 이었다. "근데 하면 할수록 나는 못할 일이라는 생각이 들더라고. 왜냐, 주식 투자는 다른 것과 달리 내가 통제할 수 있는 게 없어. 실제로 주식 시장을 통제하는 건 외부적인 변수일 뿐이고, 개인 투자자로서는 그런 것들이 어떻게 움직이고 결론을 낼지 눈치 보는 것밖에는 할 수 없지."

"그래서 정보가 중요한 거야. 주식 시장은 기본적으

로 정보의 비대칭성을 바탕으로 이익과 손해를 보는 곳이니까."

"그것도 맞는 말이지." 나는 진심으로 수긍하며 말했다. 적어도 그 부분에 대해서는 확실히 그랬다. "그런데, 내가 알고 있는 '정보'라는 게 과연 사실일지를 어떻게 분간할 수 있냐는 거지. 엄밀히 말하면, 저 맨 위에 있는 작전세력이 아니고서야 시장의 미래를 '확실하게' 예측할 수 있는 정보는 만들 수도 알 수도 없어. 대부분의 개인 투자자들은 본인의 자유의지로, 독자적인 판단으로, 정확한 정보와 지식을 바탕으로 '스스로 선택한다'고 착각하지만. 사실은 그렇지 않지. 실제로 대다수의 일개미들은 스스로 판단해서 기어가는 게 아냐. 앞에서 뿌려놓은 페로몬을 따라서, 본능적으로 줄지어 따라갈 뿐이지. 그래서 난 생각한 거야. 그럼 사람도 마찬가지 아닐까 하고. 차이가 있다면, 개미랑 다르게 사람은 정말 자기가 그 상황을 통제하고 있다고 오해하는 것 정도에 있는 것 아니겠냐고. 그래서 얼마 되지도 않는 자본으로 주식 투자에 뛰어드는 건, 사실상 확률 낮은 도박을 하는 거나 마찬가지라고 판단한 거야. 그래서 난 투자 같은 거에는 관심을 접었어."

"딱 들었을 땐 그럴 듯한데." 놈이 다시 한 번 장전하는 소리가 들렸다. 나는 별달리 긴장하진 않았지만, 그게 얼마나 길어질까를 생각하니 두려워졌다. 벌써 자정이 가까워 왔고, 막차 시간도 아슬아슬했다. "파고들면 정말 허점이 많은 주장이네. 그건 너도 알지?"

"뭐, 대충 알지."

"그래, 그게 문제야. '대충 안다'는 거. 뭐, 나도 이 분야의 마스터는 아니라서 길게는 얘기 안 하겠지만⋯⋯정리하자면 그런 거지. 네 말처럼 주식 투자에는 확실히 도박 같은 면이 있어. 그건 부정할 수 없는 사실이야. 그런데 포커는 어떻지? 포커는 아마추어들한테나 도박이지, 프로 도박사들한테는 하나의 스포츠로 자리잡았어. 정말 깊게 공부를 하고, 연구를 하고, 자신만의 전략을 수립하고, 그렇게 프로가 되고 나면 도박일지언정 이길 확률을 아주 크게 높일 수 있지. 물론 거기에서의 핵심은 정보를 확실하게 안다는 거고. '대충'이 아니라."

"오, 그것도 그럴듯하네."

"너도 여기에 대해선 딱히 반박 못하겠지?" 놈이 넌지시 승리를 예감한 표정으로 되물어왔다. 보는 것만으로도 짜증이 치밀었다.

"어, 반박은 딱히 하고 싶지 않고." 자세를 조금 고쳐 앉았다. 같은 자세로 오래 앉아 있다 보니 온몸이 뻑적지근했다. 그러고 나니 그전까지 살짝 먹먹했던 목소리가 원래대로 되돌아온 느낌이 들었다. 나는 자신감에 차서 이야기를 계속해 나갔다. "정보를 하나 줄 순 있을 것 같네. 미국의 존스홉킨스 대학 연구진이 발표한 내용인데⋯⋯맨 처음에 세 명의 투자자를 상정해 놓는 거야. 월 스트리트에서도 꽤 이름 있는 전문 투자자 한 명이랑, 어렸을 때부터 취미로 주식을 사고 팔아온 학부생 한 명, 그리고 원숭이 한 마리."

"오, 이거 재밌겠다." 잠자코 있던 동료가 대화에 조미료를 뿌렸다.

"연구팀에서 한 일은 간단해. 이 세 투자 주체를 제한된 공간에, '거의 모든 정보'들을 비슷하게 알아볼 수 있는 환경을 갖춰놓고, 정해진 기간 동안 주어진 천 달러를 얼마나 불려 놓느냐를 본 거야. 다만 원숭이는 컴퓨터를 만질 줄도 모르고, 정보를 파악할 줄도 모르고, 주식을 사고팔 수도 없지. 그래서 다트 던지는 훈련을 따로 시켰다는 거야. 그 다음엔 주식을 사고 팔 수 있는 회사 목록을 칸칸이 늘어놓은 거고. 여기서부턴 상상이 되지? 그날그날 원숭이가 던지는 대로 투자할 회사를 정하고, 매수와 매매 타이밍도 똑같이 했지. 그렇게 했더니 어떤 결과가 나왔을까?"

"뻔하지. 의외로 별 차이가 없었다거나, 원숭이의 수익률이 제일 높았다거나." 놈은 이제 더 들을 가치도 없다는 듯 중얼거렸다.

"아니? 그럴 리가." 나는 아랑곳않고 말했다. "당연히 전문 투자자의 수익률이 제일 높았어. 학부생은 그 다음 이었고, 원숭이는 크게 손해를 봐서 오백 달러밖에 안 남았지."

"아하!" 동기 녀석이 재삼 손뼉을 치며 화색을 띠었다. "그건 내 주장을 뒷받침하는 정보 같은데?"

"처음엔 그랬지."

"처음엔?"

"그 똑같은 실험을 계속 반복했어. 거의 10년 동안. 중간에 사람이나 원숭이 개체가 바뀌긴 했지만, 통제된 환경과 조건은 완벽하게 동일했어. 그러니까……그게 처음 1년 동안은 꽤 차이가 명백했다나 봐. 원숭이는 이득을 보는 경우가 거의 없었고, 학부생은 그냥저냥 원금만 유지하는 수준이고, 전문투자자는 전문가답게 크든 작든 꾸준히 수익을 냈지. 근데 이게 3년이 지나고 5년이 지나다 보니까, 이 세 주체의 평균적인 결괏값이 거의 비슷해진 거야. 단기적으로는 차이가 가시적인데, 장기적으로 봤을 때 전문 투자자나 대학생이나 원숭이나 별 차이가 없었어. 기껏해야 1~2퍼센트 차이였는데 그마저도 원숭이가 앞설 때가 많았지. 심지어 원숭이라는 사실을 숨기고 그 포트폴리오를 투자자문회사에 평가해달라고 했더니, '시장에 휩쓸리지 않는 독립성과 뛰어난 안목을 가지고 있다. 노련한 투자자임에 틀림없다'고 말해왔다나……"

"으음……." 이번엔 놈이 턱밑을 쓸어 만지기 시작했다. "그래서, 결론이 뭔데?"

"결론? 음. 결론이라면……그래, 결론이라면 뭐 그래. 세상에는 그저 열심히 하는 것과 관계없이 나타나는 결과들이 있고, 당장에 큰 차이처럼 보이는 것도 오랜 시간이 지나고 보면 별 다를 바 없다는 거. 그런 면에선 일이나 투자나 나는 비슷하다고 봐. 오히려 몸은 힘들겠지만 정신적인 면에선 일이 더 편하지 않나 싶고. 적어도 내가 자는 사이 놓치는 정보가 있을까 봐 노심초사하진 않을 거 아냐."

"방금 그건……확실히 그럴듯해. 진심이야. 조금 설득됐어." 녀석이 진지한 얼굴로 말해 왔다.

"아니, 내가 널 설득하려고 한 건 아니고. 그냥 내가 알고 생각하는 바는 이렇다, 그 정도지. 그런데 나는 이제 그만 가봐야 돼. 내가 술 마시는 날에는 항상 막차가 빨리 가더라고."

"그래, 아무튼 고마워. 흥미롭고 재밌는 얘기였어. 나도 투자라는 것에 대해서 좀 더 진중하게 고민해 볼 기회가 생긴 것 같고."

"아, 그건 정말 진중하게 고민해 보면 좋겠어."

"음? 왜?"

"왜긴 왜야." 나는 외투와 노트북 가방을 집어, 자리를 털고 일어나며 말했다. "방금 게 다 지어낸 이야기라서지……. 하여간 힘내고, 잘 쉬고 다음 주에 보자."

나는 말을 끝맺자마자 뒤도 돌아보지 않고 가게를 나왔다. 뒤통수로 무어라 신경질적인 소리가 따라오는 것 같았지만. 이젠 아무 상관없었다. 그리고 보면 세상은 얼마나 넓디넓은가. 이 넓은 지구엔 보지 않고도 알 수 있는 것들이 참으로 많았다. 눈을 돌리면 돌리는 대로. 퍼레이드처럼 쏟아지는 정보, 정보, 정보…….

휴대폰을 꺼내 시계를 확인했다. 시간은 이제 막 자정을 지났다. 경기도로 향하는 광역버스 정류장 앞에는 여느 때처럼 줄이 길게 늘어섰다. 나는 그 줄 맨 끝에 본능처럼 뒤따라 섰다. 아직 버스는 보이지 않았다.

〈개미들의 합창〉

26

"우와, 진짜 예쁘다! 옷이 날개네, 날개."

신부는 하얀색 웨딩드레스 자락이 대기실 바닥에 닿지 않도록 하면서 앞뒤로 몇 발자국 움직였다. 들러리로 온 대학교 동기 몇 명은 그 모습을 진심으로 감탄하며 바라보았다.

사진사 노릇을 자처하는 친구도 있었다. 신부 주위를 시계 방향으로, 그리고 나서 반시계 방향으로 돌면서, 몇 번이나 일어났다 앉았다를 반복하며 스냅샷 촬영을 도맡았다. 신부는 그런 관심이 싫지 않은 듯 제법 그럴듯한 구도와 자세를 잡아 보인다.

식이 시작하기까지는 아직 30분이 남았다.

"와, 대박 예뻐. 나도 결혼이나 해 버릴까?" 들러리 중한 명이 신부와 조금 떨어진 곳에서 말했다.

"아니, 무슨, 웨딩드레스 입으려고?" 곁에 있던 다른 들러리가 헛웃음을 쳤다. "결혼이 뭐 애들 장난이냐. 진정해. 웨딩드레스 말고도 드레스는 많이 있잖아."

"웨딩드레스는 웨딩드레스야. 평생 한 번 밖에 못 입는 거잖아, 보통은?"

"그렇지, 보통은." 들러리 일행은 그런 대화가 자칫 신부에게 들리지나 않을까, 좋은 날에 안 좋은 얘기로 귀를 더럽히지나 않을까 눈치를 살폈다. 다행히 신부는 긴장을 했는지 어쨌는지 완전히 딴 곳에 넋이 나가 있고, 그나마도 전담 사진사와 말을 주고받느라 정신이 없어 보였다. "한 번만 할 수 있으면 좋지."

"남의 결혼식 와서 그런 얘기 하면 안 되는 거 아냐?"

"얘 말하는 것 좀 봐라, 우리가 어디 남이야? 우리가 학교에서 같이 지낸 세월이 얼만데."

"그게 남이지, 누가 남이야?"

"여하튼, 결혼은 할 사람부터 먼저 구해놓고 얘기하라고. 갑자기 무슨 결혼 타령이야? 내가 너 1년 이상 남자 사귀는 꼴을 못 봤는데."

"야, 내 연애 근황 같은 거 신경쓰지 말고. 너야말로 뉴스 좀 보고 살아. 요즘 싱글웨딩 하는 사람 많은 거 몰라? 비혼식이라고."

"비혼식?"

"그래. 비혼식. 비혼 여성들이 하도 축의금 뻥 뜯기는 기분이 드니까, 그거 때문에 하는 거라던데……내가 볼 땐 다 웨딩드레스 입고 싶어서 하는 거라니까. 어디 남자가 혼자 결혼식 한다는 거 들어나 봤어?"

"그런 케이스도 있는데. 그래도 꼭 축의금이나 드레스 때문만은 아니고……나름대로는 상징적인 의미가 있다고 하더라고. 자기 자신과 결혼한다는 뭐 그런……."

"뭐, 그런……"게 다 있어, 라고 말하려는 표정이다. "아예 신혼여행도 혼자 가라고 하지."

"간대, 혼자. '비혼여행'이라고 해서. 유럽도 갔다 오고, 싱가포르도 갔다 오고."

"내가 이런 말하게 될 줄은 몰랐는데……정말 말세구만. 사람들이 너무 외로워서 정신이 회까닥했나 봐."

"틀린 말도 아니지."

"아, 그러고 보니까 얘네는 신혼여행 어디로 간대?" 들러리 중 한 명이 좀 더 속삭이는 소리로 물었다.

"글쎄, 좀 먼 곳인 거 같았는데. 하와이였나?"

"이러나 저러나 차 타고 비행기 타고 날아가겠지. 우리랑 무슨 상관이야."

"크, 어떤 기분일까? 신혼여행 당일에 비행기에 앉아 있으면."

"나는 잠도 제대로 못 잘 것 같아. 긴장 돼 가지고."

"여행이 다 거기서 거기지, 뭐. 일단 도착하면 수하물부터 찾으러 가야 하고."

"근데 얘도 정말 그렇다……."

"그렇긴 뭐가 그래? 얘가 누군데? 저기 웨딩드레스 입고 있는 쟤?"

"어. 이렇게 보니까 너무 예쁘고 축하할 만한 일이기는 한데……."

"그치, 아무도 이렇게 갑자기 결혼할 줄 몰랐지. 너만 놀란 건 아니야."

"근데 솔직히 상상도 못했다니까. 쟤 거의 과탑이었잖아. 밥 먹고 숨 쉬는 거 빼면 공부하고 교수님이랑 면담하는 게 다였는데. 얘가 학식도 잘 안 챙겨 먹어서 삐쩍 말라가지고 아주……."

"야망이 대단한 친구였지, 입학할 때부터."

"입학 때부터 알았어?"

"어, 오티 때 같은 조였거든."

"이렇게 일찍 결혼할 거라곤."

"몰랐지, 당연히. 나는 졸업하고 나서 처음 연락 받은 거야."

"나도."

"내가 마지막으로 본 건 GSAT 준비할 때였어. 아직 합격은 못한 것 같던데."

"합격했으면 현수막 안 걸렸겠어?"

"내가 듣기로는 시험 같은 거 치지 말라고 했대. 그냥 집에서 전업주부나 하라고 했다고."

"어후, 신랑 쪽도 참 생각 없이 말한다. 전업주부나 할 거면 대학교 졸업장은 왜 따고 나왔겠냐고."

"왜 푼돈 때문에 애먼 짓을 하냐 그런 거지."

"왜? 난 좋은데. 내 손에 물 안 묻게 해 주는 남자."

"돈은 많은데 머리에 든 게 없는 느낌이야."

"돈이 많으면 머리에 뭘 넣을 필요가 있을까? 굳이."

"그것도 맞는 말이군."

"좌우지간 부모님도 당혹스럽긴 마찬가지셨을 거야. 사귄지 두 달 만에 결혼한다고 와서 뭐라고 했으면."

"그러게. 좀 더 같이 살아보고. 결혼이라는 걸 꼭 일찍 할 필요는 없잖아."

"사람 생각 따라 다른 거겠지, 뭐."

"우리 부모님이었으면 '내 눈에 흙이 들어가도……' 같은 말이나 했을 텐데."

"자식에 대한 강한 믿음이 있으셨겠지, 뭐. 어차피 너네 인생인데, 알아서 잘 살아라 같은?"

"그건 믿음이 아니라 무관심 아냐?"

"아니면 결혼을 허락할 수밖에 없었던 상황이었다거나."

"……."

"……."

신부 들러리들의 대화는 이쯤에서 끝났다. 결혼식이란 앞으로 일어날 일에 대해 이야기하는 자리이지, 오래전 일들을 되짚으며 구구하게 떠올려내는 자리는 아니기 때문이다.

그러는 동안 신부는 전담 사진사와의 촬영을 끝내고, 멍하니 문밖의 통로를 내려다보고 있다. 물론 거기에는 아무것도 없다. 막바지에 이른 결혼 준비, 분주하게 하객을 맞이하는 소리, 창백하리만큼 새하얀 조명이 두어 줄기 새어들고 있을 뿐이다.

잠시 후면 신부는 그 날개 같은 옷을 입은 채 통로를 지나고, 눈부신 불빛과 카메라 플래시들, 그리고 선망과 피로에 찌든 눈빛들을 올려다 받으며 식을 올릴 것이다. 홀의 돌바닥에서 천장의 궁륭까지. 누구나 아는 결혼행진곡이 울리고, 아버지의 슬하에서 남편될 사람에게 손이 넘겨지는 상징적 의식을 치를 것이다.

당연하지만 그 일련의 과정은 자유와 독립으로서 기능하는 것이 아니다. 결혼 자체는 자유가 아닌 또 다른 속박의 형태다. 결혼식은 그 속박에 관한 내용을 대외적으로 공고히 하는 일이다. 신부도 알고 있었다. 누구보다 잘 알고 있었다. 이러한 서약과 제도적 울타리, 대외적으로 약속되는 관계가 삶의 범위를 얼마나 구겨놓을 것인지.

'원망하지 않아. 너희들은 그냥 모를 뿐이니까.' 신부는 보일 듯 말듯 아주 미세한 동작으로 시선을 돌려—아마도 이 결혼에 대한 야사를 늘어놓고 있을—들러리들을 흘겨 보았다. '어떻게 해도 도망칠 수 없는 것이 있어. 어떻게 해서도.'

· · ·

그날 밤에 대한 기억은 시간이나 공간보다, 차라리 어떤 색이나 감촉으로서 떠오른다. 피처럼 새빨갰다가 얼음처럼 싸늘해진다. 한없이 포근했다가 기분 나쁘게 끈적거린다. 주체할 수 없을 만치 에너지가 넘쳐흐르다가도 산송장과 다름없이 비틀거린다.

부모님 명의의 회사에서 그다지 명예스럽지 못한…… 아니, 솔직히 말해서 너무나 불명예스럽고 세상 부끄럽기 짝이 없는 일로 퇴사를 한 뒤로, 남자는 2년 가까이 한량처럼 살았다. 부모님의 권유로 반 년 간 유럽 여행을 다녀오기도 했지만, 원체 돌아다니는 걸 좋아하지 않는 성미탓에 절반 이상을 호텔 안에서만 지냈다.

그나마 돌아다닌 곳도 이런저런 종류의 술이나 거기어울리는 음식이 유명하다는 동네들밖엔 없었다. 알고 있는 외국어도 음식을 주문하고 값을 치르는 수준의 영어뿐이다. 현지에서 그럴싸한 친구를 사귄 적도 없다. 으레 떠올리는 유럽 여행의 낭만과는 수백 광년쯤 거리가 있는 여정이었다. 거기서 남자가 배운 것이라고는.

그렇다. 빌어먹을 인생에 진정 재미있는 일이라곤 하나도 없다. 세상에 얼마나 재미가 없으면, 별의별 하잘것없는 놀이들을 개발해 놓고선 그걸 두고 싸워대는 것이다. 그 문명국이라는 스페인에서도 그 무식한 소를 약 올리는 일에 수천 명이 에워싸고 환호를 지르는 모습이며, 축구나 농구같이 '동그란 무언가'를 뺏고 뺏기는 것에 집착하는 모습이란. 이래서야 정말 동물이나 다를 바가 없지 않은가.

대다수가 제 마음가는 대로, 무언가 몰입할 거리를 만들어내며 일상의 무의미함과 처절한 전투를 벌이는 모습. 세상에 그보다 더 무의미한 전쟁이 있을까? 처음부터 무의미했던 것에다가 뭐라도 의미를 갖다 붙이려 안간힘을 쓰는 것 말이다.

남자는 '내 인생에는 대체 무슨 의미가 있을까?' 하며 고뇌하는 사람들을 비웃었다. 애초에 우리의 인생, 우리가 살고 있는 사회나 세계, 나아가 우리를 창조한 우주라는 것에도 '의미'는 없다. 의미는 인간이 자기 보잘것없는 인생을 장식해보려고 만든 단어다. 인간이 없으면 의미도 없다. 하지만, 의미는 인간을 항상 외면한다.

『참을 수 없는 존재의 가벼움』으로 널리 알려진 체코

작가 밀란 쿤데라Milan Kundera는 비교적 최근『무의미의 축제』라는 제목의 장편소설을 냈다. 남자는 '그 어떤 소설보다 이 책을 감명 깊게 읽었다'고 말하고 다녔다. '의미라는 것의 무의미함'을 이렇게 잘 이해한 작가도 달리 없다는 것이다. 물론 같은 술자리에 있던 사람들은 그의 고약한 술버릇으로밖에 이해하지 못했지만.

요는 그랬다. 알고 보면 모든 것이 무의미로 가득차 있으며, 단지 존재하는 것 이상의 의미를 찾을 수 없다. 인간은 그걸 알고 있기 때문에 문명이라는 것을 만들고, 사회라는 것을 만들어서, 제각기 의미가 있도록 태어난 양역할놀이를 할 뿐이다. 그렇다면 남자의 역할은 무엇인가? 인류 사회가 거대한 역할극이라면, 남자에게도 주어진 역할과 해야 할 본분이 있을 것이다. 그게 무엇일까? 그저 이렇게 금수저 자식으로 태어나서, 술과 노름으로 허송세월하다가 사고나 치는 게 '역할'은 아닐 텐데. 그렇지 않은가?

"왜? 그런 역할도 있을 수 있지. 영화나 드라마에 주정뱅이 역할이 없나? 부자 역할은? 당연히 부자인데 주정뱅이인 역할도 있겠지? 반대로 돈은 없지만 재능이 있는 역할도 있고……보통은 이런 애들이 주인공이지만. 확실한건, 어중간하면 안 된다는 거야……."

잘 아는 사람의 얘기도 아니었다. 그날 처음 바에서 만

나서, 취중에 느닷없이 얘기를 꺼낸 남자에게 돌아온 답변이었다. 누군지도 모른다. 이름도 모르고 성도 모른다. 그저 혼자 잘난 듯, 세상만사에 초탈한 듯, 배배 꼬인 혀로 던진 핀잔. 그 말이 남자에게는 깊은 울림을 주었다.

'그래, 이것도 역할이지. 다른 무엇이 역할이란 말인가? 좋다. 그럼 나는 나의 역할에 충실해 보겠다. 매일 밤 죽을 것처럼 마셔 대고, 다른 사람 기분은 하나도 생각하지 않고, 하루가 다르게 사고나 치는 그런 구제불능 금수저 자식을 제대로 연기해 주마……'

• • •

하반기 공채 합격자 명단에 여자의 이름은 없었다.

예상하지 못한 결과는 아니었다. 악착같이 달려들었던 지난 3년 중에서, 여자는 그 어느 때보다 지쳐 있는 채로 시험을 보았다. 입사 이후에 펼쳐질 '어엿한' 어른들의 일상, 당당히 목에 사원증을 걸고 강남대로를 활보하는 자신의 모습, 회사 임직원들이 모두 보는 앞에서 멋지게 업무현황 보고를 마치는 꿈.

30대에 접어들 즈음에는 그 모든 것에 신물이 났다. 누구 말마따나 할 줄 아는 게 공부뿐이라고, 관성처럼 지식을 준비하고 시험에 응시했지만 기대감은 없었다. 자신의 처지가 더 비참해질수록, 무언가 생각하는 게 공허해질수록 여자는 계속해서 공부에 매진했다. 가장 하기 싫고 짜증스러운, 의식적으로 노력하지 않는다면 쳐다보고 있기조차 힘든 내용들을 익히고, 외우고, 문자 한 통으로 그 모든 발악에 불합격 통보를 받는 악몽.

현실로 이어지는 꿈들은 언제나 악몽뿐이었다.

주위의 친구들, 대학교 동기들이 하나둘 사회에서 자리를 잡아나가는 모습. 그런 모습들이 여자에게 모종의 동기가 되던 시기도 있었다. 하지만 그렇게 취직한 친구들이 얻은 것은 무엇인가? 단톡방에는 허구한 날 일 못하는 선후배 뒷말에, 회사별 복리후생을 비교하거나, 누가 부모님 소개로 선을 봤는데 얼마나 못난 인간이었는지 모른다는 둥 하나같이 보잘것없는 이야기뿐이었다. 취직하기 전에만 해도 그렇게 일에 목말라 있던 인간들이. 이제는 일만 아니면 그 어떤 일에도 관심을 가질 준비가 돼 있는 것이다. 그건 하나의 비극이었다.

이쯤 되니 여자도 혼란스럽긴 매한가지였다. 더 큰 회사, 좋은 회사라고 해서 특별히 다를 게 있을까? 200:1이든 300:1이든, 그 어떤 경쟁률을 뚫고 입사하든 간에 주어지는 것은 '일'이다. 사람에게 돈과 자원을 투입하고, 그렇게 투입한 것 이상의 에너지와 아이디어를 뽑아내는 것이 회사의 역할이니까. 그렇다면 사람은? 사람은 그런 회사에게 채용되고, 소모되기 위해 태어난 것인가? 애초에 회사는 인간의 편의를 위해 만들어진 조직이 아니었나? 그런데 왜 어떤 사람은 타인의 편의만을 위해 일하다 죽는가? 그렇게 죽은 사람의 편의는 누가 봐주어야 했나?

'생각해 보니까 딱히 하고 싶은 일이 있어서는 아니었어. 중요한 건……'

중요한 건 그 일들이 가지는 의미였다. 무언가 알고 싶어서 공부를 한 게 아니다. 공부를 잘하면 칭찬받을 수 있으니까, 어른들이 자신을 의미 있는 사람으로 취급해주니까 했을 뿐이다. 대학교 시절도 똑같았다. 내가 목표하는 곳은 뭔가 다른 차원에 있으며, 지금의 자신이 올바른 방향으로 나아가고 있다고 생각했다. 생각했다 뿐인가? 말 그대로 믿어 의심치 않았다.

그런데 막상 무슨 일을 할지에 대해서는 생각해본 일이 거의 없었다. 일? 일이라는 걸 꼭 해야 하는 걸까? 그냥 이렇게 쭉 공부만 하고, 칭찬만 듣고, 다른 친구들에게 적당히 부러움을 사는. 그저 그렇게 시간을 보내면 안 되는 걸까?

눈을 좀 낮춰보는 건 어떠냐는 부모님의 말에도 신경질이 났다. '왜 나한테 저런 말을 하지? 왜 날 괴롭히는 거야? 내가 원하는 게 뭔지 정말로 모르는 건가?'

하지만 사실은 여자 자신도 몰랐다. 본인이 그걸 알고

싫어 하는지, 아니면 잃고 싶어 하는지도. 자유가 필요하다며 전국으로 기차 여행을 떠났다가도, 일주일 넘게 방 안에 처박혀 아무것도 하지 않은 날들도 있었다. 약간 이상해 보이기는 했지만 가족을 포함한 주위 사람들은 그런 행동에 모종의 서사가 있으리라고 짐작했다.

"그냥 냅둬. 스트레스를 엄청 많이 받았잖아. 그동안 공부하면서 얼마나 힘들었겠냐구. 서른 되기 전에라도 마음껏 하고 싶은 거 하고 싶다, 뭐 그런 거 아니겠어? 애들 생각하는 거야 뻔하잖아?"

여자의 아버지는 거의 꾸짖다시피 말했다. 부모의 이런 대화를 엿듣게 되는 일도 이젠 지긋지긋했다. 엄마를 사랑하지만, 사랑하는 것 이상으로 두려워하는 자신. 그 누구보다도 '엄마처럼 사는 것'에 거부감을 느끼는 자신. 어째서 사랑하는 것과 '달라지기 위해' 노력해야 한단 말인가. 닮고 싶을 만큼 사랑하고 동경할 수 있는 누군가를 만나본 적이나 있나?

그런 와중에 고등학교 시절 친구들로부터 초대 아닌 초대를 받았다. 정확히 말하면 초대보다는 그냥 의례상 하는 말에 가까웠지만(여자는 친한 친구의 생일파티 외의 파티에 적극적으로 참여한 적이 없었다), 그때는 '넌 어차피 안 올 거니까'라는 가정 혹은 조소가 깔린 듯 느껴졌다. 자신의 속성이나 가능성에 대해서 아무렇지 않게 단정짓는 처우에 불현듯 이골이 났다. 더는 참을 수 없었다. 나라고 뭐 놀 줄 몰라서 못 노는 줄 알아? 나도 갈 거야. 가서 미친 듯이 마시고, 아무하고나 부대끼면서 놀 거라고. 그렇게 결심한 할로윈 날 밤이었다.

. . .

그해 할로윈 파티는 이태원의 한 이 층짜리 술집을 통째로 빌려서, 제법 거창하게 치르는 행사였다. 엄격한 드레스코드. 입장절차는 물론이고, 아는 사람만 초대하는 것으로 수질 관리에 엄청난 공을 들였다. 내부의 분위기는 실로 대단했다. 단순히 퇴폐적이다 뭐다 하는 정도가 아니라, 당장에 누구와 무슨 일이 일어나더라도 이상하지 않을 것 같은, 미지의 가능성이 파티장 곳곳에 도사리고 있었다.

사람들은 데킬라를 이런저런 술과 섞어서 미친듯이 마셨다. 물 같은 건 없었다. 이따금 누군가 가져다놓은 생수통 같은 게 보이긴 했지만, 그게 물인지 술인지는 알 수 없었다. 눅눅한 내부 공기가 이성의 체취를 실감케 하고, 창문을 열면 선선한 가을바람이 불어 닥쳤다. 젊은 날의 파티를 즐기기에 이보다 더 완벽한 날이 있을까?

한편 여자나 남자나 그다지 술을 좋아하는 편은 아니

었다. 다만 그런 사람들에게도 어느 정도쯤 '작정하고 오는' 날이 있기 마련이다. 그렇게나 서로 알지도 못하고 공통점이라곤 하나도 없는 그 둘이 그곳에서 마주쳤다. 그런데 그날이 '하필' 서로가 작정하고 온 날이라면, 그야말로 기막힌 우연의 일치가 아닐 수 없다.

미친 듯이 몸을 흔들어대다가 올라온 2층 바. 남자는 계단을 타고 올라오는 여자의 냄새에 정신이 아찔했다. 취기가 올랐으니 말을 거는 데에도 별다른 용기가 필요 없었다. 서로의 나이도 이름도 모르는 두 사람은 금방 친구가 돼서 질탕한 농담을 주고받았다. 끝을 모르고 이어질 것 같던 파티도 새벽 서너 시쯤 되자 정리하는 분위기로 접어들었는데, 남자와 여자는 타이밍 좋게 술집을 빠져나와 모텔이 밀집한 거리로 접어들었다.

반짝이는 네온사인. 촌스러운 아웃테리어.

누가 약속이라도 한 것처럼, 남자의 입에서 "저기서 잠깐 쉬다 갈까"라는 말이 나왔다. 하지만 신체 건강한 남녀가 야밤의 숙박시설에 동행해서 정말로 쉬기만 하다가 나오는 경우는 없다. 오히려 그곳은 일이 벌어지는 곳에 가깝다. 인간과 인간이 인간으로 이어지기 위한 일들이 하룻밤 사이에 일어난다. 어째서 그런 상황에 '잠깐 쉬다 가자'는, 나중에 돌아보면 씨알도 안 먹힐 거짓말을 하는 걸까. '잠깐 저기서 섹스나 하다 가자'고 말하는 건 너무 노골적이라 쳐도. 쉬는 것과 몸을 섞는 건 지나치게 궤가 다른 작업 아닌가?

물론, 이렇게 하나둘 따지기 시작하면 끝도 없다. 남자는 해야 할 말을 했고, 여자는 그걸 확인하고 함께 들어갔을 뿐이다.

말할 것도 없겠지만 객실에 들어설 당시 두 사람은 모두 만취 상태였다. 상대방 얼굴도 제대로 알아볼 수 없을 지경이었다. 혹시 모를―도리어 당연한 수순에 가까운― 상황에 대비해 콘돔을 준비한다거나 할 겨를은 누구에게도 없었다. 남자는 그날 자신이 들어갔던 객실 번호도, 그 모텔의 상호명도, 나아가 그 파티가 벌어진 술집의 위치도 긴가민가했다. 또렷이 떠오르는 건 얼굴도 모르고 이름도 모르는, 난생 처음 마주친 여자와 몸을 섞었던 일 하나다. 오로지 그 행위에서 오는 정복감, 배덕감. 그런 요소들은 남자를 주체할 수 없을만치 흥분시켰다.

그런 한편 그 호실이 맨 꼭대기 층이었다는 사실만큼은 확실히 기억이 났다. 생각해 보니 그전까지 남자는 그 어떤 숙박시설에서도 최고층에 묵은 적이 없었기 때문이다. 그날 엘리베이터는 현기증이 날 만큼 느리게 움직였다. 체감상 거의 10분은 걸린 것 같다. 생각해보건대 그건 일종의 메시지였다. 좋아. 아주 천천히 갈게. 그러니까 나가고 싶으면 언제든지 나가. 일단 도착하고 나면 다시 돌아갈 수 없어. 알고 있겠지만. 아주, 아주 천천히 올라갈 거야. 너희들에게는 기회가 있어. 암, 그렇고말고…….

아무렴 남자와 여자가 그런 메시지를 알아차릴 리 없었다. 알겠으니까 닥치고 올라가기나 해. 하지만 카드키 형태로 된 객실 문을 여는 데에도 1분이 넘게 걸렸다. 남자는 몇 번이나 손을 더듬었고, 보다 못한 여자는 카드를 빼앗아 스스로 문을 열어젖혔다.

스스로 문을 열어젖혔다.

두 사람은 쉴 생각이 없었다. 들어가기 무섭게 입고 있던 옷을 훌훌 벗어젖혔다. 서로의 맨살에, 가랑이 사이와 둔덕과 털들을 향해 코를 처박았다. 말 그대로 핥고, 빨고, 난리도 아니었다. 그렇게 맹목적인 피스톤 운동을 반복하다가 나란히 정신을 잃었다.

• • •

"피임? 이봐, 아니……이봐요. 저는 그쪽 얼굴도 기억이 안 난단 말입니다."

"뭐라고요?"

두 사람은 한동안 실랑이를 벌였다. 남자의 입장은 그랬다. 피차 그날 밤이 기억나지 않는 상황이라면, 자기 아닌 다른 남자와 관계를 맺고 임신했을 가능성도 있지 않느냐는 것이었다.

"사, 사람을 대체 뭘로 보고……그런 말을……"

"뭐긴 뭐에요. 그냥 놀러 갔다가 있었던 일이잖아요."

"그럼 어쩌라고요? 저는 원하지 않았어요. 저는 이런……"

"그건 저도 마찬가지인데요."

상황이 이렇게 됐으니 한 번은 만나서 결판을 지어야 했다. 두 사람은 강남역 주변에 있는 어느 프랜차이즈 카페에서 다시 만났다.

사실상의 첫인상.

여자에게 남자는 그다지 눈에 띄지 않는 외모와 체구를 가진, 매력이 있고 없고를 떠나 그다지 외적으로 꾸며야 할 필요 자체를 느끼지 못하는 것 같은 사람처럼 보였다.

반면 남자에게 여자는, 정확히 자신에게 필요한 만큼 꾸미고 그 외의 나머지는 고지식하다고까지 할 수 있는 체통이며 의지로 가득 찬 사람 같았다. 그 정도의 자존심을 가진 여자가 그런 일로 생판 모르는—것이나 다름없는—남자의 연락처를 알아내 전화를 걸었다. 거기에는 뭐라 말할 수 없는, 인생 내내 참고 지켜온 무언가가 완전히 무너져 내린 것 같은 절망이 깃들어 있었다.

여자의 말투는 생각보다 공손하고 침착했다. 적어도

수화기 너머로 이야기할 때만큼 격앙된 모양은 아니었다. 그럼에도 남자는 여자의 말을 거의 듣고 있지 않았다. 어쨌거나 내키지 않는 일이라는 것은 마찬가지다. 그리고 자신은, 여자의 공백을 정확하게 메워줄 수 있는 조각이다.

"그럼, 어쨌거나 제 애가 확실한 거다, 이 얘깁니까?" 잠자코 듣고 있던 남자가 물었다.

"네. 유전자 검사든 나발이든 다 해 보세요. 당신 말고는 후보조차 없으니까요."

"본인은 중절이라거나, 뭐 그런 옵션은 생각하지 않고 있고요?"

"……."

"네. 좋아요. 이거 참 웃긴 얘기네요."

"웃기다고요? 이게 웃겨요? 당신은?"

"왜냐면 저는 시험관 태생이거든요……어렸을 때부터 귀에 딱지가 앉도록 들으면서 자랐어요. 임신이 얼마나 힘들고 어려운지. 별의별 수단과 방법을 다 써서 낳은 자식이 저라고요. 뭐 지금이야 거의 내놓은 자식이나 다름없지만." 남자는 진심으로, 자기 자신에게 몇 번이고 헛웃음을 지어가며 말했다. 이것이 연기라면 정말 기가 막힌 연기라고밖엔 설명할 수 없다.

"무슨 말을 하고 싶은 건데요?"

"별 말 아니에요. 사실 말이 중요한 건 아니죠. 저희는……그렇게 돼 버린 거죠. 그쵸?"

"그렇게라니요?"

"부모가 돼 버렸다고요. 당신이 엄마고, 내가 아빠."

"하!" 여자는 폐부 깊은 곳에 있던 공기를 끄잡아내듯이, 묵은 어이를 털어내듯이 픽, 픽 소리가 날 때까지 웃어댔다. "하하! 하하하! ……하! 후! 워어, 후! 아하하…… 진짜, 이상한 사람이야!"

"그건 그쪽도 마찬가지죠."

"왜 하필 당신인지 모르겠네요. 말하는 것 좀 봐, 이게 무슨 가족놀이예요?"

"아닐 건 또 뭡니까? 저는 우리 부모님 보면 그런 생각 많이 했는데. 차라리 가족놀이처럼 사이좋게라도 지내면 좀 좋냐고요."

"아, 저희 부모님은 그래도 사이가 나쁘지 않은 편이셔서."

"잘 나셨네요." 남자는 의자 등받이에 목을 누이면서, 허탈하다는 듯이 받아쳤다. "아, 이 짓거리도 이제 끝났군. 꼼짝없이 아빠가 돼서 살아야 하잖아."

"누가 결혼이나 해 준대요?"

"그럼 누구랑 할 건데요?"

"당신이랑은 하고 싶지 않은데요."

"그건 아직 배가 덜 불러서 하는 말이고요."

"미쳤구만, 진짜."

"틀린 말은 아니네요."

"이제 어쩌죠?"

"어쩌기는요," 남자는 허공을 응시한 그대로, 해쓱한 표정을 지으며 대답했다. "서로 물고 빨고 하면서 행복하게 살아야죠. 평생."

"전 애는 싫은데요……."

이제 와서 그런 말을 해 봤자 어쩌란 거야, 라고 남자는 생각했다.

사흘 뒤, 남자와 여자는 관할 기관을 찾아 혼인신고서를 작성했다. 상견례와 결혼식 날짜도 급한 대로 잡혔다. 마음에 들지 않더라도 할 수 있는 게 없다. 세상에는 인간 된 도리가 있고, 웬만큼 무를 수 없는 일들이 있다. 진짜 어른들은 이미 일어난 일에 대해서는 기가 막히도록 빠르게 결정을 내린다. 억지로 우긴다고 해서 돌이킬 수 없는 상황이라는 것을 기가 막히게 알아차린다. 이렇게 된 이상, 이제는 어떻게 해서든지 덜 좆되는 방향으로 가닥을 잡아보자, 뭐 그런 식이다.

· · ·

여자는 소싯적 할머니가 할아버지를 만나게 된 경위

를 듣고 깜짝 놀란 적이 있다. 다만 여자가 가장 경악했던 것은—최소 수십 년을 함께 살—남편이 뭐하는 사람인지도 몰랐다, 어떻게 생겼는지 사진 한 장 미리 받아보지 못했다는 사실이 아니었다. 옛날 일이랍시고 그런 걸 아무렇지 않게 이야기하는 할머니의 태도 그 자체였다.

"아니, 할머니는 안 억울해요? 그 한순간에 인생이 완전 뒤바뀐 거잖아요."

"억울할 게 뭐 있어. 내가 선택한 건 하나도 없는 걸. 나는 뭐 색동저고리도 주는 대로나 입었지. 직접 고른 건 아무것도 없어."

"그러니까 억울하죠. 내가 선택하지 않았으니까."

"모든 걸 네가 선택할 필요가 있니?"

"……."선택할 필요, 라는 말이 여자의 뇌리에 오래도록 남았다. 그게 신혼여행지로 떠나는 비행기 좌석에서 떠오를 줄이야.

같은 시각, 남자가 떠올리는 통일교의 합동결혼식도 이에 못지않다. 개인의 의사와는 관계없이 종교단체에서 정해주는 대로, 수만 쌍의 커플이 한 자리에서 단체로 이어져 사회로 돌아 나온다. 그 결혼식 사진 속에는 불행해 보이는 사람이 아무도 없다. 거의 모두가 행복에 겨워 활짝 웃고 있을 뿐이다.

이게 과연 가능한 일일까? 종교에 심취해서 재산 몇

푼이야 갖다 바칠 수 있다 쳐도, 인생의 반려자를 그냥 제
비뽑듯 정해 놓으면 거기 알아서 잘 살아나간다는 것이.
남자는 이런 일들을 이해할 수도 없었고, 이해할 필요도
느끼지 못했다.

그러나 지금은 불현듯 느끼고 있는 것이다. 나도 모르
게 결정돼 버리는 것들, 알아서 자리를 맞춰가는 것들, 저
항할 수 없도록 주어지는 역할들, 이름들……. 남자와 여
자에게는 마침 그런 것들이 필요했을지 모른다. 우리들
모두가 그런 결정이며 판단을 희망하고 있는지 모른다.
그 어떤 필연적 형태로 닥쳐오기를 고대하고 있을지도 모
른다. 미련하리만큼 똑똑해져 버린 우리에겐, 저항할 여
지도 없는 운명적 사건이 필요했던 것이다.

그랬다. 우리에게 의미란. 그 한순간, 하룻밤 만에 이
지러지는 현실. 결국 이렇게 될 수밖에 없었으리라는 확
신. 확신에 가까운 체념…….

〈혼인비행〉

* 혼인비행(婚姻飛行, Nuptial flight) : 일 년에 한 번, 암개미와 수개미는 공중을 날
  아다니며 교미하는데, 암컷들은 페로몬을 분비해 유혹한 다음, 가장 빠르고 영리
  한 유전자를 받아들이기 위해 수컷들을 피한다. 수개미는 교미가 끝나면 떨어져
  죽고, 암개미는 날개를 뗀 뒤 새로운 여왕개미가 되지만 그 성공 확률은 굉장히
  낮다. 평균적으로는 1000마리당 한 마리 정도가 살아남는 것으로 알려져 있다.
  (위키백과 한국어판)

4부,

BLUE NOT'
블루 노트

BLUE LETTER

일부러 그랬는지 잊어 버렸는지
가방 안 깊숙이 넣어 두었다가
헤어지려고 할 때 그제서야
내게 주려고 쓴 편질 꺼냈네

─보낸 사람 유재하
　　　　　　서울특별시 관악구 신림로 116 914호
─받는 사람 도요한
　　　　　　대구광역시 수성구 맑은샘로 41
　　　　　　개나리아파트 302동 1206호

(─라고 편지봉투에 쓰여 있다)

─이하 전문.

안녕하세요. 저는, 아, 습관처럼 제 소개를 할 뻔했네요. 애초에 누가 받을지도 알 수 없고, 받지 않아도 딱히 상관없는 편지입니다. 제 소개 같은 건 필요 없겠죠. 애초에 이름이 뭐고, 어느 동네에서 태어나서 어느 학교를 다녔는지 따위는 아무것도 설명해 주지 못하니까요.

혹 이 편지를 받는 분께서 이력서를 써 보셨을지(혹은 쓸 필요가 있었는지)는 모르겠으나 거기엔 그런 쓸모없는 내용뿐입니다. 이력서와 함께 들어가는 자기소개서도 마찬가지죠. 자신을 소개하는 서류인 주제에, 실제로 쓴 사람을 설명하는 문장이랄 게 없습니다. 내가 어떤 게임을 하고 있고, 어느 브랜드의 필기구와 공책을 즐겨 쓰며, 어느 스피커에서 나오는 음악 소리를 가장 좋아하는지 같은 건 전부 다 빼고 써야 합니다. 그러고 나면 정체성에 혼란이 오죠. 나는 누구인가? 이건 아주 철학적인 질문인데. 거기에 대한 대답을 아주 정확하고 명료한, 이의가 있을 리 없는 내용으로 정리해서 종이 쪼가리에 적은 게 바로 자기소개서라는 것입니다. 그 정리된 내용이라는 게 무엇이냐, 라고 묻는다면 이렇게 대답해줄 수 있습니다.

'나는 적당히 평범한 집안에서 자라 모나지 않은 성격으로 성장했다. 조직에 쉽게 어울리는 한편 일찍이 정해 놓은 목표를 달성하고 성과를 이끌어내는 데 큰 문제가 없을 만큼 똑똑하며, 일면에서는 독특하다고 할 만큼의 창의성을 발휘할 수 있지만 나 자신이 소속된 조직이나 집단의 통일성을 해칠 만한 수준은 결코 아니다. 따라서 귀사에 입사해 내 이름이 새겨진 명함과 사원증, 매월 정해진 출근일과 거기에 따른 급여를 받고자 한다.'

나는 안전한 사람이고, 일을 할 만한 능력이 있다. 뭐 그런 사항들을 확약하는 과정에 지나지 않습니다. 애초에 남의 자기소개서를 끝까지 읽는 사람이 얼마나 될까요? 보험이나 대출 약관 같네요. 만에 하나, 아니, 백만분의 일의 확률로 예기치 못한 사건이 일어났을 때를 상정하고 쓴 거니까요. 그 한 명을 위해 나머지 구십구만구천구백구십구 명이 서류 몇 장씩을 더 작성해야 하다니 참 곰살 궂은 일이라 할 수 있습니다.

저로선 자기소개서의 어떤 부분이 그 사람을 설명해 줄 수 있는지 정말이지 모르겠습니다. 이름이든 나이든 학력이든 학점이든 적당히 지어서 써놓으면 아무도 알아 차리지 못합니다. 영화《기생충》에서 나오는 건 정말이지 허구이고 판타지에 불과하죠. 실제로는 그만큼 공을 들이고 디테일하게 꾸며낼 것도 아니거든요. 그저 '척 보기에' 그럴 듯해보이면 그만입니다. 그보다 현실은《캐치 미 이 프 유 캔Catch me If you can》에 가깝습니다. 실제로 사람들은 어떻게 이런 것에 속나, 싶을 정도로 허술한 수법에 당하니까요. 이건 정말 실화를 기반으로 만든 영화이기도 하고요. 하긴 저라도 제 얼굴이 레오나르도 디카프리오나 맷 데이먼 정도 됐다면 얼마든지 거짓말을 하면서 살 수 있을 것 같습니다.

당장 이 느닷없고 우울한 편지의 발신인도 유재하라고 되어 있습니다. 한데 그 이름은 저에 대한 그 어떤 부분도 설명해 주지 못해요. 그냥 적당히 유명한 옛날 가수 이름을 따와서 적은 것이니까요. 계획적으로 한 건 아닙니다. 마침 떠오른 것이 유재하라는 이름이었을 뿐입니다. '혹시나' 유재하라는 이름이 발신인의 본명은 아닌지 오해할까 봐, 관련된 노래가사 일부를 봉투 뒷면에 적어 놓기까지 했지만요. 생각해 보니 이것도 곰살궂은 일입니다. (윙크)

유재하 씨가 처음이자 마지막 앨범을 내고 사망한 1987년 당시 저는 대한민국에 태어나 있지도 않았습니다. 정자 생성도 안 돼 있었을 걸요. 당연히 그분의 노래며 음악 같은 걸 듣고 자라지도 않았습니다. 애당초 음악을 즐겨듣는 편도 못되고요. (지하철 같은 곳에서는 하도 시끄러워서 이어폰을 끼고 있는 편이긴 하지만, 그건 다른 소음이 싫어서이지 딱히 무슨 음악을 듣고 싶어서는 아닙니다.) 제가 유재하 씨에 대해서 알고 있는 거라곤 이름과 사망 연도, 첫 앨범에 수록된 노래 몇 곡 정도가 전부입니다. 그것도 원래 가수의 목소리로 들은 건 아니었죠. 제 또래는 물론 저보다 훨씬 어린 세대의 가수들까지도 유재하 씨 노래를 커버하는 바람에 모를래야 모를 수가 없었습니다.

그런 주제에 왜 죽은 사람 이름까지 빌려서 이런 편지를 쓰는 걸까요? 살아 있는 사람의 이름을 빌려 썼다가는 의도치 않게 피해를 줄 수 있고, 홍길동 같은 이름은 장난기가 너무 다분하고. 적당히 독특하면서도 적당히 유명한, 그러면서도 익명성을 보장해줄 수 있는 이름이 필요했습니다. 그렇게 떠오른 게 유재하라는 이름이었을 뿐이에요. 다른 이유는 없습니다. 도요한은 누구냐고요? 다행히 우체국 직원은 대개 존 도_{John Doe}가 무슨 뜻인지도 모를 만큼 충실한 한국인이더군요. 덕분에 편지를 부치는 데 아무런 걸림돌이 없었습니다. 그런 게 있었다면 지금 이런 편지의 이런 대목을 읽고 계실 일도 없겠죠?

이제 와서 말하기가 좀 그렇지만 저는 서울에 사는 무척 평범한 회사원입니다. 평범한 살림살이, 평범한 직장에 평범한 조건으로 평범한 일상을 살고 있습니다. 외모도 그저 그렇습니다. 물론 자신의 생김새를 객관적으로 파악하긴 어렵지만요. 적어도 겉으로만 보면, 어느 한적한 주말에 자기 방 책상에 앉아 이렇게 기괴한 편지를 쓰고 있을 사람 같지는 않을 겁니다.

아무튼 제 인상은 좋지도 나쁘지도 않습니다. 딱히 눈에 띄는 부분도 없어요. 그 덕분에 투명인간 취급 받을 때도 많습니다. 얼마 전 갔던 고등학교 동창회에서는 제가 '친구'라고 생각했던 녀석들 반 이상이 절 못 알아보더라고요. 그중 한두 명은 한동안 제 짝꿍이기까지 했는데. 하기야 꼭 기억해야 할 필요는 없죠. 무슨 일이 있어서 연락하고 지내던 것도 아니니까요.

그래도 그게 속상한 것도 어쩔 수 없습니다. 차라리 제가 절 '몰라서' 억울하기라도 했다면. 이보다는 덜 처참한 심정이었을 텐데요. 저도 압니다. 알아서 더 짜증스럽고요. 저 자신도 자신이 없습니다. 저 스스로를 알아볼 자신이요. 지구상에 있는 거울이란 거울, 아무튼 그 비슷한 역할을 할 만한 것이 죄다 사라진다면, 저는 제 얼굴 같은 건 일주일도 안 돼서 다 잊어버리고 말 겁니다. 아무튼 저는 그렇게 생겼습니다.

아무튼, 자기소개서 얘기로 편지를 시작해 여기까지 온 것이 참 신기하긴 하네요. 무슨 기별도 없이 이렇다 할 기미도 없이 불쑥 받은 편지인데 자소서 얘기나 하고 앉았으니까요. 바로 그 점이 포인트죠. 저는 지금 자기소개에 관한 이야기를 하고 있지만, 당신은 제 이름도, 성도, 성별도, 성 정체성도, 지금 무슨 색의 팬티를 입고 있는지도 모릅니다. 자기소개에 대해 이야기하지만 자기소개는 하지 않는 셈입니다. 참고로 말하자면 저는 집에 있을 때 속옷을 입지 않고 지내는 걸 좋아합니다. 정확한 이유는 모르겠지만 제겐 그런 습관이 있어요.

웃긴 건 이런 편지조차도 이력서나 자기소개서보다는 저를 더 정확하게 설명해 준다는 것입니다. 이제껏 쓴 내용에 무슨 속알맹이가 있어서가 아니라, 적어도 그것보단 낫다는 거죠. 예컨대 제가 도형이라고 치면, 뭐, 대충 야구공 같은 모양의 구형이라고 치면요, 자기소개서는 '저는 정육면체입니다' '저는 삼각뿔기둥입니다'라고 말하는 거죠. 그런 건 설명이 부실하거나 지나치게 추상적이라거나 하는 차원의 문제가 아닙니다. 이 경우는 그저, 원 형태를 설명할 의지 자체가 결여돼 있는 거죠. 심지어 읽는 사람도 알고 있습니다. 그 모든 게 거짓말이라는 것을요.

그런 반면 이 편지는 볼품없고 어이없지만 적어도 진심이라는 게 없지 않습니다. 말하자면 모나미 볼펜으로 대충 끄적인, 오른손잡이가 왼손으로 그린 찌그러진 타원입니다. 대충 구와 비슷하게 그리긴 한 거죠. 아무렴 알아보기는 어렵지만 노력만큼은 가상하다고 해 줄 수 있지 않을까요.

자소서 얘기를 이렇게나 길게 쓰다니 취업 준비하던 시절에 스트레스를 어지간히 많이 받았나보다, 하고 생각하실 수도 있겠습니다. 그러나 그것은 사실과 아주 많이 다릅니다. 전 모종의 방법으로 아주 손쉽게—최소한 남들과 비교했을 때는, 누워서 떡 먹기라고 해도 좋을 만큼—

지금의 회사에 채용됐습니다. 덕분에 자기소개서 같은 건 쓸 기회도 거의 없었어요. 그런데 왜 자기소개서에 대해 이렇게 길게 이야기를 많이 하느냐고요? 역시 모종의 이유로 인사부처에서 2년 동안 일했기 때문입니다. 그런데서 판으로 찍어낸 듯이 똑같은 이력서, 자기소개서들을 몇천, 몇만 장을 읽다 보면, 업무의 강도를 넘어서서 인간이 피폐해지기 마련입니다. 이 인사부처가 맡는 업무라는 것이 뭐랄까,《미생》에 나오는 것처럼 철두철미하고 드라마틱한 과정이 아닙니다. 여기에는 서사라는 게 없어요. 생각하지 않고 판별합니다. 그들의 인생을.

저는 언젠가 병아리의 암수를 구분해서 암컷만 닭으로 키우고 수컷은 내다 버리는 양계장의 모습을 텔레비전으로 본 기억이 있습니다. 그땐 식겁했죠. 감별사들은 분당 수십 마리의 수컷 병아리들을 골라냅니다. 그 일련의 행동에는 아무런 양심의 가책이나 사심이 없습니다. 그렇지만 그걸 바라보는 사람들에게는 다분히 잔인하게 느껴지죠. 어떻게 인간의 탈을 쓰고 저런 짓을 할 수 있냐고요. 근데 정신 차려 보니 제가 그 비슷한 걸 하고 있더라고요. 병아리도 아닌 사람을 대상으로요. 그 짓을 직업으로 삼고 급여를 받았습니다. 물론 치킨은 지금도 잘 먹고 있습니다. 어제도 먹었어요. 비비큐의 황금올리브는 정말 최고죠. 좀 비싸다는 것만 빼면.

돌아가서, 처음에는 '내가 과연 이들을 평가할 만큼의 가치가 있는 사람인가?' 정도로 시작하죠. 자연히 그런 생각이 듭니다. 자기소개서를 쓰는 도중에 몇 번이고 튀어나오려는 감정을, 가까스로 주워 담는 그런 글들을 읽으면 절로 마음이 미어질 지경입니다. 어쨌거나 그들은 불합격이니까요.

그런 반면 컨설팅을 받거나, 어디선가 합격 사례를 레퍼런스 삼아 철저하게 편집한 것들은 척 보면 티가 납니다. 소름끼칠 정도로 깔끔한 문장들만 쓰여 있습니다. 쓸데없는 표현, 문장이라곤 눈을 씻어도 찾아볼 수가 없습니다. 격식을 차리지 않으면서 예의는 철저히 지키고, 지루하지 않을 만큼 재기발랄하지만 필요 이상의 선은 넘지 않습니다. 본인이 가진 창의성을 전혀 창의적이지 않은 방법을 통해 전달합니다. 충분히 개성적이지만 저항적이지는 않습니다. 요컨대 자신을 위험부담 없는 완벽한 공산품으로 포장해 놓습니다. 최고의 자기소개서란 그런 것입니다.

제가 보기에 그 최고의 자기소개서에서 묘사되는 인간이라는 존재, 그런 사람은 인류 역사상 단 한 명도 태어난 적이 없다고 봐도 무방합니다. 그렇게 완벽한 스토리를 지닌 사람이 있을 수 있을까요? 그 자식들은 마치 태아 시절부터 이 회사에 취직할 계획을 세운 사람처럼 자신을 소개합니다. 참내, 성경도 그런 식은 아니잖아요. 구약에 나오는 야훼만큼 '인간적인' 신이 어디에 있습니까? 지 짜증난다고 온 세상에 대홍수를 일으키다니. (아, 저는 특정 종교를 믿지는 않습니다. 성경이나 성서도 대략적인 사건만 알 뿐입니다.) 자소서에 그런 내용을 쓰면 제 아무리 대단한 신이라도 불합격입니다. 믿을 수 없겠지만 여기는 그런 세계입니다. 제가 이런 세계를 만든 신이었다면 지금쯤 아주 심정이 복잡했을 것 같네요. 이것도 한낱 인간인 내가 생각해서 그런 거겠지만. 저 위에 있는 존재들은 뭔가 아주 큰 뜻이 있고, 우리처럼 하찮은 것들은 감히 예상조차 할 수 없는 고차원적 사고를 한다고 믿습니다. 인간은요. 사실 그렇지 않을지도 모르는 데도요. 하기야 그런 것들이야 어떻게 생겨먹었든지 우리와는 상관없는 일이죠. 여기는 여기만의 생태계가 있는 거고. 그쪽은 또 그쪽 나름의 사정이 있을 겁니다. 이해는 전혀 못하겠지만.

저라고 지금 하는 일이 아주 만족스럽지는 않습니다. 그래도 얼마 전까지 인사팀에서 수천 건의 자소서를 읽던 시절을 떠올리자면, 그래도 이건 사람이 할 만한 수준의 일이라는 생각이 들고 편안해집니다. 모름지기 행복이며 안정감이라는 건 다소 상대적인 면이 있으니까요.

그런 배경이 있는 고로, 그따위 자기소개서보단 이런 우울한 편지가 더 나을지 모르겠다는 생각을 합니다. 누군가 내가 보낸 글을 받아서, 자신이 운영하거나 소속된 조직에 끌어오고 싶을 만큼 호감을 이끌어낼 수 있을까? 그런 하찮은 걱정을 하며 노심초사할 필요도 없죠. 애초에 누군가에게 읽어달라고 보내는 건 아니니까요. 굳이 대상을 정해 보낸다면 과거나 미래의 나에게 보내는 편지라고나 할까요? 그건 일기와는 좀 다르죠. 일기는 일종의 기록이고 기록은 반드시 어떤 영역에서의 '생략'을 전제로 합니다. 전후사정이 이러저러하고 실제 수치나 사건이 이러이러했다, 나머지는 알아서 생각해라 이거죠.

그런데 편지는 메시지입니다. 쓸모없는 얘기들만 잔뜩 늘어놓은 것 같지만, 그 이면에는 분명히 '무언가'가 단단하게 자리를 잡고 있습니다. 담쟁이넝쿨이 무성하게 자라난 곳에는, 반드시 비바람에 쓰러지지 않을 만큼 단단한 벽이 존재하듯이. 비록 눈에 보이지는 않지만. 거기에는 왠지 모르게 믿을만한 구석이 있습니다. 최고의 이력서, 최고의 자기소개서 같은 것들에선 멸균처리되고 마는 그것. 그 수많은 이력서와 자기소개서를 읽어왔던 것이, 제게는 어떠한 결여를 인식하는 과정처럼 된 셈입니다. 단 것만 계속 먹다보면 짠 음식이 먹고 싶어지는 것처럼요. 지금의 저는 짠 것에 이끌리고 있습니다. 동해바다를 몽땅 들이마셔도 모자랄 만큼 강하게 이끌리는 중입니다. 그 이끌림은 제가 이따위 편지를 쓰고 있는 이유와도 일맥상통합니다. 저 머나먼 해외 곳곳에 한인 사회가 형성돼 있고, 그 중심에 꼭 김치와 된장찌개 같은 한식 문화에 대한 향수가 깃들어 있는 것도 이해가 갑니다. 왜냐면, 김치는 김치잖아요. 한국인은 김치가 먹고 싶을 땐 꼭 '김치'를 먹어야 합니다. DNA인가 DHA인가, 문과라서 잘 모르겠지만, 아무튼 거기에 김치를 필요로 하는 정보가 담겨 있는 거죠. 단무지, 피클, 짜사이, 자우어크라우트나 할라피뇨 같은 걸로 대충 얼버무릴 수 없습니다. 반드시 김치여야 하는 거에요.

만약에 누군가가 이 어처구니없는 편지를 받아서, 여기까지 주욱 읽어 내려왔다면. 정말이지 진심으로 사과드리고 싶습니다. 이렇게 우울한 편지를 써서 보내서요. 누가 저로서는 어쩔 수 없었다는 점밖에 평계가 없습니다. 기왕 편지를 쓰긴 썼으니까 어딘가 보내야할 텐데(편지는 그러라고 태어나는 거니까요. 아무 데도 안 부쳐지면 너무 슬프지 않을까요), 이렇게 의미 없는 편지를 부쳐도 아무 상관 없을 것 같은 그런 주소가 제게는 없었습니다. 오랜 옛날 아주 잠깐 조부모님과 같이 살았던 집 주소 말고는요. 두 분은 제가 성인이 되기 전에 노환으로 돌아가셨고, 사시던 집은 법원 경매로 넘어가 적당한 값으로 다른 임대사업자에게 돌아갔다는 얘기만 얼핏 들었던 기억이 납니다. 뭐 그때만해도 꽤 오래된 아파트였으니까……지금쯤 재

개발이 되지 않았을까 싶지만. 이 편지가 정상적으로 부쳐졌다면, 누가 살고 있든 텅텅 비어 있든 간에 그 공간이 아직 존재한다는 것만큼은 확실한 것 같습니다. 그리고 그러한 사실이 지금의 제게 기묘한 안도감을 주는 것도 사실입니다.

그건 왜일까요? 저도 잘 모르겠습니다. 하지만 저나 제 또래 녀석들이 겪고 있는, 그 정체 모를 무언가와 관련돼 있다는 것은 명백합니다. 말하자면 세대적 문제라고나 할까요? 요즘 청년들은 돌아갈 마음은 추호도 없으면서, 언제라도 돌아갈 수 있(으리라 생각하)는 장소가 한두 곳쯤은 있어야 하는 모양입니다. 그것이 바로 우리 세대의 비극이죠. 우리? 방금 제가 우리라고 썼군요. 저는 그쪽 은행에 계좌도 하나 없습니다. 아무튼 이보다 더 자세하게 설명하기란 제 능력 바깥의 일이므로, 섣부른 판단 대신에 양해와 배려를 청하는 바입니다.

솔직히 얘기하면 이렇게 사과하는 것도 습관 같습니다. 요즘 사람들은 손끝만 닿아도 미안하다고 사과를 해야 하죠. 왜냐면 그 손끝으로, 화면으로, '거의 모든' 일들을 하고 있고 할 수 있다고 믿으니까요. 객관적으로 이게 사과해 마땅한 일이냐고 물으면, 저는 결코 아니라고 대답할 것입니다. 위법도 아니잖아요, 이런 게. 새삼스럽지만 저는 이 편지에서 어떤 종류의 협박도 하지 않았고, 요구도 하지 않았으며, 욕설 한 마디 섞지 않았습니다. 만약 이런 내용의 편지를, 누가 받을 수 있을지 없을지도 모르는 편지를 보내는 것이 범법이라면, 저는 제가 해 온 일을 몽땅 포기하고 그날부로 법을 공부해야겠죠. 씨발놈의 법. 헌법 좆까. 오, 이거 기분 좋네요. 아무리 편지라지만. 헌법더러 좆이나 까라니. 이런 게 민사재판으로 넘어갔다? 제가 판사라면 웃음을 꾹 참고 집행유예를 선고할 것 같습니다. 엄격하고 근엄하고 진지한 표정으로요. 판사님도 사람이잖아요. 어떻게 헌법 좆까라는 말을 듣고 웃기다고 생각을 안 할 수 있겠습니까? 단 한순간이라도 할 수밖에 없어요, 그건. 판사님에게도 그 정도 인간성은 허용되어야 한다고 봅니다.

제가 그렇게 오래 살지는 않았지만 세상의 원리를, 적어도 몇 가지 부분에서는 대략적으로 이해했다고 느낍니다. 그중 하나가 바로 수신은 안 되더라도 발신은 얼마든지 가능하다는 것입니다. 예컨대 부재중 전화라는 것도 그렇죠. 전화를 건 사람은 있는데 받은 사람은 없습니다. 아무도 보내지 않은 편지를 받았다고 하면 좀 무섭잖아요. 하지만 저는 사람이지 기계가 아닙니다. 기계라면 이런 하잘것없는 짓거리에 돈이며 시간을 낭비하지도 않겠지만요.

다만 발신하기 위해서는 어떻게든, 어떤 식으로든 수

신자를 상정해야 합니다. 그게 아주아주 낮을 확률일지 언정. 티끌만큼의 기대와 희망이라도 존재해야만 합니다. 그렇지 않으면 '발신'이라는 개념 자체가 소멸해 버리니까요. 누군가 받을 거라고 믿고 보내는 것, 그게 발신입니다. 통신, 발신, 수신, 이 모든 단어에 믿을 신信자가 쓰인다는 게 믿어지시나요? 곰곰이 생각해 보면 그 모든 게 믿음으로부터 나올 뿐이에요. 나는 보냈다고 믿으니 발신자이고, 당신은 받았다고 믿으면 수신자이며, 사람들은 그저 통하고 있다고 믿기 때문에 통신이라는 말을 씁니다.

그러니까, 실제로 통했는지 통하지 않았는지는 그다지 중요하지 않은 거죠. 놀랍지 않나요? 요즘 사람들이 그렇게나 좋아하는 팩트fact라는 것이, 막상 따져 보면 별 상관없는 것들이라는 것이요. 믿느냐, 믿지 않느냐. 세계는 오직 개인의 믿음으로 말미암아 구성됩니다. 영 믿기지 않는 이야기인데다가, 어딘지 모르게 사이비 종교단체의 전도문처럼 돼 버렸지만……네, 쓰고 있는 저도 그걸 느낍니다. 근데 신에 대한 믿음 같은 거 말고요. 이런 편지라도 받아서 읽을 사람이 누군가 있겠지 하는 게 사이비 종교까지 갈 문제는 아니잖아요.

그냥 그런 겁니다. 어떤 유명한 시에서 나온 말처럼 우리는 제각기 다른 섬에 살고 있죠. 바다는 끝이 없어 보이고. 나 말고 말이 통하는 사람이라곤 아무도 없는 것 같습니다. 그래서 자그마한 유리병에 "거기 누구 있나요?"라고 써서 코르크마개로 꼭 잠근 다음에 파도에 실어 보내는 거죠. 누구 한 명 받는 사람이 없어도 보내는 사람은 있을 수 있습니다. 저는 살기 위해 보내야 합니다. 그렇지 않으면 제가 사는 이 세계는 존재하지 않는 것이나 다름없으니까요.

저는 보이저호를 좋아합니다. 네. 오래전에 지구에서 쏘아 올려져서, 태양계를 떠나 영영 우주를 유영하고 있는 그 탐사선 말이에요. 1호와 2호 중에 뭐가 더 좋으냐고 묻는다면, 참 어려운 질문입니다. 아무래도 최신형이니까 2호를 고르겠지……라고 생각하시겠지만, 아뇨, 저는 1호가 아주아주 조금 더 좋습니다. 2호가 서운해 하지 않을 정도로만요. 왜냐하면 1호는 딱 그만큼 더 지구와 멀리 떨어져 있고, 그래서 그만큼 더 외로울 테니까요. 왜인지 저는 외로운 것들에게 더욱이 큰 사랑을 느낍니다.

지금 보니 익명을 유재하 말고 그냥 보이저로 할 걸 그랬습니다. 뭔가 유명한 외국계 회사 이름 같기도 하고 그렇잖아요. 그래도 이제 와서 고칠 순 없는 노릇입니다. 뭐 유재하 씨나 보이저호나 비슷한 부분이 있죠. 자기만의 음반을 한 장씩 갖고 있다는 것이나, 지금은 영영 닿을 수 없는 곳으로 떠나버렸다는 것이나.

제게는 이 편지가 그런 존재입니다. 내 외로움을 누군가 받아줄 여지가 있다고, 그런 믿음의 표상으로서 세상에 나왔습니다. 답장을 바라진 않습니다. 애초에 누가 이런 편지를 받을지도 모르고, 그때까지 제가 같은 장소에 살고 있으리라는 보장도 없으니까요. 이런 편지가 세상에 있고, 나는 그걸 보냈다는 그 사실만이 제게 의미를 가져다줍니다. 이런 제 말이 이기적으로 느껴지시나요? 만약 그렇다면 저는 미리 대답해 두겠습니다.

─네. 만나서 반가워요. 저도 여기에 있어요.

BLUE ANOTHER

—**보낸 사람** 도요한
　　　　　대구광역시 수성구 맑은샘로 41
　　　　　개나리아파트 302동 1206호

—**받는 사람** 유재하
　　　　　서울특별시 관악구 신림로 116 914호

(—라고 편지봉투에 쓰여 있다)

—이하 전문.

......

솔직히, 제가 이런 거에 답장이나 하게 될 줄은 전혀 몰랐습니다. 저 위의 여섯 개 점과 이 문장 사이에 얼마나 긴 시간이 필요했는지 당신은 모를 겁니다. 편지이기는 하지만, 얼굴도 모르는 사람에게 당신이라고 해도 상관없을까요? 하긴 편지에서 언급하셨듯 이름이 중요한 관계는 아니죠. 중요도로 따지면. 글쎄요. 이 편지에 대한 것은 우주에서 가장 덜 중요한 일일 겁니다.

......몇 달 전 이 편지가 우편함에 꽂혀 있었을 때. 저는 의아한 것을 넘어서 불쑥 화가 났습니다. 왜냐면 저는 편지라는 것을 극도로 혐오하는 인간이거든요. 우편 시스템 자체가 싫습니다. 제 우체통에 어떤 종이가 꽂혀 있다는 건 누군가(혹은 무언가)가 제가 살고 있는 아파트 주소를 알고 있다는 의미니까요. 우체통은 그 아파트 가운데서 제게 할당된 공간 중 하나고요. 거기를 침범당하는 게 싫어서 온갖 종류의 구독이며 세금, 공과금 따위의 명세서를 온라인으로만 받도록 해 놓았습니다.

그러고 나니 한동안 우편함에는 아무것도 꽂혀 있지 않더라고요. 보궐선거네 뭐네 해서 일괄적으로 꽂아두는 용지가 아니면 아무 편지도 오지 않았습니다. 어디 한 곳 빠트린 데가 있어서, 아니면 기억에 떠오르지 않았던 곳이 있어서, 아니면 이전에 살던 사람들에게 실수로 보내진 편지도 하나 없었습니다. 저는 퇴근하고 돌아오는 길에, 낡아빠진 엘리베이터 옆 통로에 늘어서 있는 우편함들을 생각 없이 훑어 봅니다. 그리고는 '오늘도 역시 비어 있는 1206호' 우편함을 보며 내심 뿌듯함을 느꼈습니다. 왜 그런 거에서 뿌듯함을 느끼냐고 물으면 할말은 없습니다. 그냥 그런 게 있어요. 당신이 속옷을 안 입고 집안을 돌아다니는 것과 피차 마찬가지입니다.

그렇게 반년 정도가 지났을 무렵입니다. 그쯤 되니 '아, 이제 우편함 따위야 완전히 머릿속에서 없애고 살아도 상관없겠다'는 확신이 설락 말락 하던 시기였는데. 웬 두툼한 편지봉투가 하나, 1206호 우편함에 팍 하고 꽂혀 있었던 거죠. 지금이야 제법 쿨하게 언급할 수 있을 정도로 가라앉았지만은, 그 당시에 제가 느꼈던 좌절과 분노는 엄청났습니다. 세상에 있는 우편함이란 우편함은 다 때려 부수고 싶더라니까요. 편지 내용은 읽지도 않았는데.

무척 세심한 배려로 유재하라는 발신명을 정하신 모양인데, 저는 처음에 누가 보냈는지는 제대로 확인조차 하지 않았습니다. 오히려 수신인, 그러니까 편지를 받을 제 이름을 도요한으로 써 놓았다는 데 더 눈길이 갔죠.

……도요한? 이게 뭐지. 내 이름이랑은 한 글자도 안 맞잖아.

예전에 게임할 때 그 비슷한 닉네임, 또는 아이디를 썼던지 생각해 봤지만 딱히 떠오르는 게 없더라고요. 그때 판단이 섰습니다. 이걸 보낸 사람이 누구든 간에 이 편지는 나더러 읽으라고 보내 온 것이 절대 아니며, 내게는 이 편지를 열어 볼 권한이 없다는 것을요.

유재하라는 사람은 (그 유우명한 가수 빼면) 그 비슷한 이름도 알고 지낸 적이 없고, 일가친척 중에는 더욱이 없습니다. 글씨를 너무 흘림으로 쓰는 바람에 잘못 본 건 아닐까 싶어 더 가까이서 관찰해 봤지만 딱히 잘못 볼 만큼 못 쓴 글씨도 아니었고요(칭찬은 아닙니다). 오히려 오기될 확률이 있다면 주소 쪽이겠죠. 206호로 갈 것이 이리로 왔다거나, 집배원이 1201호라고 적은 걸 잘못 알아봤다거나 하는 쪽이 더 가능성이 있어 보였습니다. 이렇든 저렇든 제가 열어볼 편지가 아니라는 건 확실하죠.

그렇게 생각하자니 참 기분이 뭣 같더라고요. 이게 대체 뭔데 내가 열어보지도 못한단 말인가? 무슨 대단한 내용이 적혀 있길래? 잘못 배달됐다면 잘못 배달한 쪽이나, 그런 상황을 예측하지 못한 발신자 쪽의 책임이지 수신한 내 잘못은 아닌데 왜 이따위 것을 열어보지도 못하고 반송함에 갖다 놓아야 하지, 이따위 편지가 대체 뭐라고.

그치만 뭔가 마음에 걸리는 게 있어서 그 자리에서 편지를 뜯어 내용을 확인하지는 않았습니다. 반송함에 넣지도 않았지만요. 그 편지는 지난 몇 달 동안 제 집 책상 서랍 속에 고이 처박혀 있었어요.

솔직히 당신이 보낸 편지 내용 모두를 이해하진 못했습니다. 아니, 이해한 부분이 거의 없을지도 모르죠. 저도 그러고 싶지 않아요. 제가 왜 당신을 이해해야 하나요. 편지 한 통으로 이해하기에는 사람은 너무 복잡한 존재잖아요.

그러니 답장할 생각은 더욱이 없었죠. 어느 날 퇴근하고 집에 와서 이부자리에 대자로 뻗어 있는데, 그냥 문득 편지 생각이 났어요. 아. 그 편지. 서랍 어디 넣어놨더라……하고 꺼내서 읽어봤습니다. 무슨 이유도 없어요. 뭔가에 홀린 것처럼 그냥 그렇게 했습니다. 왜 그랬는지는 지금도 모르겠어요.

당신의 그 편지를 처음 읽고, 맨 먼저 든 생각이 뭘까요? 아, 이 우주에 나처럼 우울한 사람이 한 명 정도는 더 있구나 하는 안도감? 나 혼자가 아니라는 사실을 깨닫고 어쩐지 위로받는 느낌?

그런 건 너무 식상하지 않나요. 요즘 서점에 가면 그런 내용밖에 없다니까요. 대충 우울한 사람인 척 글을 쓰고, '너 혼자만 힘든 게 아니라 다들 힘들단다' 같이 해도 그만, 안 해도 그만인 내용을 책 한 권으로 불려서 낸 그런 책들만 매대에 올라와 있죠. 사람들은 또 거기에 홀려서 사고요. 그러고선 '아, 살아가는 게 나 혼자 힘든 게 아니구나. 다들 나랑 비슷한 거였어. 그렇게 생각하니 위로가 돼……'라고 착각합니다.

확실히 착각이죠. 그거는.

어차피 그런 마음이 들고 나서도 다음 날만 되면 내가 가진 자아며 개성이며 경쟁력 같은 것들을 고민하잖아요. 타인과 나를 구분할 수 있는 무언가를 계속해서 찾아 헤맵니다. 그래놓고 한편으론 외롭다고 징징. 고독하고 쓸쓸하다고 궁시렁대고. 뭐 어쩌라고?

저는 그런 당신네 세대가 전혀 이해가 되지 않아요. 솔직히 무지하게 짜증스럽습니다. 보릿고개도 IMF도 못 겪어본 녀석들이 뭘 안다고 '힘들어 죽겠다'고 불평불만을 늘어놓나 싶어요. 저도 못 겪어본 건 똑같고, 굳이 분류하자면 같은 세대에 속하겠지만. 최소한 페북 인스타에 자기연민에 가득 찬 게시물을 올리고 누가누가 내 글에 좋아요를 눌렀는지 확인하거나 하진 않는다고요. 특별해지고 싶으면 외로워하질 말든가, 외롭고 싶지 않으면 눈에 띄는 걸 포기하든가. 어떻게 사람이 자기 좋은 것만 다 하고 살아요?

그런데 당신이 보낸 그 편지를 읽고 느낀 감정은요. 공감도 짜증도 아니었습니다. 아주 마음 깊은 곳에서부터 우러나오는 그런 애틋함? 애틋함이라고 하니까 너무 편지가 로맨틱해지니까 취소하고. 뭔가 좀, 불쌍하면서 나도 그것과 별로 다르지 않다는, 당신처럼 비유하자면 《인간극장》의 막장 하위호환을 보고 느낄 만한 감정이 었습니다.

그런데 이상한 건 그 느낌에는 뭔가 익숙한 느낌이 있었어요. 기시감이라고 해야 하나. 데자뷰라고는 들어보셨을 겁니다. 그 비슷한 걸 느꼈습니다. 대체 그게 뭔지 한참을 고민했어요. 아무래도 상관없는 일이지만. 일 보고 뒤를 안 닦은 것처럼 계속 신경이 쓰여서요.

그러다 불현듯 떠올랐습니다. 언젠가 이런 식으로 몇 번, 타지에 사는 얼굴도 이름도 모르는 누군가와 편지를 주고받은 적이 있었습니다. 펜팔이라고, 요즘은 생경한 단어라 잘 모르실 수도 있는데. 아무튼 그때까지도 그런 게 있었습니다. 요즘으로 치면 랜덤채팅 같은 느낌인데. 아무리 그래도 그런 것보다는 좀 더 낭만적인 뉘앙스가 있죠.

저도 펜팔을 했었습니다. 딱 한 명과 펜팔을 맺고 몇 차례 편지를 주고받았어요. 상대방은 게임에서 만난 어떤 남자였습니다. 정확한 나이는 모르겠지만 아마도 성인이었던 것 같아요(아니면 그런 흉내를 냈을 수도 있고요). 그쪽의 주소지는 전주였습니다. 엄청 멀지도 않은데 그렇다고 가까운 곳도 아니죠. 만난다는 말이나 생각은 일절 안 했습니다. 당연하죠. 실제로 마주쳤다간 맞아 죽을지도 모르는데.

저는 요즘은 게임을 전혀 하지 않습니다. 직장인으로서 충분히 바쁘기도 하거니와, 최근 나오는 게임들에는 영 흥미가 안 가서요. PC나 모바일을 막론하고. 요즘 게임들에는 '그게' 없잖아요. 2000년대 온라인 게임에는 있었던 그게. 뭐랄까, 낭만이라 해야 할지, 스릴이라 해야 할지. 어디에도 딱 짚이는 표현은 없습니다.

물론입니다. 저도 한때는, 또래 친구들처럼 게임을 무진장 많이 했어요. 〈메이플 스토리〉나 〈던전 앤 파이터〉, 〈테일즈 위버〉, 〈월드 오브 워크래프트〉 같은 온라인 RPG를 주로 했죠. 비슷한 세대니까 잘 아실 것 같은데.

그런데 여기에 웃긴 점이 하나 있습니다. 부모님이든 불알친구든 그 어떤 사람에게도 이야기한 적이 없는 건데, 기자회견처럼 거창한 자리는 아니더라도 이런 개뻘짓을 하다가 처음 언급하게 될 줄은, 꿈에도 몰랐네요.

전 그때 여자 흉내를 내고 있었어요. 단순히 여자 캐릭터를 고르는 정도가 아니라. 정말 화면 너머에 있는 사람들이 저를 여자로 여기도록 말하고 행동했죠. 소위 말해 넷카마ネカマ라고 하는 짓을 했었습니다. 다만 넷카마라고 하면 너무 왜색이 짙으니까 '랜선여장'정도로 순화시켜서 이야기할게요. 이런 건 이해해 주세요. 아무래도 보

도자료에는 욕설이나 외래어가 거의 없는 쪽이 좋거든요. 일종의 직업병입니다.

왜 그랬는지는 저도 잘 모르겠습니다. 그땐 그랬어요. 그때만 해도 '게임하는 여자'는 그다지 많지 않았으니까요. 여자 게이머인 티를 내고 다니다 보면 이런저런 재미있는 일이 많이 벌어졌어요. 별 이유 없이 일대일 대화를 걸어오는 사람은 셀 수 없이 많았고, 레벨이 낮을 땐 단독으로 쩔 해주겠다는 남자들이 줄을 서죠. 잘 구슬리기만 하면 장비를 풀셋으로 구해다 주는 호구도 부릴 수 있었습니다. 화면 속에선 여자인 체하는 게 여러모로 이득이 돼요.

그렇지만 단순히 그런 일차원적인 이득 때문에 랜선 여장을 했느냐 하면 그것도 아닙니다. 좀 전에 언급했던 호구들은 십중팔구 제 연락처를 물어봤어요. 그럼 저는 알려주죠. 연락처까지는 알려줘요. 제 연락처쯤 알려줘 봐야 무슨 일이 있겠냐고요. 끽해야 게임 밖에서 메시지나 주고받는 정도지. 그런데 몇 명은 다짜고짜 전화를 걸어와요. 믿기 힘들겠지만 정말 그런 짓을 하는 놈들이 있습니다. 처음에는 저도 화들짝 놀라서 계속 수신거부를 했는데. 그랬더니 더 애가 탔는지 하루가 멀다 하고 계속 전화를 하더라고요! 그런 새끼들은 카드값이 밀렸을 때의 카드사보다 훨씬 자주 연락을 합니다. 무시하면 무시할수록 더 심해져요.

그래서 통화 도중에 잠깐이나마 여자처럼 목소리를 내 보면 어떨까 하는 생각이 들었어요. 원래도 목소리가 굵거나 남성적인 편은 아니었거든요. 거기에다 가늘게 목소리를 냈더니 적당히 여자처럼 들렸나 봐요. 거기에 여자들이 자주 쓸 법한 단어며 말투를 따라했죠. 그랬더니 대충 속더라고요.

속이는 쪽에서 더 당황스러울 정도였습니다. (정확히 당신이 말한 것처럼) 뭐 이런 거에 다 속나 싶었어요. 이 인간이 그냥 속아주는 척을 하는 건가 하고 몇 번 떠보기도 했는데 하나같이 제가 여자라고 믿는 눈치였어요. 한번은 저도 제가 의심스러워서 컴퓨터로 제가 여자 흉내를 내는 목소리를 녹음해 들어봤는데, 정말 그럴듯하더라고요. 저 같으면 그렇게 감쪽같이 속진 않았겠지만.

그때부터는 자신감이 붙어서 더 적극적으로 나갔죠. 한두 번은 제가 먼저 전화를 걸 때도 있었다니까요. 진짜 딱 한두 번요. 정말 재미있는 경험이었습니다. 어쨌든 간에 거짓말로 사람 한 명을 바보 만드는 일은 맞죠. 좀 죄책감이 들기도 했는데 손끝에서부터 찌릿찌릿하게 전해져오는 스릴? 배덕감? 그런 것들이 압도적으로 컸던 것 같아요.

사실 속았다고는 해도 걔네도 그땐 맘껏 즐겼을 겁니

다. 게임에서 우연히 만난 여자랑 은밀하게 연락을 나눈다, 이 얼마나 자극적인 콘텐츠입니까? 사람이란 일단 그렇게 믿기만 하면 그렇게 느낍니다. 그리고 그렇게 일어난 감정 자체는 사실이에요. 그것만큼은 부정할 수 없는 사실입니다.

그리고 제가 펜팔을 주고받았던 그 남자는, 이쯤되면 충분히 예상하셨겠지만, 위에서 말한 호구들 가운데 하나였습니다.

그놈은 저한테 이상하리만큼 푹 빠져 있었어요. 편지 한 장을 쓰면 다섯 장을 써서 보내오고, 일주일 만에 답장을 썼더니 다다음날 새로운 편지가 왔죠. 그 편지들, 한때는 아주 중요한 기록이라도 되는 양 소중히 보관했던 시절도 있었는데 지금은 다 어디로 갔는지 모르겠습니다. 아버지가 돌아가시고 어머니와 여기에 이사를 오면서 많은 것을 잃어버렸어요. 뒤늦게 이야기하지만 저는 원래 대구 태생이 아닙니다.

어쩌면 이 편지를 받아 읽고 있는 당신도, 어련히 여자가 답장을 해왔으리라 생각했을지 모릅니다. 그것도 아주 순진한 여자아이가 썼을 거라고요.

솔직히 그랬을 거라고 확신합니다. 왜냐면 저도 이렇게 글씨를, '여자보다 더 여자 같은' 글씨체로 글을 쓰기까지 엄청난 노력을 했으니까요. 뭐 그런 거에 엄청난 노력까지 필요한가 싶겠지만 막상 해 보면 정말 쉽지 않습니다. 이상하게 여자가 쓰는 글씨와 남자가 쓰는 글씨는 느낌이 다르거든요. 그냥 딱 보면 느낌이 옵니다. 근데 그걸 말로 설명하기란 참 어렵죠.

하지만 저는 말할 것도 없이 남자입니다. 밑에 고추도 잘 달려 있습니다. 불알 두 쪽도 말짱하죠. 물론 밖에서, 특히 직장에서는 이런 글씨로 글을 쓰지 않아요. 거기선 일부러 아주 거칠게 쓰곤 합니다. 진짜 글씨체 따위야 전혀 신경 쓰지 않는 남자처럼요. 힘을 줘서 마구 휘갈겨요.

좀 어이가 없지 않나요? 한때는 여자처럼 써 보려고 온갖 애를 다 썼는데, 이젠 그게 손에 익어 버려서 딴 데서는 일부러 '남자처럼 써야지'라고 의식한 채로 글씨를 써요. 역시 적잖은 노력과 집중력이 필요한 작업입니다. 솔직히 말해 귀찮지만 그렇게 하지 않으면 오해를 많이 받거든요. 서명한 사람이 여자인 줄 알고 전화를 걸어온다거나 하는, 뭐 그런 일 때문에요. 하필이면 본명도 중성적인 이름이라서요. 도요한 정도면 엄청나게 남자다운 이름이라고 느껴질 정돕니다.

지금 살고 있는 이 아파트. 즉 언젠가 당신이 조부모님과 함께 살았다던 이 집은, 몇 년 전부터 우리 부모님 명의로 되어 있던 아파트입니다. 어머니는 1년 반 쯤 전에 돌아가시고 저 혼자 살고 있습니다. 어쩌면 제가 스치듯 훑어보기만 했던 부동산등기사항전부증명서에 당신의 조부모님 성함이 있었을는지 모르겠네요. 그럼 당신의 신상도 대충 추리할 수 있을지 모르지만, 그럴 생각은 추호도 없으니 염려 마세요. 이 마당에 그딴 일들이 무슨 의미가 있겠습니까.

이제 당신이 편지를 써 부친 날짜로부터 일 년이나 지났습니다. 알다시피 1년이면 부동산 명의가 대여섯 번쯤 바뀌고도 남는 시간이죠. 당신이 아직까지 거기 있는지도, 살아 있는지도 저는 모릅니다. 그냥 저도 이 편지를 써야 하니까 쓸 뿐입니다. 어떤 면에서는 고맙기까지 합니다. 좀 오그라드니까 고맙다는 말은 취소하겠습니다. 저는 고맙지 않습니다. 그냥 우울한 편지에 우울한 답신을 쓰고 있을 뿐이죠. 여기에 그 이상의 의미는 없습니다.

당신이 수신자 주소로 쓴 바로 거기서 이 편지를 쓰고 있어요. 현관으로 들어가면 오른쪽으로 바로 보이는 그 좁아터진 방 있잖아요. 저는 여길 창고방이라고 부르고, 온갖 잡동사니며 책……, 차마 불태우거나 버리기 어려운 어머니의 유품 같은 것들을 처박아 놓았습니다. 애초에 그렇게 넓은 곳도 아니니까 금방 방이 들어차는데. 용케 방 한쪽에 사람 한 명이 앉아 기댈 만한 공간이 남습니다. 아주 아슬아슬하게. 지금 거기 앉아서 쓰고 있는 거예요. 언제 읽었는지 기억도 나지 않는, 먼지 쌓인 책더미

위에 편지지를 올려놓고요. 한 자 한 자 흑연으로 종이를 짓찧듯. 이따위 쓸모없는 이야기들을 써내려가고 있습니다. 대체 이런 게 무슨 의미가 있을까요?

대체 이런 게 무슨 의미가 있나. 그건 제가 출근하는 날, 회사 책상에 앉아 있을 때면 하루에 열두 번도 더 떠오르는 질문입니다. 넌지시 눈치챘을지도 모르겠습니다. 저는 글 쓰는 일을 하고 있습니다. 그런데 저도 제가 쓰는 게 글인지는 잘 모르겠네요. 글의 형태를 하고 있기는 하지만 엄밀히 말해 제 글은 아닙니다.

아실는지 모르겠지만, 대부분의 종이신문사는 문을 닫았습니다. 조중동이나 경향일보, 한겨레 쯤 되는 메이저 언론사들은 벌써 뉴미디어 쪽으로 방향을 틀었죠. 이제 신문지는 읽는 게 아니라 빈 공간을 채우기 위해 존재합니다. 유리병같이 깨지기 쉬운 물건을 택배로 보내야 히는데 충격완화용 뽁뽁이가 따로 없어 이리저리 구겨서 채워 넣는 그런 용도로 더 많이 쓰이죠.

요즘은 종이 신문 표지를 장식하는 기사보다도 인터넷신문에서 가장 인기 없는 기사가 더 큰 영향력을 갖고 있습니다. 이제와 그런 걸 모르는 사람이 있을까요. 그렇지만 우리처럼 살아남은 지방의 중소 신문사들, 언론사들이 구태여 돈과 에너지를 들여가며 끈질기게 종이신문을 내는 이유. 사람들은 그런 걸 이른바 상징성에서 찾는 모양입니다. 그래도 신문사라면 종이 신문을 내야 한다, 잉크 냄새가 나지 않는 게 무슨 언론사냐, 이런 식이죠.

그럴 시간에 인터넷 신문에 올라갈 보도자료 한두 건을 더 찍어내는 게 회사 입장으로서는 이득입니다. 기자들은 취재하러 밖에 나갈 필요도 없습니다. 그 근방 지리에 대해 알아야 한다 싶으면 지도앱의 거리뷰로 대강 훑어보는 것으로도 충분합니다. 인터넷 기사 따위에 그 이상의 디테일을 기대하는 사람은 아무도 없으니까요.

인터넷 기사는 그야말로 '찍어내듯' 나옵니다. 저희 부서에 많이 뽑기로 유명한 선배 한 분은 하루에 백 건도 넘게 쓴 적이 있다더군요. 여기서 글을 쓰는 작업이라는 건 중요하지 않습니다. 뭐가 됐든 사람들의 눈길을 끌 수 있을 만한 것들. 알고 보면 별 일이랄 것도 없지만, 대충 자극적이고 눈에 띄는 제목을 갖다 붙일 수 있을 것 같은 현상들을 그러모으는 게 더 중요합니다. 저어 쪽 비슬산에 산사태가 일어나도, 우리로서는 유명 연예인의 인스타 활동 로그를 먼저 다룰 수밖에 없습니다. 어찌됐건 후자는 조회 수가 계속 쌓이고, 그 조회 수들이 지저분한 배너광고에 단가를 부여해 주니까요. 방탄소년단이나 블랙핑크는 알고 있을까요? 자기네들이 별 생각 없이 올린 스토리, 사진, 심지어 손가락을 두 번 튕겨 보내는 좋아요 하나가 기자들의 밥줄이라는 것을요. 대충 느끼곤 있어도 자세히는 모를 겁니다.

이곳 사무실 공기는 숨이 막힙니다. 잉크 냄새는 어림 반 푼어치도 없고, 키보드와 마우스 두드리는 소리로만 그득합니다. 여느 회사의 풍경이라고 크게 다르겠습니까? 하지만 이런 생활을 몇 년 동안이나 이어가다보면 깨달을 수밖에 없죠. 이보다 더 의미 없고 이보다 더 공허한 생존도 없다는 사실을.

기자를 기레기라고 부른다는 말은 온당치 않습니다. 이제 기자는 사어死語니까요. 기자보다는 기레기라는 말이 몇 배는 더 많이 쓰입니다. 저희 기레기들끼리도 그렇거든요. 오히려 기레기를 필요 이상으로 높여 부르는 호칭이 기자라고 보아야 마땅합니다.

우리라고 무슨 개인적인 원한이 있어서, 연예인들의 사생활에 대해 노골적인 제목을 달아가며 기사를 뽑아내는 건 아닙니다. 그만큼 연예계 사정에 관심이 있는 것도 아니거든요. 누군가에게 원한을 가지려면 관심이랄 것도 조금은 있어야할 텐데. 저를 포함한 기레기들은 출퇴근 시간과 급여 날짜, 점심으로 뭘 먹을지에 들이는 이상으로 세상일에 대한 관심이 없습니다. 세상이야 어떻게 되든 뭔 상관이냐. 우리는 기사만 쓰고 돈이나 안 밀리고 받으면 그만이다. 메이저 말고는 어딜 가나 마찬가지다, 이런 사상을 패배주의라고 해야 할지 아니면 낙관주의라고 해야 할지도 잘 모르겠네요. 강의실에서 영영 나와 버린 지도 시간이 꽤 됐거든요. 그때를 그리워하게 될 줄이야 꿈에도 몰랐습니다. 말년휴가를 나올 당시에는 세상에 나와 못할 일이 하나도 없을 줄 알았거든요. 평생 그렇게 생각하며 살 수 있다고 하면 군대에 말뚝을 박는 것도 그리 나쁜 선택은 아니었겠죠.

정말 놀라우면서도 놀랍지 않은 사실 하나 알려줄까요? 저는 입사한 이래 회사에서 써 갈긴 그 어떤 기사들보다도 더 진심을 담아 이 편지를 쓰고 있어요. 최소한 지금의 저는 글을 쓰고 있다고 말할 수 있죠. 제가 쓰는 제글이요. 물론 여기에는 아무런 가치가 없습니다. 조회 수가 찍히지 않으니까요.

도리어 그게 제 마음을 편안케 합니다. 일 년 전 내게편지를 보내온 당신은 자소서를 읽는 사람, 저는 기사를쓰는 사람이지만, 그래서일까요. 서로 진심으로 무언가를쓰고 읽는 것은 무척 드문 사건 같습니다. 전 불과 어제까지만 해도 몰랐어요. 소중한 주말을 이따위 의미 없는 편지를 깨작이는 데 쓸 줄은요. 사람들은 주말마다 아주 대단한 일이라도 해내고 돌아올 것처럼 말하지만 막상 일요일 저녁이 되면 그동안 아무것도 못하고 그냥 시간을 흘려보냈다는 생각을 합니다. 곰곰이 생각해 보면 세상에특별한 주말 같은 건 없어요. 특별한 평일도 없고요. 왜냐, 우리들 인생부터가 전혀 특별하지 않으니까. 딱히 특별해야 할 이유도 없으니까.

위에 쓴 내용을 다시 읽어보니까 아주 형편없네요. 그래도 회사에서 쓴 그 어떤 기사보다도 나아 보입니다.

왠지 부끄럽지만, 당신의 편지를 몇 번이나 반복해서 읽었습니다. 그래서인지 당신의 말투며 표현 방식을 편지에서나마 따라 하게 된 것 같고요. 아무럼 어떻습니까. 연극에서는 연극에서만 쓰는 말투가 있고. 편지에서는 편지에서만의 말투가 있는 거겠죠. 누가 소리 내서 이런 걸 읽을 리도 없는데. 왜 편지에서의 억양을 신경 쓰고 자빠진답니까? 그건 의미없는 일보다도 더 의미 없는 일이겠죠.

왜인지 저는 당신의 그 뭐라 해야 하나, 묘하게 비틀거리면서 광기에 휩싸인 듯한, 꼭두새벽에 동대구역 광장을 어슬렁거리는 주정뱅이 같은 위태로움이 마음에 들었습니다. 기왕 말이 나온 김에 하는 얘기지만. 동대구역은 정말이지 위험한 곳입니다. 그 시각의 동대구역 주변만큼 소름끼치고 무시무시한 장소를 저는 본 적이 없습니다. 거기에서는 별의별 일이 다 일어나는데, 아무도 거기서 일어나는 일에 신경 쓰지 않거든요. 언젠가 어떤 남자 하나가 동대구역에서 바지를 벗고서는, 스스로 거세를 해서 화제가 된 적이 있었어요. 만약 이런 일이 서울시청 앞 광장에서 일어났다면 해외토픽이 됐을 텐데, 하필 그런 일이 일어난 곳이 동대구역이라서, 한 사나흘 기사가 나오더니 사람들의 관심에서 멀어졌습니다. 이 얼마나 무시무시한 장소입니까.

그래요. 동대구역이라고 합시다. 모두가 알아차리지만 아무도 관심 가지지 않는, 하루도 빠짐없이 지나치지만 누구도 눈여겨보지 않는, 그런 동대구역들이 우리에게는 있습니다. 저는 그런 동대구역스러운 마음으로 당신의 편지를 읽고, 또 거기에 대한 답장을 쓰고 있습니다. 여기에서는 어떤 일이 일어나든 상관없습니다. 지금 이 아파트, 이 창고방, 제가 쓰고 있는 이 편지지 위에. 사각사각하며 연필이 닳아 없어지는 소리. 이 모든 것들이 제게 안식을 줍니다. 아. 그러고 보니 내일은 월요일이군요. 한 나절 좀 더 지나면 저는 그 갑갑한 사무실에 앉아서 그럴듯한 제목이 나올 수 있을 이야기들을 찾아 헤매고 있겠죠.

차라리 출근을 동대구역으로 하면 좋겠습니다. 일단 동대구역에만 가면 어디든지 갈 수 있으니까요. 마음만 먹으면 당신이 있는 서울역에도, 그 호구가 살던 전주역에도 갈 수 있을 겁니다. 하지만 저는 그렇게 할 수 없다는 걸 알고 있습니다. 그 사실이 저를 슬프게 만듭니다.

가뜩이나 우울한 편지에 더 우울한 답신을 보내게 돼서 유감입니다.

......

계획 없이 시작한 편지라 어떤 문장으로 마무리해야 할지 모르겠네요. 왠지 욕 먹을 바이라인, 기자 이름과 메일 주소를 적어 두어야 할 것 같지만 여기선 그러지 않아도 되겠죠.

그러니까 저는, 음, 네. 제 바람을 굳이 말하자면 이렇습니다. 이 글을 읽고 있을 당신의 내일은 월요일이 아니길 바랍니다.

BLUE MATTER

—**보낸 사람** 도재인
　　　　　　서울특별시 관악구 신림로 116 914호

—**받는 사람** 도요한
　　　　　　대구광역시 수성구 맑은샘로 41
　　　　　　개나리아파트 302동 1206호

(―라고 편지봉투에 쓰어 있다)

―이하 전문.

안녕하세요. 이루 말할 수 없이 파란(블루한) 저녁에 이 편지를 씁니다. 다행히 내일이 월요일은 아니지만. 창밖에는 일찌감치 창백한 보름달이 하나 떠 있어요. 만족스러운 대답은 아닐 것 같지만.

글씨체만 보고도 눈치채셨겠지만 저는 유재하라는(혹은 그런 가명을 썼던) 사람이 아니라는 걸 미리 말씀드려야 할 것 같아요.

저는 이 집으로 이사해 온 지 한 달도 안 됐어요. 서울에 올라온 건 햇수로 2년째고요. 여기 관악구는 마포구보다 월세가 싸고 방이 넓다는 장점이 있는데 버스정류장이나 지하철까지 거리가 있다는 단점도 있어요.

그래도 왠지 전보단 집에 좀 더 가까워진 느낌이라 조금 편안하기도 하고요. 마포구 일대에 비하면 훨씬 사람 사는 동네 느낌이 들어요. 가끔은 많아도 너무 많이 산다는 느낌도 드는 것 같지만요. 그 좁아터진 길목으로 전동 킥보드가 얼마나 많이 다니고 사람들은 왜 이렇게 배달음식을 많이 시켜 먹는지.

아빠는 양평에서 그대로 쭉 지내고 계세요. 거기에는 어딜 봐도 논밭밖에 없는데. 여기에는 어딜 봐도 건물과 사람뿐이에요. 대구는 그 중간쯤 되나요?

솔직히 말씀드리면 대구에 대해서는 잘 몰라요. 당연히 동대구역도 안 가 봤고요(원래도 갈 생각은 딱히 없었는

데요. 편지를 읽고 나니까 더 가기 싫어졌네요.ㅋㅋ)

저희 학교 한국 지리 선생님도 좀 이상한 사람이었고요. 여고를 다니다 보면 학년마다 그런 선생님이 한 분씩 계세요. 학생들 가슴이나 다리를 기분 나쁘게 훑어보는 중년 남자. 정확히 뭐가 기분 나쁘냐면, 말로는 잘 설명 못하겠네요. 보이지 않는 벌레가 몸 위를 핥고 가는 느낌? 친구들끼리는 시선 강간이라는 말을 주로 썼는데, 저랑은 다른 세대셔서 생소한 말일 수도 있겠네요.

근데 이제 생각해 보니까 한국지리 선생님이 딱히 무슨 야한 생각을 하면서 학생들을 봤다기 보다는 그냥 우리 눈에 비호감이어서 싫어했던 게 컸던 것 같아요. 남자 쌤들 시선강간 개짜증난다고 막, 맨날 투덜거리고 신경질 내던 친구가 한 명 있었는데. 고등학교 졸업하자마자 국어 교생 쌤이랑 사귄다고 막 자랑했거든요. 인스타 글 다 내려간 거 보니까 얼마 안 가 헤어진 거 같지만. 굳이 물어보진 않았어요. 저도 눈치는 있으니까…….

아무튼 이런 거 보면 그냥 날 봐주는 사람이 잘생겼냐 못생겼냐가 중요한 걸 수도 있는 것 같아요. 약간 잔인한 얘기 같네요.

그래도 편지에는 얼굴이 안 보이니까 확실히 얘기하기가 편한 것 같아요. 아빠랑 (전)남자친구말고 다른 남자한테 편지 보내는 게, 생각해 보니까 처음은 아니네요. 위에 말했던 교생 선생님한테 저도 편지 쓴 적 있거든요. 솔직히 진짜 잘생겼어요. 영화배우 느낌은 아니고, 갓 데뷔한 남자 아이돌 멤버 느낌? 목소리도 너무 좋고. 교생 끝날 때 우리반 애들 절반은 편지 썼을걸요. 농담 아니고 진짜로.

여기 이사 온 지 한 달밖에 안 됐다, 고 위에서 이미 말했네요. 죄송해요. 아. 여기선 딱히 죄송하다고 할 필요 없나요?

근데 여기가 집이라고는 하지만 거의 잠만 자요. 아침 일찍 나가서 일 끝나면 벌써 저녁이고. 개인적으로 좋아서 하는 일이 있는데 그거까지 하고 돌아오면 한밤중이에요. 오는 길이 컴컴해서 처음엔 무서웠는데, 계속 다니다 보니 지금도 계속 무섭네요. 이 동네는 왜 이렇게 가로등을 띄엄띄엄 설치해 놨는지 모르겠어요. 서울에 돈이 없는 것도 아니잖아요? 아빠가 그랬어요. 우리나라 돈 절반은 서울에 있다고. 와 보니까 틀린 말도 아닌 것 같아요.

이사 오자마자 붙박이장에 이것저것 잡동사니를 처박아 뒀었어요. 한 달 정도 되었을까, 주말 토요일이나 돼서 하나둘 청소를 시작했는데 옷장 맨 아랫쪽 서랍에 누렇게 뜬 편지봉투가 있더라고요. 솔직히 그런 거 안 읽을 사람이 누가 있어요. 봉투에 뭐가 있으면 일단 꺼내서 대충이라도 읽고 싶잖아요.

그래서 읽었는데, 제가 좀 국어영역 점수도 좀 낮고 그래서 첨엔 이해를 잘 못했거든요. 근데 평범한 편지가 아니라는 건 좀 확실한 것 같더라고요. 또 요즘은 손으로 편지 쓰는 것 자체가 희귀하잖아요. 유재하 선생님이 살아 계셨을 때라면 또 달랐겠지만요.

암튼 도요한이라는 이름이 왠지 궁금해져서 구글링을 좀 해 봤는데요. 게임인가 웹툰 캐릭터 이름으로밖에 안 나와서 처음엔 좀 당황했어요.

그런데 지인이 그거 존 도 아니냐고 그래서 영어로 찾아보니깐 그때 이해가 좀 되더라고요. 우리나라로 치면 홍길동 같은 거라고.

덕분에 뭔가 암호 같은 거 푸는 느낌이어서 약간 재미있었던 것 같아요. 미국에도 도 씨가 있다는 게 신기했고요. 우리나라 도 씨랑 별로 관계는 없겠죠? 만약 그러면 신기할 텐데.

거기 보니까 존 도의 여자 버전이 제인 도Jane Doe라고 해서, 보내는 이름으로 저도 한 번 맞장구를 쳐봤어요. 좀 한국 이름 느낌 나게 '제'자를 '재'로 바꿨어요. 아주 흔한 이름은 아니긴 해도 성 빼고 이름만 보면 우리나라에선 모르는 사람이 없는 이름이잖아요. ㅋㅋㅋㅋㅋ 무슨 정치적 의도는 없어요. 이건 믿어주시길.

솔직히 정치 얘기하면 거의 알아듣지도 못하겠어요. 고등학교 때도 자기 페미(페미니스트 줄임말이에요)라고 하고 다니는 애들 있었는데. 걔네 얘기도 솔직히 들어 보면 완전히 공감도 못하겠어요. 쪼끔이라도 다른 의견 얘기한다 싶으면 너 왜 한남(한국남자 줄임말이에요. 별로 좋은 의미는 아니고 좀 나쁘게 이야기하는 거) 편드냐고, 안에 자지 달린 거 아니냐고 치마 들추고 그랬어서 솔직히 좀 싫었어요.

걔들 말로는 대부분 남자들 머리에는 섹스 밖에 없고, 거의 하루종일 누구 강간할 생각만 한다는 식인데. 솔직히 그런 거 듣기도 힘들었어요. 거기에 동의하면 우리 아빠는 뭐가 되냐고요. 우리 아빠도 남잔데. 좋은 아빠까진 아니어도 그 정도로 나쁜 사람은 아니에요. 이십 년이나 같이 살았는데 그것도 구분 못하겠냐고요. 그래서 저는 아직은 잘 모르겠어요. 까놓고 말해서 관심도 없고.

서울 올라오고 나서는 저 혼자 살아가는 것도 힘든데 누가 어쨌네 저쨌네 하면서 스트레스 받으면 내일 일은 어떻게 해요. 점장님이 급여는 잘 챙겨 주는데 일 빠지는 건 엄청 싫어해요. 지난주에 잠깐 일이 있어서 하루는 알바 못 가겠다고 했는데. 그걸 하루 전에 얘기하면 어떡하냐고 막, 화까진 아니고 좀 신경질 내고 그러시는 거예요.

반년 동안 알바 하면서 지각 한 번 안 했는데. 이사하면서도 휴가 쓴 적 없고요. 지난주에 딱 한 번 그랬는데 그런 걸로 짜증내시니까. 마상이죠 솔직히(마상은 마음 상했다는 거 줄임말이에요).

아무튼 그래서 투표도 아직 못 해 봤어요. 지난번에 무슨 보궐선거인가 한다고 해서 투표소에 주민등록증 들고 갔는데 전입일자가 늦어서 서울 시민으로 인정이 안 된다고 하는 거예요. 제가 서울 오고 나서 한참 지난 다음에 주소를 옮겨가지고. 따지고 보면 제 잘못이긴 한데 그렇게 얘기 듣고 돌아 나오니까 왠지 모르게 속상했어요. 뭔가 쫓겨나는 느낌 들고. 서럽고. 뭐 그런 거 가지고 다 속상해하냐 그럴 수도 있겠지만요.

제가 소심해서 그렇죠. 막 사람들 앞에서 말도 못하고 그런 정도로 소심한 건 아닌데, 그렇다고 인싸는 아니고요. 누구한테 먼저 말을 잘 못 걸어요. 일단 대화를 시작하면 뭐라 주고받을 수 있는데. (그걸 이렇게 손편지로 쓰면서 하니까 되게 신기해요 지금.)

가족이랑 떨어져서 혼자 살다 보면 자립심도 생기고 소심한 것도 좀 나아지지 않을까 했는데 그렇지도 않아요. 오히려 일만 하고 집에선 잠만 자니까. 고향에 있는 친구들이랑은 만나지도 못하는데 주변에 아는 사람도 없고. 오히려 더 밖에 안 나가고 움츠러드는 것 같아요. 주위에 할 것도 없고, 코인노래방도 역 근처에나 있거든요. 솔직히 노래하는 거 좋아하지도 않고요. 일하고 오면 나가고 싶은 생각도 안 들어요.

집에 오래된 컴퓨터가 있어서 그걸로 가끔 게임이나 해요. 렉이 심해서 튕길 때도 있긴 한데 그렇게 자주는 아니고요. 편지에 제가 알고 있는 게임도 나와서 놀랐어요. 우리 이전 세대에도 메이플이랑 던파를 했었구나 싶고. 물론 전 RPG는 별로 안 좋아해서 금방 접었지만요.

근데 말씀하실 때 조금 신기했던 게 남자들이 여자들은 게임 별로 안 한다고 생각하는 거였어요. 여자애들도 게임 많이 해요. 인터넷도 많이 하고. 남자애들처럼 피씨방에 가진 않아서 잘 모르는 것 같은데. 피씨방이 솔직히 교복 입은 여자애들이 갈 만한 곳은 아니잖아요. 남자애들 막 욕하고. 분위기도 좀 어둡고. 갔다 오면 옷에 담배 냄새 배고. 그런 거 신경 안 쓰는 애들은 가긴 하더라고요. 그래도 집에 컴퓨터가 있는데 굳이 갈 필요를 못 느끼겠어요.

그래서 학교 다닐 때 저랑 제 친구들은 집에 가서 온라인으로 만나서 게임을 했었어요. 요즘도 가끔 게임 접속 뜨면 같이 몇 판 하고 그렇긴 한데. 이것도 옛날만큼 재밌진 않아요. 안 들어간 지 벌써 2주는 된 거 같아요.

제가 좀 놀란 거는 게임 속에서 여자인 척하셨다는 부

분이었어요. 왜냐면 요즘 여자애들은 반대거든요. 게임하다가 여자인 거 티 나면 괜히 꼼주고(창피준다는 뜻이에요) 욕하고 그런 애들이 많아서……귀찮게 귓말 거는 사람도 있고. 괜히 이상한 말이나 하고(대충 알죠?). 그래서 보이스톡 할 땐 남자처럼 목소리도 좀 굵게 내려고 막 그러는데 선생님(편지 쓰신 분?을 뭐라 불러야 할지 모르겠어서 그냥 선생님이라고 할게요)은 완전히 반대여서 놀랐고 좀 흥미로웠어요.

제가 친구들이랑 자주 했던 건 《오버워치》라는 게임이에요. 게임을 안 하신다고 하셨지만 한 번쯤 들어보셨을 거예요. 옛날만큼은 아니어도 요즘도 하는 사람들 많으니깐요.

이 게임에서 좋은 건 각자에 정해진 역할이 있다는 거예요. 기본은 일인칭으로 총 쏘는 게임이기는 한데 굳이 싸우지 않고도 제몫을 할 수 있어요. 아군을 치료해 준다거나, 유리하게 싸울 수 있는 버프를 걸어 준다거나 하는 걸로요.

물론 상대를 공격해 피해를 입히거나 죽이는 역할(이런 걸 딜러라고 해요. 아실지도 모르겠지만. 요즘 게임은 잘 안 하신다고 해서 덧붙여요)을 하고 싶어 하는 사람이 많죠. 특히 남자애들은 더 그렇고요. 근데 아무래도 여자애들은 남자들만큼 게임을 막 그렇게 경쟁적으로 하진 않거든요.

어떻게든 이기려고 아득바득 욕까지 하는 거 보면 제정신이 아닌 것 같아요. 게임은 즐기려고 하는 건데 왜 사서 스트레스 받지 싫고. 꼭 뭐 다 죽이고 자기가 주인공 돼야만 재밌는 게임인가? 그건 아니잖아요.

그냥 자기한테 주어진 역할을 잘하면 그걸로 뿌듯하고 재미있고. 인생에 좋은 게 있다면 그런 거 아닐까요. 누가 더 눈에 띄냐 뭐 그런 것보다는 자기 역할을 충분히 잘하고 가는 거요. 모두가 똑같이 주목받아야 할 필요는 없죠. 그닥 오래 살진 않았지만 지금 생각하기로는 그래요. 읽으시는 분이 어떻게 생각할진 모르겠지만…….

솔직히 말하면(저 솔직히라는 말 엄청 많이 쓰네요) 저는 취미?로 음악을 하고 있어요. 음악 한다고 하니까 좀 거창해 보이기는 하는데 별 건 아니고요. 베이스를 오래 쳐서 가끔씩 세션으로 뛰고 교통비나 받는 정도예요. 직업이라고 하긴 좀 그렇죠. 그렇다고 단순한 취미냐고 하면 그렇진 않아요. 저는 진심으로 이걸 좋아하거든요. 이게 직업이 된다면 얼마나 좋을까 생각하긴 하지만 음악으로 돈을 버는 게 좀 어려워야죠.

아실지 모르겠지만 (보통은 잘 모르거든요) 베이스는 기타랑 비슷해 보이는 악기인데요. 기타는 제 취향이 아니었어요. 물론 기타에도 종류가 다양하기는 하지만. 너무 음역이 넓다고 그래야 할까요. 이걸 내가 어떻게 다뤄야 하는지 감이 전혀 안 오는 느낌이어서.

그런데 베이스를 칠 땐 느낌이 완전히 달라요. 기타랑은 다르게 제가 어디로 빠져주고 받쳐줘야 하는지가 확실해요. 고민할 필요가 없죠. 내가 어디서 뭘 해야 하는지, 내 역할이 뭔지, 내가 뭘 잘해야 다른 사람들에게 도움이 될 수 있는지가 뚜렷하게 보여요. 그런 기분이 계속 음악을 하게 만드는 거겠죠? 아마 그럴 거예요.

사실 베이스는 눈에 띄지 않는 역할이에요. 보통 음악 들으시는 분들도 노랫말이나 피아노, 기타 멜로디만 들으시지, 베이스 소리는 굳이 들으려고 의식하지 하고 듣지 않는 이상에는 잘 느껴지지 않아요. 그렇지만 베이스 없이 굴러가는 밴드는 없어요.

왜냐하면, (뭐라 몇 마디 쓰다가 마구 덧칠해 지운 흔적 있음) 그건 들어봐야 알아요. 베이스가 빠진 음악이 얼마나 공허한지는, 느껴봐야 알 수 있죠. 베이스가 있고 없고에 따라서 음악이 정말 무감각하게 느껴질 때도 있고, 별 것 없는데도 엄청 입체적으로 받아들여지기도 하거든요. 있는 건 잘 느끼지 못하는데, 막상 없으면 빈자리가 확 느껴지는 그런 포지션이죠.

그렇다 보니까 보통 베이스 연주자는 무대에서 제일 눈에 안 띄는 편에 속해요. 대개는 마이크를 쥔 사람한테만 눈길을 주거든요. 조명도, 카메라도 다 그쪽으로 돼 있어요. 드럼은 뒤에 있어도 워낙 덩치가 크고. 엄청 빠르고 찰진? 연주 도중에 그런 드럼 솔로가 나오면 사람들이 막 박수도 치고 그럴 때가 있는데.

그런데 베이스한테는 거의 차례가 오지 않아요. 오더라도 굉장히 짧거나, 뭔가 쉬어가는 타이밍으로 느껴질 만큼 존재감이 없다고 해야 하나? 어떤 사람들은 대놓고 지루해하기도 해요. 그게 상처가 아닌 건 아닌데. 그렇다고 연주를 안 할 순 없잖아요.

솔직히 저는 누가 봐도 멋있고, 화려하고, 막 시선과 박수를 독점하는 그런 역할은 원치 않아요. 누군가가 관심을 가져준다는 거 자체가 싫은 건 아닌데요. 그냥 그런 상황에 처하면 뭘 어떻게 해야 할지 모르겠어요. 다 나만 보고 있고 내가 뭘 할지에만 신경을 곤두세우고 있고, 그런 건 상상만 해도 머릿속이 새하얘져요.

무대의 주인공이라면 뭐든지 할 수 있을 것 같지만 사실은 반대더라고요. 거기서는 잘해서 박수를 받거나 못해서 야유를 받거나(보통 야유까진 안 하지만요)의 두 가지 선택지밖에 없어요. 제가 볼 땐 전~~~혀 자유롭지 못한 역할이 그쪽인 것 같아요.

그런데 베이스는?

……이건 처음 얘기하는 건데요. 저는 무대에 선 게 백 번까진 아니더라도 이젠 수십 번 정도 섰다고 말할 수 있는데, 그중에서 실수를 단 한 번도 안 하고 깔끔하게 마쳤던 무대는 단 한 번도 없었어요. 중간에 손이 꼬이거나 살짝 박자를 놓치거나, 문득 딴 생각이 나서 틀린 음을 연주하거나, 어떻게든 실수를 한두 번씩은 했어요. 저는 그걸 확실하게 느끼죠. 아, 잘못했다. 저는 느껴요.

그런데 사람들은 눈치도 못 채요. 왜냐면 애초에 베이스한테 관심을 안 가지니까요. 다른 세션들한테 한두 마디 듣기는 하죠. 드러머가 "너 중간에 살짝 나갔다왔지?" 하고 말하면, 그냥 저는 부끄럽게 헤헤 웃고 말아요. 그럼 다 같이 웃고 넘어가죠.

이런 건 왠지 상처가 되지 않아요. 그건 무슨 지적이나 질책 같은 게 아니라, 그냥 서로에 대해 관심을 갖고 있다는 증거처럼 느껴지거든요. 처음에는 그게 엄청나게 잘못한 일이고, 전혀 돌이킬 수 없는 실수 같았는데, 오히려 실수해도 사람들은 모를 거라 생각하니까 마음이 한결 편안해졌어요. 모든 게 자연스러워지고, 확실하게 보이고. 그때부터 엄청 여유가 생겼다고 해야 하나요.

애초에 완벽한 연주라는 게 세상에 있기나 할까요?

베이스한테는 더욱이 없겠죠. 애초에 사람들이 있는 줄도 잘 모르니까. 물론 자코 파스토리우스 Jaco Pastorius처럼 존재감이 엄청난 베이시스트도 있지만. 저는 그렇게 칠 자신은 없어요. 보통은 없을 걸요……

또 재밌는 건 베이스 치는 사람들끼리는 '너는 어쩌다가 베이스를 치게 됐어?' 같은 질문을 거의 안 해요. 그냥 어찌저찌 하다가 그렇게 된 거거든요. 좀 로맨틱하게 말하면 베이스가 나를 선택했다고 해야 하나. 아 부끄러워.

그래도 곰곰이 생각해 보면요. 왜 베이스가 좋았냐면……, 베이스는 제 목소리로는 절대 낼 수 없을 만큼 낮은 음을 연주할 수 있어요. 보통은 높은 음이 귀에 잘 들리죠. 가수들은 높은 음역대의 노래를 소화하는 능력에 따라서 급이 나뉘기도 하구요. 그런데 베이스는 지나치게 높게 갈 필요도 없어요. 필요에 따라서 더 낮아질 순 있지만 그건 정말 필요해서 그런 거지 뭘 보여주기 위해서가 아니에요.

베이스는 그냥 베이스예요. 다른 무언가로 판단되지 않죠. 경쟁할 필요도 없고, 어떤 악기와도 어울릴 수 있어요. 내가 받쳐주는 소리 위에서 마음껏 뛰놀게 만들어줄 수 있어요.

저는 그런 제 역할이 좋아요. 어떤 사람들은 있는지 없는지도 모르고, 심지어 베이스를 아랫사람 취급하는 사람들도 왕왕 있지만(솔직히 좀 많아요). 왜 모두가 위로 올라가야 하나요. 저는 이렇게 낮은 곳에서도 너무나 자유로운데요.

비록 저는 서울에 혼자 와서 일 년 넘게 아르바이트나 하면서 월세 사는 신세지만, 베이스를 잡고 있을 때만큼은 아무 걱정도 고민도 들지 않아요. 불행하지 않아요. 그게 인생의 낙이라고 해도 좋아요. 하여간 저는 베이스를 계속 치고 싶어요. 베이스를 더 잘하고 싶은 이유는, 그래야만 계속 칠 수 있을 것 같기 때문이죠. 그렇지만 베이스 치는 사람들끼리 서로 죽어라 경쟁한다는 건 아직 들은 적도 본적도 없네요. 다 나처럼 소심해서 말로만 안 꺼낼 뿐인가? 생각해보니 그럴 수도 있겠다 싶어요.

그래도 그건 나쁜 의도가 아니니까요. 어딘가 무한히 올라가는 게 목적인 사람들은 애초에 베이스 같은 걸 안 치지 않을까요. 한 10분 튕겨보다가 답답하다고 던져 버릴지도 몰라요. 실제로 지난주 연주 끝나고 보컬이 그런 식으로 말하더라고요ㅋㅋㅋ 뭐 베이스는 아무나 연주하는 줄 아나.

제가 좋아하는 얘길 하니까 확실히 글이 잘 써지네요. 저 어디서 이렇게 열심히 뭔가를 써본 게 되게 오랜만인 것 같아요. 학교 다닐 때도 별로 공부는 열심히 안 해서. 필기도 대충했거든요. 공책 한 권도 다 써 본 기억이 없어요. 항상 중간에 없어지고 그랬지.

쬐끔 늦은 감이 있는데. 확실히 저보다도 글씨를 잘 쓰시네요. 뒷장으로 갈수록 힘이 빡빡 들어간 느낌은 있었는데. 저는 점점 손이 풀려가는 거 같기도 하고요? 뭘 써도 상관없다고 생각하니까 이렇게 맘이 편할 수가 없네요. 베이스 연주할 때만큼은 아니지만 그거랑 비슷하게 착 가라앉은 느낌이에요. 트위터나 인스타에는 이런 얘기 못 올리니까요. 분량도 분량이고 애초에 이만큼 우울한 것들은 얘기하지 않으니까.

누가 그러자고 정해 놓은 것도 아닐 텐데 다들 그래요. 사람 편하라고 만들어 놓은 인터넷이고 사이트인데 왜 중요해 보이는 것들만 올리려고 그럴까요. 저도 별반 다르지 않지만. 글 자체를 별로 안 올려요. 거의 눈팅만 하는 편이라.

이쯤 되면 음악에 관심을 가지게 된 게 언제부턴지 궁금하실 것 같은데. 저 혼자만의 착각이라면 어쩔 수 없고요. 그래도 얘기하고 싶으니까 써 두려고요. 보통은 솔직하게 잘 얘길 못해서요. 왠지 여기엔 다 쓸 수 있을 것 같은 느낌이 들기도 하고요.

엄마랑 아빠랑 저. 그렇게 온 가족이 주말마다 역 근처 영화관에 가는 게 저희 집 전통? 같은 거였어요. 엄마가 돌아가시기 전에는요. 명절이라 어디 내려가야 하거나 그런 게 아닌 이상 거의 매주 갔던 것 같아요. 새로 개봉한 게 없으면 그냥 봤던 걸 또 보기도 하고.

주변에 사는 친구는 어디 교회 다니냐고 물어보더라고요. 하긴 주말마다 가족이랑 자꾸 어디를 가는 게 보이니까 저라도 그렇게 생각했을 법해요. 기분이 나쁘거나 한 건 아니었어요. (한 명은 같은 교회 다니자면서 집적거리기도 했는데. 그래서 그냥 나 교회 아니고 성당 다닌다고 해버렸어요. 그러니까 그 뒤론 나한테 말도 안 걸더라고요 ㅋㅋ)

솔직히 귀찮은 적도 많았어요. 왜 굳이 시간을 쪼개서 이렇게 해야 하나 싶고. 영화가 재미없을 땐 더 그랬죠. 정말 기억에 남는 영화도 몇 편 있었지만요. 대개는 한국 영화보다는 외국영화 쪽이 제 취향이었던 것 같아요.

제 최애(최고로 애정하는, 이라는 뜻이에요) 영화는《비긴 어게인Begin Again》이에요. 제가 좋아하는 키이라 나이틀리Keira Knightley라는 배우가 나오는데.《캐리비안의 해적》에서 공주 역할로 나온 그 배우 있잖아요. 여기에 헐크로 잘 알려진 마크 러팔로Mark Ruffalo랑, 마룬 파이브의 보컬로 잘 알려진 애덤 리바인Adam Levine까지 같이 나오죠. 솔직히 이 중에는 애덤이 제일 비호감이에요. 캐릭터도 찐따 같은데 원래 직업이 가수라 그런지 연기도 정말 어색하고요. 이해가 안 되는 건 아니지만.

반면에 마크는 처음엔 답답했는데 보다 보니 너무 매

력적이고요. 말할 때 발음이 질질 새는데 나중에는 그게 더 진국이라 해야 하나? 말은 어눌한데 이 사람이 무슨 말을 하려고 하는지는 확실하게 느껴지는 거죠. (이런 거 보면 아나운서가 배우를 못하는 이유가 있나봐요.)

이제 와선 꽤 유명한 영화가 된 것 같지만 혹시나 안 봤을지 몰라서 이야길 조심해서 하게 되네요. 저는 개인 적으로 스포일러 하는 사람이 제일 싫어서요ㅋㅋ 아무튼 여기서 마지막에 주조연들이 모여서, 건물 옥상에서 곡을 녹음하는 장면이 나오는데. 여기서 마크가 잡은 악기가 베이스라는 건 사실 별로 중요하지 않고.

제가 제일 이입했던 캐릭터는 바이올렛Violet이에요. (이 름이 참 예쁘지 않나요? 한국이름으로도 보라라고 하면 되게 이 름이 예쁘잖아요. 저도 그렇게 예쁜 이름이면 좋을 텐데. 저는 제 이름이 별로 마음에 안 들어요) 극 중에서 댄, 그러니까 위에 말했던 마크라는 프로듀서의 딸로 나와요. 비중이 엄청난 캐릭터는 아닌데 이입이 많이 되는 건 얘가 처한 상황이나 성격이나 저랑 비슷한 게 많아서 그런 거겠죠.

바이올렛의 취미는 일렉기타로 나오는데요. 말씀드렸 다시피 베이스는 한두 번 실수해도 사람들이 잘 알아채질 못해요. 아예 연주를 멈춰버리지 않는 이상은. 잠깐, 방금 뭐가 잘못된 것 같은데 누구지? 이 정도?

그런데 일렉기타는 실수 한 번 하면 귀가 찢어져 버리

니까요. 그래서 그렇게 좋아하는 취미인데도 남들 앞에서 연주하거나 하는 건 무서워해요. 그런 걸 어떻게 극복해 나가느냐, 이런 것도 관람 포인트 중에 하나예요. 관심 없으실 수도 있지만. 혹시라도 나중에 보게 될 기회가 있을지 모르니까요. (몇 번 읽어봤는데 스포일러는 없어요.)

음악을 시작한 이유에 대해서 말한다 그래 놓고 영화 얘기만 잔뜩 했네요.

아무튼 그러고 나서 엄마가 가 버렸고 저는 주말에 할 게 없어서 선풍기 바람이나 쐬고 있었는데 아빠가 대낮부터 뭘 둘러메고 집에 들어오시는 거예요. 아직도 기억이 나요. 갑자기 들어와서 너 기타 하고 싶어 했잖아. 그래서 음악하는 친구한테 하나 얻어왔지. 좀 낡았지만 꽤 좋은 거야, 이러면서. 제가 그랬어요. 어, 근데 아빠, 기타 소리가 좀 이상한데?

아빠 친구라는 분이 기타랑 베이스를 헷갈려서 줬던 거죠. 아빠가 헷갈린 건지 아빠 친구라는 사람이 헷갈린 건지, 기타가 오던 중간에 갑자기 베이스로 변했는지 저는 잘 모르겠지만.

아무튼 그렇게 베이스를 치게 됐어요. 통기타랑 일렉 기타는 한 번씩 샀다가 되팔았구요. 베이스 치는 사람은 결국 베이스로 돌아오게 돼 있더라고요. 그래서 베이스인가. 흐흠. 꽤 괜찮네요. 일단 오늘은 여기까지 쓰고.

(편지 다음 장의 윗부분이 찢겨나가 있다. 지저분하게 뜯긴 단면 위로 가까스로 눌러쓴 글자가 보이기 시작한다.)

―라서요. 아무렇지도 않아요. 이제는요. 거짓말이라고 생각할 수도 있겠지만요. 뭔 상관이에요. 아무 상관없어요.

네. 정말로 아무 상관없어요. 어떻게든 되겠죠.

이 편지의 마음에 드는 점이 그런 거죠. 누가 읽을지 안 읽을지도 모르는데. 잘 쓸 필요도 없고 거짓말을 할 필요도 없죠. 거꾸로 말하면 거짓말을 안 할 필요도 없지만, 아직은 그렇게까지 수고롭게 둘러댈 내용은 없었던 것 같아요. 이것도 거짓말 같다면 어쩔 수 없지만요. 영 아니다 싶으면 그 부분만 뜯어내고 보내면 되죠.

두고 보세요. 정말 그렇게 할 거니까요.

저는 후회하지 않아요.

역시 실수를 몇 번 하기는 했지만. 어제의 저는 살면서 최고로 잘 연주했어요.

그런 확신이 들어요. 근거는 없지만 그래요. 아주 잠깐이라도 그런 생각이 드신 적 있나요? 그래, 나는 이 순간을 만끽하기 위해 태어났어, 라고 느껴지는 때요. 저는 그때 그 기분을 느꼈어요, 무대를 내려오면서.

도망이라고 말하실 수도 있어요. 불효자식이라고 애

기할 수도 있겠죠. 그렇지만 저는, 아빠가 그런 걸 저 없이 해결할 수 없을 거라 생각하지 않아요. 아빠도 다 큰 어른인데.

하긴 아빠는 내가 태어날 때부터 어른이었죠. 엄마는 아니었던 것 같지만요.

그래서 저는 엄마를 이해해요. 이제 보니 미워한다는 건 이해한다는 것과 분리될 수 있는 거 같아요.

아주 조금도 이해하지 못하는 걸 미워할 수 있나요? 제 입장에서 그런 건 미움이 아니라 그냥 불행이에요. 잘 모르는 사람들을 미워할 수밖에 없는 그런 상황이나 입장. 그건 불행이에요. 그럴 때 나 아닌 누군가를 미워할 수밖에 없는 건 일종의 발버둥 같은 거겠죠. 아무것도 해결할 수 없지만 그렇게라도 해야 할 것 같아서 하는 그런 거.

저는 거기에 동정하지 않아요. 보컬이 오늘 목 상태가 안 좋아서, 감각이 둔해져서 실수를 해요. 그런데 괜히 다른 세션들 탓을 하면 저는 그냥 받아들여요. 그래요. 알겠으니까 차비는 줘요—정확히 이렇게 얘기하진 않지만. 돌려돌려 그렇게 말하고 받아와요. 보컬이 실수한들 어쩌겠어요? 그건 그 사람의 역할이에요. 베이스가 아니라.

저는 베이스를 연주해요. 베이스가 할 일은 다른 악기들이 활약할 수 있게 판을 깔아주는 거고 가끔 난리를 쳐도 계속 그 자리에 있는 거죠. 베이스라는 건요.

그냥 거기에 있어요. 우리가 미워하든, 사랑하든 간에. 우리에겐 그런 베이스 같은 것들이 필요해요.

(무언가 액체가 떨어져 번진 자국)

사람은 왜 우는 걸까요? 혼자 슬프면 그만일 텐데 왜 눈에서 물방울이나 질질 흘리고, 코도 막히고, 다음날에는 얼굴도 퉁퉁 부어서 더 우울하게 만드는 걸까요?

사실은 아무 상관도 없죠. 일단 울기 시작하면 사람은 (최소한 저는) 계속 울어요. 어라, 내가 왜 울고 있었지 생각이 들면 그것마저 슬퍼서 울어요. 차라리 모르는 게 나을지도 몰라요. 왜냐하면, 자기가 얼마나 보잘 것 없는 것 때문에 울고 있는지 알고 나면, 그거 때문에 더 울고 싶어지기도 하니까요.

결국에는 돈 문제죠. 세상에 돈 문제 아닌 게 하나 없어요. 다들 그렇게 이야기해요. 저도 마찬가지구요.

그거야 그렇겠죠. 당장에 이 쓸데없는 편지를 부치는 데에도 돈이 드니까요. 하긴 서울에서 대구까지 가는데 종이랑 봉투값까지 합쳐서 천 원이 안 되니까. 이 정도는 좀 여유를 부려도 되겠죠.

규격봉투에 380원짜리 우표를 사서 붙였어요. 요즘 세상에 380원으로 할 수 있는 일이 있다는 거 자체가 신기해요. 제가 산 건 파란색 꽃이 그려져 있는 우표인데, 그냥 뭔가 신기한 느낌이 들어서 두 장이나 샀어요. 한 장은 이 편지를 부치는 데 쓰고, 나머지 한 장은 제가 보관하려고요. 우표 수집하는 취미는 없지만. 얼마 안 가서 잊어버리겠지만. 고작해야 380원 짜리 우표이지만.

어제는 고향 친구한테 카톡으로 돈을 빌렸어요. 큰돈은 아니고 3만 원이에요. 후불교통카드 요금 빠져나갈 돈이 없어서요. 월급 가불은 이전에도 두세 번 받았는데 그때마다 좀 투덜거리셔서 차라리 친구한테 빌리는 게 낫겠다고 생각했어요.

그 친구는 학교 다닐 때 그렇게 친했던 편은 아니에요. 말을 자주 나눠 보지는 않았어도 그냥 같이 놀았던? 그런 친구였는데. 연락 안 한 지도 일 년이 훌쩍 넘었죠. 지금은 저쪽 경기도 어딘가에서 경리 일을 하고 있다는 것만 알고 있어요.

하여간 그 친구가 갑자기 생각이 나서 혹시 나 돈 좀 빌려줄래 라고 했어요. 뭔 정신인지 모르겠는데. 그랬더니 얼마냐고 물어서 3만 원만, 이라고 답장을 보냈어요. 그러니까 바로 보내주데요. 아무 말도 없이. 언제 갚으라는 얘기도 없이. 고맙다고 대답했는데 답도 안 왔어요. 읽고 씹더라고요. 거기서 편안함을 느꼈다면 제가 이상한 걸까요? 물론 저는 월급이 들어오는 대로 바로 갚을 생각이에요.

그런데 그렇게 카톡으로 3만 원을 뚝딱 하고 받아 보니 느낌이 이상해요. 요즘은 현금을 잘 안 쓰기는 하지만. 실제로 동전이나 지폐가 왔다갔다하는 모양은 점점 보기가 힘들어요. 그러다 보면 돈이라는 게 과연 존재하기는 하는 건가 싶어져요.

생각해 보면 그 친구가 저한테 보낸 건 그냥 카톡일 뿐이잖아요. 3만 원이라는 숫자가 적힌 톡. 저는 그 숫자를 받고 화면 속의 숫자로 교통비랑 식비를 내요. 그냥 숫자들이에요. 화면 속에서 숫자들만 왔다갔다 한다고요.

그런데 오늘은 출근길에 380원짜리 우표를 두 개 사고 보니 잔돈을 받았어요(왠지 천 원 이하면 카드 쓰기가 좀 그렇잖아요. 그건 국룰. 국민적인 룰이죠). 백 원짜리 두 개랑 십 원짜리 네 개.

그런데 십 원짜리 네 개 중 하나가 정말로 '동'으로 돼 있네요. 말 그대로 동전이에요. 비교적 최근에 나온 십 원짜리들은 너무 쬐끄맣고 가벼워서 돈이라는 느낌이 잘 안 드는데, 이건 확실히 십 원이라는 가치가 있는 무언가구나 하고 생각이 돼요.

그래서 지금, 1998년에 나온 십 원짜리가 내 주머니에 있어요. 이 친구는 나보다 나이가 많은 거죠. 저보다 튼튼하기도 하고.

이걸 그대로 기타 튕기는 데 쓰면 가성비 최고의 피크

가 되겠네요. 요즘 같은 세상에 10원짜리 피크는 팔지도 않을 거고, 배달해 주지도 않을 테니까요.

아무튼 우표를 붙이는 것도, 그런 편지를 곧 빨간 우체통에 가져다 넣는 것도 저에겐 처음 있는 일이에요.

이제 거기까지 도착하는 데는 며칠이 걸리겠죠. 보통 우편이니까. 사람한테는 안 가고 그냥 우편함에 꽂힐 거예요. 1206호 우편함에.

그걸 싫어한다고 말씀하셨지만 그래도 너무 기분 나빠하진 않으셨음 해요. 이건 마냥 우울한 것들만은 아니니까요.

저는 우울하지만은 않아요. 비록 여기에는 우울한 것들이 있지만 그뿐만인 건 아니에요.

이제 이 편지를 끝맺고, 풀로 봉투 입구를 막고, 우체통에 넣으면 끝이에요. 그때부턴 기다리는 일뿐이죠.

맞아요. 시간문제라고 하면 뭔가 쉽다는 느낌인데 반대로 '돈 문제'라고 하면 엄청나게 어렵고 복잡한 느낌이에요. 이건 이상하네요. 저나 다른 사람들이나 전부 거기에 쫓기잖아요. 돈이랑 시간 둘 다한테요. 새삼스럽네요.

편지라는 걸 이렇게 진지하게 쓴 게 머리털 나고(제가 쓰기엔 너무 구식 표현인가요? 아직 머리에 피는 안 말랐어요ㅋㅋㅋ) 처음 있는 일이라 어떻게 마무리를 해야 좋은 편지인지 모르겠어요.

그러고 보니 유재하 선생님 노래 중에 "우울한 편지"라는 곡이 있어요. 옛날 노래 커버 공연할 때 저도 두세 번 쳐봤는데(곡 진행 자체는 평범한 편이에요. 명곡들이 대체로 그런 것처럼). 그 노래 가사로 마무리해도 좋을 것 같네요.

요즘은 노래 잘 부르는(또는 잘 부르는 척하는) 사람이 워낙 많지만요. 그래도 역시 유재하 선생님 노래는 유재하 선생님 목소리가 제일 어울리는 것 같아요. 되게 불안하고 초조하고 긴장된 것 같은 목소리요. 사실 '나는 가수야' 하는 느낌은 아니죠. 그렇지만 제목부터가 "우울한 편지"인데. 너무 매끄럽게 잘 부르면 우울할 수가 없지 않을까요. 그걸 본인도 잘 알고 계셨던 건지도 모르죠.

하여간. "우울한 편지"의 마지막 가사로 편지를 끝마칩니다. 여기까지 읽어줘서 너무 고맙고, 행복, 아니, 너무 불행하지 않길 바라요. 물론 세상엔 우울한 것들이 너무나도 많지만, 그런 거야 아무래도 상관없잖아요. 우리는 여기에 있고.

집으로 돌아와서 천천히 펴 보니
예쁜 종이 위에 써 내려간 글씨
한 줄 한 줄 또 한 줄 새기면서
나의 거짓 없는 마음을 띄웠네

나를 바라볼 때 눈물짓나요
마주친 두 눈이 눈물겹나요
그럼 아무 말도 필요 없이 서로를 믿어요

어리숙하다 해도
나약하다 해도
강인하다 해도
지혜롭다 해도
그대는 아는가요 아는가요
내겐 아무 관계 없다는 것을

BLUE BETTER

—보낸 사람 도요한

제주 서귀포시 대정읍 마라로 160 블루헛

—받는 사람 도재인

서울특별시 관악구 신림로 116 914호

(—라고 편지봉투에 쓰여 있다)

—이하 전문.

안녕하세요?

저는 꽤 안녕합니다.

말씀하신대로 저는 한번에 눈치챘습니다. 도재인이라
는 희한한 이름이 말장난을 이용한 익명이라는 것이나,
아무래도 이전에 내가 편지를 받고 답변했던 사람과는 영
딴판인 사람이 답장을 보내왔다는 것을요. 'XX 염색체를
가지고 있으면서 나보다 나이는 어리겠지' 정도까지 안정
적으로 추측해 냈습니다.

물론 드라마《셜록》처럼 한눈에 쓱 보고 다 판단한 건
아니지만요. 지금보다 좀 더 어렸을 땐 내게도 그런 능력
이 있으면 참 좋겠다고 생각했는데 지금 보니 그렇게 태
어나도 엄청나게 피곤할 거 같습니다. 지금은 지금으로서
도 나쁘지 않아요. 편지는 어제 도착했고 저는 그 다음날
인 오늘 답장을 쓰고 있습니다.

어제는 지금의 제 집, 그러니까, 오두막 중간에 있는
테이블 위에 편지를 올려두고 한참을 생각했습니다. 저도
편지는 뜯어보지 않을 수 없다고 말하신 것에 대해서는
일부 동의합니다만. 이렇게 누가 어떤 내용을 어떤 식으
로 썼는지 알 수 없는 그런 편지는……받은 모습 그대로
가만히 내버려둔 채 한동안 쳐다보고 있는 것만으로 뭔가
뿌듯합니다. 일단 여기엔 편지가 잘 안 오거든요. 육지에
사는 누군가가 소식을 보내왔다는 것 자체가 보기 드문

에피소드입니다.

만약에, 이 편지를 도재인—이라는 가명을 써서 답장을 부친—분 자신이 돌려받았다고 하면. 아무래도 의아한 부분이 있겠죠. 발신인은 똑같은데 주소가 달라 놓으니까요. 좀 많이 다르긴 하죠?

서울과 대구 사이, 대구와 마라도 사이의 직선거리. 둘 중에 어느 쪽이 더 멀까요? 머릿속으로 그렸을 땐 대강 비슷한데 실제로 어떨지는 모르겠습니다. 아무렴 죄 없는 집배원을 두 배나 고생시킨 것에 조금 미안한 마음이 들기도 하지만.

이쪽 집배원 분은 볼 때마다 투덜거리시지만 아주 즐겁게 일을 하시는 것 같아요. 애초에 입 밖으로 투덜댄다는 일 자체가 투덜거릴 만큼 여유가 있다는 뜻이니까요. 그야 여기서 일하신 지도 꽤 되셨으니까. 모슬포에서 여기까지 오시는 건 이제 그냥 집 앞 마당 산책 나가는 것 같으시다고 하십니다. 이런 걸 되짚어보니 죄책감이 한결 덜하네요.

그래도 정말 잘한 것 같아요. 대구에 있던 아파트를 헐값에 팔아치우면서 '이후 수신인을 도요한이라고 쓴 편지가 오면 반드시 이곳 마라도로 전달해 달라'고 신신당부했던 일이요. 이렇게 결과물을 손에 넣고 다시 편지를 써 부칠 때가 되니 확실하게 알겠습니다. 그건 내가 일생에서 한 일 중에 가장 하찮고도 낭만적인 결정이었어요.

네. 저는 지금 마라도에 살고 있습니다. 국토최남단의 그 섬이에요. 좀 뜬금없지만.

저는 재인 씨……다분히 정치적인 암호 같으니 여기서부터는 학생분이라고 대충 퉁쳐서 부르겠습니다. 학교에 다니지 않으셔도 상관없어요. 우리는 어떤 식으로든 뭔가 배우면서 살 수밖에 없으니까요. 사람은 누구나 학생인 셈이죠. 살아 있는 사람은 누구라도.

오그라들어도 좀 봐 주세요. 섬사람이잖아요.

아무튼, 저는 학생에 대해서 아무것도 알지 못하지만 그 파란색 편지를 한 통 읽은 것만으로 학생 분 주위의 누구보다 더 깊은 무언가를 알게 된 것 같다고 확신합니다.

그래도 여행 삼아 마라도를 와 보셨는지 아닌지는 잘 모르겠어요. 마라도는, 아무래도 독도나 해남 땅끝마을보다는 인기가 덜하니까요.

솔직히 '국토 최남단'이라는 타이틀을 빼고 보면 딱히 볼 게 없는 섬입니다. 저야 지금은 마라도민으로 등록돼 있는 상황에서 얘기하는 거라 누워서 침 뱉기지만. 다들 하는 이야기예요. 흔히 제주도에는 세 개 빼고 아무것도 없다고 하는데, 여기 마라도에는 그야말로 아무것도 없다고들 농담삼아 이야기합니다. 그래도 아무것도 없지는 않은데. 다른 관광지에 비하면 확실히 그렇다는 거겠죠.

마라도와 제주 모슬포항을 오가는 여객선에 관광 가이드로 취직하게 되면, 제일 처음 배우는 말이 "너무 기대하지 마세요"랍니다. 선내에 앉은 승객들(대부분 관광객이죠)에게 귀가 따가울 정도로 강조합니다. 오기 전에는 왜 그렇게까지 반복해서 이야기를 하나 싶은데요. 도착하면 자연스레 이유를 알게 됩니다.

　　마라도 선착장에 맨 처음 발을 내딛고, 몇 층짜리 계단을 딛고 올라가 보면 마라도 전체가 내려다보입니다. 언덕도, 뭣도 없어요. 좋게 말하면 신비하고, 나쁘게 말하면 황당하고 어이가 없을 정도로 평탄한 지형입니다. 육중한 화산이 한 채씩, 섬 중앙에 똬리를 틀고 있는 제주도나 울릉도와 비교하면 초라할 정도예요. 적어도 거긴 등산객이라도 있는데. 여긴 등산 비슷한 것도 할 만한 곳이 아닙니다. 등산객도 마라도에 오면 그냥 객涂일 뿐이죠. 이러나저러나 '여기에 뭐가 있을까?' 하면서 설레는 마음으로 올 만한 데는 아닙니다.

　　섬에서 가장 번잡한 곳은 선착장 입구, 그 다음이 마라도의 가장 남쪽에 있는 바위인 장군바위입니다. 그런데 이 장군바위라는 것도 별거 없어요. 그냥 기념비같은 게 하나 있을 뿐이고요. 대부분의 관광객들은 거기서 사진을 찍은 다음에, 왔던 길을 되돌아가거나 동쪽으로 아예 한 바퀴를 돌아서 선착장으로 가죠. 아무튼 선착장으로 갑니다. 그분들에겐 돌아가야 할 곳이 있으니까요.

그렇지만 이 마라도 자체가 집인 사람, 여기에 적을 두고 거주하는 사람은 200명도 채 안 돼요. 가구 수는 100가구에 한참 모자라고요.

그런 섬 입구에 짜장면집이 세 곳이나 늘어서 있다는 건 재밌는 부분인데요. 과거에 이동통신사 광고로 유명해졌다던가, 지금은 폐지된 유명 예능 프로그램에 소재로 다뤄졌다던가, 하여간 '국토최남단에 있는 섬까지 가서 짜장면을 먹는다'는 행동 자체에 뭐라 설명하기 힘든 전위성이 있기는 하지만.

하지만……그렇게 맛있지는 않아요. 짜장면이. 주인집 분들도 동의하십니다. 사업지만 마라도일 뿐이지 거주민은 아닌 경우도 있고요.

어떤 기자들은 그래요. 외지인들이 '육지에서 가장 먼 곳에서 짜장면을 먹을 수 있는 섬' 정도로 마라도를 소비해 버리는 것 아니냐는 우려도 하셨습니다. 얘긴 듣기로는 그것도 예전 같지 않고, 한동안 골프 카트가 수십 대나 돌아다니는 바람에 짜증스러웠 적도 있었다는데. 지금은 그렇지도 않아요. 여기 쭉 계셨던 분들은 그렇게 이야기하죠. 안 그래도 바람 잘 날 없는 곳인데 어련하겠냐고. 사람이든 뭐든 다 그렇게 왔다가 가고, 또 다시 왔다가 가는 거라고요. 선착장과 장군바위 부근을 빼면, 그냥 아무것도 없는 섬입니다. 사계절 내내 바람 불고 파도치는 소리로 가득 차 있는.

섬.

마라도 전체를 빙 둘러보는 데면 한 시간이면 충분합니다. 한데 그마저도 삼십 분 정도 걷다 보면, 바닷바람도 너무 많이 불고 거기에 흐트러진 머릿결이며 옷자락을 바로잡느라 주위에 뭐가 있는지는 보지도 못하죠.

그래서 조금만 날씨가 궂어도 사람들은 왔던 길로 되돌아갑니다. '내가 원한 건 딱히 이런 게 아니었어'라고 말하는 것처럼, 미간을 움푹 찡그린 표정으로요. 마라도에 산다는 건 그런 것에 무감각해진다는 것이기도 합니다. 나와 내가 사는 곳을 쳐다보는, 사람들의 표정과 시선을 덤덤하게 받아들일 수 있게 됩니다.

그래도 어떻게 날씨가 꽤 괜찮은 날에는 섬 동쪽에 난 길로 돌아가는 인파도 꽤 됩니다. 장군바위를 지나고 나면 아무것도 없어요. 바다밖에는 없죠. 저 너머에 오키나와가 있고, 대만이 있고, 말레이시아가 있고, 이런 생각은 들지도 않죠. 섬 중앙엔 키 작고 이름 모를 식물들이 마구 부대껴 있을 뿐이고요. 그 흔한 나무 한 그루 서 있지 않습니다.

그렇게 동쪽 해안선을 쭉 올려다보면 제일 먼 곳에 우뚝 선 하얀 건물이 1915년에 세워진 마라도 등대입니다.

그 왼쪽에는 흙으로 만든 이글루 같기도 하고 만화 〈드래곤볼〉에서 나오는 캡슐형 집 같기도 한 건물이 한 채 있고요. 마라도 성당입니다. 종로에 있는 명동성당과 나란히 볼 순 없겠지만. 하여간 대한민국에서 가장 남쪽에 있는 성당이에요.

그 오른쪽으로 탁 트인 바다. 나무로 둘러친 낮은 울타리. 그 앞에 야트막한 공터가 있었어요. 여기서 제가 '있었다'고 말하는 것은, 그때와는 풍경이 조금 바뀌었기 때문입니다.

저는 그 풍경 위에다가 작은 오두막을 지었고, 지금 거기에서 이 편지를 쓰고 있습니다. 스스로한테 이런 말 하긴 좀 그렇지만, 멋있죠? 저도 그렇게 생각합니다.

오두막이라고 하면 뭔가 좀 정해진 이미지가 있는데. 그렇게 거창한 것은 아닙니다. 오히려 컨테이너에 가까워 보여요. 하지만 확실한 건 나무로 지었다는 것입니다. 제가 지었으니 제가 보증합니다.

이토록 작은 오두막 하나를 짓기 위해 얼마나 많은 시간과 재료, 그리고 공부가 필요한지 학생 분이 알게 되신다면 도시에 있는 그 수많은 아파트와 상가들의 억소리 나는 가격에 조금은 납득하게 될지 모릅니다. 그래도 서울은 너무하다 싶지만요. 지금의 저와는 상관없는 일이죠. 은마아파트 시세가 어쨌니 코스피가 급등락을 했니 해도 여기서는 달나라 얘기나 다름없습니다. 너무 방관자적인 입장이 아닌가 싶기도 한데.

어떤 소재나 문제에 대해서 얼마나 관심을 갖고 파고들어야 방관자 처지를 벗어날 수 있을까요. 마땅한 기준은 없습니다. 하지만 일인칭에서는 '방관하지 않기 위해' 하는 일들이, 삼인칭에서 보면 괜한 참견처럼 보이기도 하며, 취약한 상대방에게는 일종의 침입처럼 느껴지기도 할 겁니다.

마라도의 입장에서도 그렇지 않았을까요? 대구 같은 대도시(서울만큼은 아니지만요)에서 이주민이 온다는 것, 그것도 멀쩡하게 회사를 다니던 청년이 홀로 마라도까지 온다? 기존에 정착해 있던 사람들에게는 당연히 무슨 의도가 있는 것 아닌가 하는 의심이 생길 수밖에 없습니다.

더구나 그런 텅 빈 황무지를 사서, 그 위에 오두막을 짓고 살겠다고 하니까요. 그쪽 부동산을 취급하는 중개인 같은 것도 없었습니다. 인근 주민이 대대로 갖고 내려온 땅이라기에, 그분께 가서 면대면으로 이야기를 했죠. 가능하다면 그 해안가 쪽을 이삼십 평 정도 사고 싶다고요.

당연히 뭐 하러 이런 데 땅을 사려고 하냐, 거기에는 아무것도 없다는 말이 돌아옵니다. 그래서 주거 용도로 살 것이라 했더니 믿질 않더라고요.

끈질기게 설득했습니다. 애초에 투기가 목적이라면

고작 서른 평, 스무 평 정도밖에 안 사겠느냐는 말도 덧붙였죠. 회사도 나왔겠다, 아파트도 팔아치웠겠다, 딱히 갈 곳도 없어서 마라도와 가파도, 모슬포항을 왔다갔다하며 보름쯤 시간을 보냈습니다. 그쯤 되니 지주인 할머니(은퇴한 해녀분이신데, 그래도 가끔 물질을 하러 가시는 것 같습니다. 몰래몰래)도 느끼셨나 봐요. '뭔가 이상한 애이기는 한데 거짓말은 안 하는 것 같다'는 걸요.

그렇게 제 인생 최초로 제 명의의 땅(건물이 아닌)이 생겼습니다. 대지 면적 스물다섯 평. 공시지가와 거의 비슷한 매매가였습니다. $1m^2$당 10만 원도 안됐어요. 이게 어느 정도로 저렴한 것이냐 하면……,

만일 섬 전체가 이런 식이라면, 마라도 땅 전체를 팔아치워도 서울에 있는 아파트 한 동 못 살 거예요. 택도 없죠. 가치를 비교한다는 것 자체가 어불성설입니다. 마라도를 팔아도 서울의 아파트는 살 수 없겠지만, 서울의 아파트 역시 바다 한가운데 오진 못하죠. 처음부터 비교할 대상이 아닙니다. 수억 원짜리 기계식 시계와 풍력발전기를 비교하는 것과 마찬가지예요. 둘 사이의 공통점이라고는 '돌아간다는 것' 밖에 없으니까요.

그렇게 땅은 마련했지만, 처음에는 거의 모래톱이나 다름없었습니다. 그럴듯하게 집터를 다지는 데만 한 달이 넘게 걸렸어요. 그나마도 마을 주민들이 이러저러하게 도와주지 않았더라면 두 달이 넘어도 할 수 없었을 겁니다.

마라도는 흐르고 있던 용암이 굳어 만들어진, 현무암으로 이뤄진 섬입니다. 위성사진을 보면 커다란 고래 등처럼 보여요. 화산이 폭발해서 생긴 게 아니라, 폭발로 인해 흘러나온 용암이 '얼떨결에' 높은 곳에서 굳어 섬이 된 거죠. 그런 곳에 풀과 미역이 자라고, 거기에 더해 사람이 집을 짓고 산다는 건 그 자체로 놀라운 일이 아닐 수 없습니다.

참고로 마라도에서 사람이 살기 시작한 건 1883년부터라고 합니다. 1883년, 카를 마르크스와 이반 투르게네프가 죽은 해예요. 두 사람은 심지어 같은 해에 태어났습니다. 딱히 둘 사이에 어떤 상관관계가 있을 것 같지는 않지만요. 두 이름 모두 들어본 적이 없다고요? 괜찮습니다. 몰라도 사는 데 지장 없는 양반들이니까요.

오히려 마라도의 역사에서 중요한 건 이런 것들입니다. 가령 마라도에서는 별 희한한 해양생물들이 다 들러붙지만, 뱀과 개구리만큼은 찾아볼 수가 없어요.

왜냐? 요는 이렇습니다. 사람의 손이 닿지 않았던 마라도는 울창한 나무숲으로 꽉꽉 채워져 있었나 봐요. 거기에 뱀과 개구리들도 살고 있었는데 정착을 위해 숲을 다 불태워버렸던 거죠. 때문에 해저는 몰라도 육지의 식생이라곤 특별한 게 없습니다. 숲과 함께 다 증발해 버려서요. 눈에 띄는 거라곤 섬 곳곳에 물감처럼 퍼져 있는 억

새밭 정도예요.

제가 왜 마라도의 역사까지 말하고 있는가 하면, 크게 두 가지 이유가 있습니다. 첫 번째는 딱히 못 쓸 이유가 없다는 것이고, 두 번째는 제가 얼마나 힘들게 오두막을 지었는지를 강조하기 위해서예요. 지금은 아무렇지 않게 편지로 쓰고 있지만 정말이지 만만찮았습니다.

제가 염두에 둔 건 참나무였습니다. 흔히 화이트 오크 White Oak라고 불리는 하드우드(이 부분은 별로 안 중요하고요)인데, 물과 습기에 강해서 선박을 만드는 데도 쓰일 정도라고 해요. 아무렴 마라도에 짓는 집이니까 비와 바람에 잘 견딜 수 있어야 하는데, 그럴만한 목재 중에서는 참나무가 가장 저렴한 옵션이었어요. 이게 중요한 얘기죠.

그런데 위에서 말했다시피, 마라도에는 나무가 없어요. 집을 지을 만큼 단단한 목재? 당연히 뭍에서 옮겨오는 수밖에 없습니다. 가공하지 않은 참나무들을 그대로 수입해 오는 데만 해도 상당한 노력이 필요했어요. 그때 제가 들인 노력에 비하면 돈 문제는 딱히 문제도 아니었어요.

어렵사리 자재 문제를 해결하고 나면, 이제 본격적으로 집을 설계해야 합니다. 원래는 설계를 먼저 하고 자재를 구하는 거라는데. 저야 요령이 없으니 나중에 가서 뒤늦게 설계를 했어요. 뭐 설계를 한다고 다 내 멋대로 되나 싶기도 하고.

어디 단독주택 지을 때 내놓는 단면도 같은 게 아니라, 정말 어떻게 지어나갈 것인지를 하나하나 계획하다 보니 결과적으로는 건축학 관련 도서를 몇 권이나 읽어야 했어요. 아주 편안하고 아늑한 그런 오두막을 설계하려고 한 것도 아닌데. 정말 미니멀한 오두막 한 채를 짓는 데에도 그만한 수고가 들었습니다. 뭐 생각해 보면 군용텐트 한 개소를 세우는 데도 상당한 품이 들잖아요(학생분은 당연히 모르겠지만). 그런데 혼자 짓는 오두막이면 말할 것도 없죠.

그런 건 어디 잘하는 데다 돈 주고 맡기면 되지 않느냐……학생 분이 이런 질문은 안 하실 것 같지만, 혹시 모른다는 생각으로 대답하자면 그런 건 애초에 선택지에 있지도 않았어요. 어디 돈 주고 맡길 거라면 마라도에 가지도 않았을 겁니다. 저는 아파트나 별장이 아니라 집이 필요했으니까요.

그렇게 반 년 넘게 공들여 세운 오두막입니다. 밖에서 보면 한없이 초라하고, 어떤 부분에서 보면 금방이라도 쓰러질 것처럼 위태로울지 모르지만 기초부터 서까래, 지붕까지 최대한 튼튼하게 만들었습니다. 요령부리지 않고 맨 처음부터 차근차근 쌓아올렸어요. 그 과정을 온몸으로 느꼈기 때문에, 저는 이 오두막이 더없이 튼튼하다는 것을 알죠.

하지만 본질적인 것에만 너무 몰두하다 보면, 오히려 외관은 신경 쓰지 않게 돼요. 가끔 '그래도 조금은 꾸밀 걸 그랬나'하는 생각도 드는데. 그럴 겨를이 없었습니다. 언제까지고 이웃집에 얹혀 자거나 외박을 할 순 없으니까요. 견고하게 짓는 것에만 치중하다 보니까, 더없이 안정적이기는 한데 보기 흉한 구석도 몇 군데 있습니다. 그게 도시와는 다른 부분이죠. 도시에선 빌딩에 유리만 잔뜩 둘러치면 그만이거든요. 내부골조야 어쨌든 간에요. 하긴 그 화려한 수정궁들을 지은 사람들은, 막상 완공되고 나면 그 건물과 전혀 관계없는 사람이 돼 버리니까요. 다 같이 힘을 합쳐 그렇게 엄청난 건물을 지었음에도, 그 중의 단 한 뼘의 공간조차 인부에게 돌아가지 않습니다. 그러는 대신 돈을 받는 거죠. 뭍에서 일어나는 일들은 대개 그래요. 자기가 살 곳을 스스로 선택하고, 스스로 짓는 사람은 생각보다 드뭅니다.

그렇지만 집을 대충 짓고 나니까, 또 다른 문제가 발생합니다. 이젠 어떻게 해야 거기서 잘 살아나갈 수 있을지를 궁리해야 하거든요.

가장 먼저 필요한 건 집에 이름을 짓는 것이었습니다. 조물주가 인간을 만들어내고 이름을 붙여줄 때 정확히 이런 기분이었을까요? 시작할 땐 단순히 만들고 싶어서, 만들어야 해서 만든 거였는데, 다 만들고 보니 뭐라도 이름을 붙여줘야 할 것 같은 느낌이 들더라고요.

대충 눈치는 챘겠지만(이미 편지봉투에 써 놓았으니까요) 블루헛Blue hut이 제가 사는 오두막의 이름입니다. 뜻은 별거 없어요. 파란 오두막이라는 뜻입니다. 피자헛Pizza hut의 그 헛이 맞아요. 이제 피자헛은 오두막이 아니지만, 시작은 똑같은 뜻이었답니다. 저야 피자는커녕 여기서 아무것도 팔지 않지만요. 파란색인데 먹을 수 있는 음식이라고 하면 거의 없지 않나요. 저는 파워에이드밖에 안 떠오르는데. 혹시 이거다, 이건 꼭 파란색으로 먹을 수밖에 없다 싶은 음식이 있으면 와서 말해 주세요. 어떻게든 만들어보겠습니다. 그때도 팔진 않겠지만.

블루헛이라는 이름과 달리, 오두막 자체는 그렇게 파랗지 않습니다. 파란색은 사실 없죠. 오히려—원주로 쓰인 통나무 기둥 정도를 빼면—하얀색에 가까웠는데. 계속해서 비바람을 맞다 보니까 색이 짙어지더라고요. 이젠 제법 산장 같은 느낌이 생겼어요. 그래도 파란색이라고는 절대 할 수 없지만.

그런데 왜 블루헛이라고 지었느냐? 라고 묻는다면,

저는 현관에서 오십 보쯤 떨어진 데서 이 오두막을 쳐다보라고 했을 거예요. 거기서 봤을 때 시야에 무슨 색이 제일 많이 보이냐. 단순한 거죠. 하늘 아니면 바다입니다. 저는 그보다 더 푸르고 깊은 블루를 본 적이 없습니다. 오두막은 오두막일 뿐이고요. 그렇다고 블루 앤드 헛Blue and hut이라고 하면 멋이 없잖아요. 그런데 왜 이런 걸 시시콜콜 설명하고 앉았지? 이유는 묻지 맙시다. 전 그런 걸 묻기엔 너무 돌아와 버렸어요.

기왕 블루라는 얘기가 나와서 하는 말인데. 여기도 하늘은 파랗습니다. 똑같이 파란색이지만, 서울 관악구의 하늘과는 다르게 파랄 겁니다. 바라보는 사람부터가 다르니까요. 그리 치면 오늘의 저나 내일의 제가 보는 하늘도 제각기 다른 블루라고 봐도 좋겠습니다.

지금의 제 상황으로 말할 것 같으면. 전처럼 안 우울하지도 않지만, 전처럼 못 우울하지도 않습니다. 하루하루 살아나가는 데에도 하루가 부족해요. 웃긴 표현이지만 실상이 그렇습니다.

마라도는 섬입니다. 그리고 여느 섬 동네가 그렇듯 쌀과 물이 귀한 편이에요. 해산물은 좀 과하다 싶을 정도로 많지만.

그래도 마라도는 정기적으로 배가 뜨고, 관광객들도 심심찮게 찾아오는 곳이죠. 좀 외딴 곳에 있다뿐이지 무인도에서 사는 것과는 결이 달라요. 마음만 먹으면 필요한 것들 대부분은 구할 수 있습니다. 그냥 오래 걸릴 뿐이죠. 맞아요. 역시 돈보다는 시간의 문제입니다.

도시에 살 땐 주문한 바로 다음날 새벽에 택배가 도착하는 데에도 무덤덤했는데 말이에요. 지금은 한 달 전에 주문했던 책이 뒤늦게 도착해도 기분이 좋습니다. 뭐랄까. 왠지 과거의 내가 보내준 선물 같아서요.

그렇지만 전력 공급과 관련한 문제는 고백하지 않을 수 없어요. 정말 힘들었습니다. 요즘 같은 세상에 전기 없이 살기란 불가능에 가깝죠.

마라도에도 발전소는 있습니다. 자그마한 규모의 태양광 그리고 디젤을 이용하는 발전소예요. 한데 블루헛과는 꽤 거리가 있는 편이어서, 안정적으로 전력을 공급받는 게 쉽지만 않았습니다. 길게 전신주를 늘어트리자니 그렇게 보기 흉할 수가 없고.

그래서 어떻게든 스스로, 전부는 아니더라도 조금이나마 자가발전發電이라는 걸 할 수 있어야 한다고 생각했습니다. 그러다보니 태양광 패널 설치는 선택이 아닌 필수가 됐죠.

요즘 들어서는 인간의 운동에너지를 전기로 바꿔서, 보조배터리를 채워주는 식의 셀프 발전기가 쏠쏠합니다. 시간 날 때마다 운동 겸 자가발전 레버를 돌려요. 처음에는 동작이 영 어설펐는데, 지금은 책을 읽으면서도 할 수 있을 만큼 능숙해졌습니다. 그렇게 보조배터리를 가득 채워 놓으면 전기부족으로 불을 못 켠다거나 하는 해프닝은 없어요.

여기 마라도와 제주도 모슬포항 사이에 가파도라는 섬이 있는데. 거기에는 꽤 체계적으로 운영되는 발전소가 있어서 풍력으로도 상당한 전기를 얻는다는 모양이에요. 부럽긴 하지만. 없으면 없는 대로 써야죠. 여긴 마라도니까요. 불평해봤자 해결되는 건 아무것도 없어요. 쌩하니 바람만 불어제낄 뿐이지.

재인 씨가 욕 아닌 욕을 했던 전동 킥보드는, 여기서는 (적어도 제게는) 무척 유용한 교통수단입니다. 딱히 누구에게 피해를 주지도 않고. 섬 자체도 지형이 평탄하다 보니 위험할 것도 없고요. 빨리 움직이지 않는다고 경적을 울리는 자동차도 여기엔 없습니다.

그럼 뭐가 있냐고요? 시간이 갈수록 점점 가까워 오는 목적지(보통은 선착장에 있는 편의점이에요), 위이이잉—하고 전기모터 돌아가는 진동이 손끝으로 느껴질 뿐입니다.

소음? 글쎄요. 여기선 웬만하면 소음이랄 게 없어요. 애초에 잘 들리지도 않으니까요. 파도소리보다 작은 것들은 그다지 신경 쓰지 않아도 될 것들뿐입니다.

조금 오해를 살지 몰라서 얘기하는데요. 저는 문명과 괴리돼 사는 게 아닙니다. 스마트폰도 있고 노트북도 있어요. 마라도에서도 인터넷은 짱짱하게 잘 터집니다. 괜히 한국 더러 IT 강국이라고 하는 게 아니죠. 카톡도 전화도 문제없습니다. 보고 싶은 영화도 문제없이 스트리밍됩니다. 밤늦게 오두막에 웅크리고 앉아서, 수십 년 전에 개봉된 영화를 보고 있으면 진짜 이상한 기분이에요. 현실과 비현실 사이의 경계가 모호해지는 느낌?

그렇지만 내내 휴대폰 화면만 쳐다보고 있는 건 아니에요. 솔직히 여기 살다 보면, 스마트폰 같은 건 쓸 일이 거의 없습니다. 서울이나 수백 킬로미터 떨어진 마라도나 다른 게 하나도 없지 않을까요. 몇 인치짜리 화면을 통해서만 세상을 바라본다면요.

더구나 마라도에서 하는 인터넷은 유달리 지루하게 느껴지거든요. 정보의 바다라는 인터넷……. 잠깐만. 요즘도 정보의 바다라는 표현을 쓰나요? 저도 방금 글자로 써 보고 엄청 새삼스럽고 생소하게 느껴져서 놀랐습니다. 인터넷에 정보가 많다는 건 누구나 다 아는 사실이니까요. 그렇지만 저희 때만 해도 교과서에, 특히 기술가정 교과서에 정보의 바다라는 표현이 몇 번이나 반복해서 나왔으니까 이해해 주세요.

아무튼 그런 정보의 "바다", 인터넷도 진짜 바다를 배경으로 놓고 보면 좁게만 느껴집니다. 제게는 남보다 먼저, 혹은 더 많이 알아야 하는 정보 같은 게 없어요. 그저 그날그날 살기 위해 해야 할 일을 하고, 마음이나 호기심이 동하는 곳에 열중하다 보면 하루가 훌쩍 지나가 버립니다. 이런저런 콘텐츠를 구독한다는 게 제겐 별다른 의미가 없는 거죠. 눈앞이 전부 동물의 숲인데요. 달리 무슨 콘텐츠가 필요할까요.

그래도 음악은 있어야 합니다. 제가 가장 많은 트래픽을 쏟아 붓는 곳이 음악일 거예요. 블루투스 스피커로 하루종일 나른한 쿨재즈를 틀어놓고 이런저런 일을 합니다.

이따금씩 저 멀리 제주도가, 한라산 백록담까지 뚜렷하게 보일 정도로 맑은 날이면, 낮은 의자에 걸터앉아 "Beyond the sea"를 듣습니다. 그러고 있으면 다시 기분이 이상해지죠. 하늘은 파랗고 바다는 더욱 파랗습니다. 온 세상이 블루로 물들어 있습니다. 저는 그 속에 자연히 섞여들었다가, 마술처럼 현실로 되돌아옵니다. 현실의 저는 먹고, 싸고, 걸어 다니고, 말하고, 일하는 존재고요. 죽을 때까지. 쉬지 않고.

저는 부지런한 인간은 아닙니다. 반대로 일이 닥치면 부랴부랴 처리하는 쪽이에요. 근데 의외로 면도는 말끔하게 하고 잘 다닙니다. 애초에 수염이 잘 안 나는 타입이라서요. 한 달 쯤 내버려두면 조선 시대 이방이나 간신 같은 수염이 나긴 하는데, 보통은 그렇게까지 되기 전에 정리합니다. 제가 신경 쓰여서요. 세수할 때 꺼칠꺼칠하면 싫잖아요. 전기 면도기는 한 번 충전해 놓으면 두 달은 넘게 씁니다.

제 입으로 말하긴 뭐하지만, 겉으로만 보면 저는 꽤 도

회적입니다. 피부가 좀 그을리긴 했지만 대구에서 살 때와 별로 다를 게 없어 보이죠. 옷도 많지 않고, 공들여 꾸미거나 차려 입는 일도 없지만 적어도 "나는 자연인이다"에 나오는 그런 아저씨들처럼 산적같이 하고 살지는 않습니다. 배낭 하나 메고 다니면 글쎄, 관광객들과도 잘 분간이 안 될 겁니다. 저만 그렇게 생각하는 걸지도 모르지만요.

아. 블루헛의 절반은 서재와 다름없는 공간처럼 쓰고 있습니다. 책장은 다 직접 깎아 만들었어요. 애초에 그렇게 쓰려고 설계한 건 아닌데. 살다보니 이렇게 됐네요. 제 생각에 제가 마라도에 땅을 좀 더 산다면, 그건 순전히 책 꽂을 공간이 더 필요해서일겁니다.

이 모든 변화의 시작은 단 하나의 결심이었어요. 우울한 편지에 우울한 답장을 써서 보내고 나니. 문득 그런 생각이 들었습니다. 이런 글을 좀 더 많이 쓰면서 살고 싶다고요. 그래서 소설가가 되기로 했습니다. 소설가가 되기 위해서는 뭘 해야 하지? 소설을 써야 소설가죠. 그럼 소설을 쓰기에 최적화된 장소를 찾아야 하는데.

일단 대구에 있던 그 아파트는 아니었습니다. 옆집도 너무 시끄럽고요(방음이 거의 안 되는 곳이었습니다). 그렇다고 카페에 가서 쓰자니 너무 구색을 맞추는 느낌이고. 뭣보다 그렇게 살다간 얼마 안 가 빈털터리가 될 테니까요. 모아놓고 보면 생각보다 엄청납니다. 커피값이라는 게요.

오랫동안 살 수 있으면서, 혼자 글을 쓸 수 있는 곳. 불쑥 찾아온 우울한 편지에 우울한 답장을 썼던 때처럼, 마음껏 블루해질 수 있는 곳이 필요했습니다. 그 고민의 종착지가 여기 마라도였고요.

어딜 가든 울지 않고 사는 건 불가능했습니다. 그 사실을 저는 받아들였어요. 돈을 얼마나 벌든, 그 어떤 위대한 업적을 쌓아 올리든, 저는 우울해할 수밖에 없어요. 저는 태어나길 우울한 인간으로 태어났으니까요 말 그대로 본 투비 블루입니다.

그렇지만 대구에서 회사 생활을 하던 당시의 제게는 마음 놓고 우울해질 수 있는 공간이 눈을 씻고 찾아봐도 없었어요. 어딜 가든지 사람, 사람, 건물, 건물, 돈, 그리고 시간.

다시 말하지만 울지 않고 사는 건 불가능했습니다. 그렇다고 터져 나오는 우울함을 도로 삼키면서 살기에는 저는 너무 그릇이 작은 사람이었던 거죠. 타고난 색채와 전혀 다른 삶을 받아들이기에는 저는 이미 한참 전부터 한계를 넘어 있었습니다.

그런 삶을 달래줄 만한 취미라면, 제게는 고작해야 책 읽기밖에 없었습니다. 책을 읽다보면 제가 다른 세상에 있는 것 같거든요. 독서는 독서인데, 사실상 도망이나 다름없는 행동이었습니다. 저는 책 속의 세상을 동경해서,

좋아해서 간 게 아니었어요. 그저 책 바깥의 세상을 견딜 수 없었던 거죠.

폴 고갱이라는 프랑스 출신 화가에 대해서 알고 계실는지 모르겠습니다. 몰라도 딱히 상관은 없어요. 그냥 그림 그리는 사람 정도로 알고 있으면 됩니다. 이름이 좀 웃기죠. 왠지 펭귄 같기도 하고.

아무튼 영국 국적의 서머싯 몸이라는 작가가 이 화가의 생애를 각색해서 『달과 6펜스』라는 소설을 썼어요. 1919년에 출판된 작품이니까 세상에 나온 지도 벌써 백 년이 넘은 작품입니다. 여기에 어떤 사람들은 자기가 태어날 곳이 아닌 데서 태어나고, 태어난 곳에서조차 이방인처럼 산다고, 그러다 우연히 고향처럼 느껴지는 곳을 만나면 어제까지 거기 살았던 사람처럼 거기 정착한다는 말이 있어요.

그리스에서 태어난 엘 그레코가 스페인으로, 파리에서 태어난 폴 고갱이 타히티로 돌아간 것처럼, 저는 마라도로 '돌아와서' 글을 쓰게 됐습니다. 적어도 지금은 그렇게 믿고 있습니다. 결과적으로는 나쁘지 않은 선택이었죠. 그동안 책을 두 권 내서, 매달 적지만 정기적인 수입이 들어옵니다. 말씀하신 것처럼 화면 속 숫자일 뿐이라서 체감은 안 되지만요.

여기까지 오는 데에는 엄청난 용기도, 대담함도 필요

없었어요. 그냥 자연스럽게 그렇게 됩니다. 아마도 믿지 않겠지만. 오두막은 제가 오기 전에도 여기 완성돼 있었던 것 같아요. 그걸 짓던 반 년은 정말이지 눈 깜짝할 사이에 지나갔고, 정신차려 보니 저는 블루헛 앞에 동그마니 서 있었거든요.

마라도. 저는 그때 마라도를 난생 처음 와봤습니다. 날씨는 좋지도 나쁘지도 않았고, 옆에는 기분 나쁠 만큼 사이좋은 이십 대 커플이 나란히 걷고 있었습니다. 그때 그냥 결정해버렸죠. 정확히는 결정이 돼 버렸습니다. 나는 여기서 산다. 여기서 살 수밖에 없다……. 뭍에서 이토록 멀리 떨어진 섬에서, 불편한 것들을 일일이 따지자면 끝도 없을 겁니다. 다만 절대로 대체할 수 없는 장점이 하나 있어요. 여기서는 마음 놓고 우울할 공간을 찾지 않아도 됩니다. 사방천지가 전부 하늘색, 파란색이니까요.

실제로 저는 마라도에 와서도 심심찮게 울었습니다. 울지 않고 사는 건 불가능하니까요. 도시에 있으나 섬에 있으나 저는 외로이 살았습니다. 차이가 있다면 여기선 참을 필요가 없다는 거죠. 바다보다 크게 울려면 얼마나 슬픈 일이 있어야 할까요? 지금의 저는 상상도 안 됩니다. 여기서 일어날 법한 일은 대체로 거기서 거기거든요.

제 주변은 전보다 훨씬 파랗고 창백해 보이는 것들로 채워졌습니다. 일찍이 말했듯 이곳의 하늘도 파랗습니다.

비슷하게 파랗고, 비슷하게 블루하며, 비슷하게 우울합니다. 다 똑같은 말이지만. 그저 좀 더 나은 파란색이에요.

그 압도적인 블루 앞에 서 있다 보면 별의별 생각이 다 듭니다. 가령, 강과 바다와 호수는 어떤 기준으로 결정되는 것일까? 같은 거죠. 지구의 70퍼센트는 바다로 돼 있다던데. 바다에서 사는 입장에서 보면 도리어 육지가 커다란 호수처럼 느껴지지 않을까요?

맞아요. 대개는 아무 상관도 없는 것들입니다.

마라도 성당 뒤꼍에는 아무도 찾지 않는 비석이 하나 있어요. 억새들 사이에 가려져 있어서 일부러 찾으려 들지 않으면 눈에 띄지 않는 곳이죠. 거기에는 이렇게 쓰여 있습니다.

인간이 이토록 슬픈데
주여, 바다가 너무도 푸르릅니다.

—아마도 어떤 시나 소설의 인용구겠죠. 구태여 찾아보지는 않았습니다. 중요한 건 그 문장이 제자리를 찾아왔다는 거죠.

저는 최근에도 그 비석을 보러 성당 뒤쪽을 다녀왔습니다. 때마침 성당 안에서는 몇 명 안 되는 신자가 기도문을 외고 있었어요. 하느님의 어린양, 세상의 죄를 없애시는 주님, 자비를 베푸소서, 평화를 주소서……똑같은 말을 세 번이나 하고 있었죠. 그렇게나 나지막한 소리가 파도 소리를 뚫고 들렸다는 걸 떠올려 보면, 이 우주에는 어떤 식으로든 신성神聖이라는 게 존재하지 않나 싶습니다.

쓰다 보니 편지가 엄청나게 길어졌네요. 말할 것도 없겠지만, 이건 살면서 제가 쓴 편지 중에 가장 긴 편지입니다. 저는 이 편지를, 이 편지를 담은 봉투를, 빨간 우체통에 넣었습니다. 세상에 마라도만큼 우체통을 찾기 쉬운 곳도 몇 없을 거예요.

그런데 그 우체통은 그냥 우체통이 아닙니다. '느린 우체통'입니다. 거기 넣은 우편물은 분명히 목적지로 배달이 되지만, 최소 반 년 이상의 시간이 지나야 도착하게 돼 있습니다.

그런데 왜 하필 느린 우체통이냐.

왜냐면, 학생 분이 곧바로 이 편지를 읽지 않았으면 하거든요. 왜인지는 모르겠지만, 그냥 그렇습니다. 제가 편지를 부치는 이곳 마라도는 지금 3월입니다. 며칠인지는 말하지 않겠습니다. 그건 아무 관계 없으니까요. 그렇죠. 봄은 이제 막 시작되었고, 우리의 젊음은 낭비되기 위해 거기 있습니다. 그나마 중요한 게 있다면 이런 게 아닐까요.

추신; 마라도에는 봄이 일찍 옵니다.

BLUE SOBER

—**보낸 사람** 이묵돌

서울특별시 관악구 신림로23길 16 946호

—**받는 사람** 도서출판 이김

서울특별시 은평구 통일로 684 22-206

(—라고 편지봉투에 쓰여 있다)

—이하 전문.

안녕하세요? 묵돌입니다.

지금 보니 저희가 안면을 튼 지도 벌써 몇 년이 됐네요. 그간 같이 일하면서 이런저런 연락을 많이 주고 받았지만—적어도 제가 기억하기로는—편지로 인사를 드리는 건 처음이네요.

그렇지만 그 편지를 단편선 마지막에 끼워 넣게 될 줄은 진짜 저도 몰랐습니다. 그냥 지 멋대로 편지 써 놓고 소설이라고 우기는 것 아니냐고요? 그건 백 년 전에도 똑같이 있었던 소리입니다. '편지 써놓고 소설이라고 우기기'와 '서간체 연작소설'은, 의미하는 바는 똑같지만 확연히 다른 느낌이죠.

그 왜, 영화배우 중에는 그런 분도 있다면서요. 너무 연기에 몰입하다 보니까 현실과 영화가 분간이 안 될 지경이라고요. 저도 계속 글을 쓰다 보니까 좀 그런 구분이 없어졌다고 해야 하나요. 이게 소설인지 수필인지 시인지, 그런 건 어떻게 되든 상관없게 됐습니다.

그래놓고 다 써 놓은 글에 어떤어떤 장르, 어떤어떤 제목을 뒤늦게 갖다 붙여 책을 내는 것. 그야말로 현실적인 일이라고밖에 할 수 없겠죠. 이러나저러나 해리 포터가 다니엘 래드클리프를 연기한 건 정말 놀라운 일입니다.

지난번에 뵈었을 때 저보고 그런 이야기를 하셨죠. 마약은 안 한 것 같은데 뭔가에 취한 사람 같다고요. 관악에서 은평까지 운전하고 온 사람한테. 말했다시피 저는 항우울제와 수면제 이외에 꾸준히 먹는 약이 없어요. 대마는 합법이어도 필 생각이 없고요. 그런 부분에 대해서는 안심하셔도 됩니다.

그러나 그런 현실과는 별개로, 마감에 몰두한 지난 2주 동안 뭔가에 취해 있기는 했습니다. 술은 별로 좋아하지도 않는데. 이제 이 타이밍쯤 되니 제정신이 된 것 같아요.

그렇죠 뭐……, 뻔한 말장난입니다. BLUE SOBER나, BLUE'S OVER나. 뭐가 제목이 됐든 판매 부수에는 크게 영향을 미치지 않을 거예요. 그냥 우리끼리 재미있어 할 뿐이죠. 유치하긴 한데 뭐 어떻습니까. 대한민국에 이런 걸 좋아하는 사람이 한두 명쯤은 있지 않을까요.

그런데 지금 보니 내가 대체 '무엇에 취해 있었나'를 생각해 보면요. 참 이게 말하기가 복잡스럽습니다. 사실만을 이야기하자니 좀 좀스럽고, 완전히 꾸며내자니 쓰는 입장에서도 죄책감이 들고 괴로워요. 그래서 그 두 가지 옵션을 적당히 섞기로 했는데. 그 결과가 바로 지금 읽고 있는 이 소설입니다. 정말 대단하지 않나요? 대체 어디까지 가는 거야. 저도 모릅니다.

정말 모르겠어요. 지난 보름이 꿈인지 현실인지 분간이 안 돼요. 진지하게요. 잠도 거의 자는 둥 마는 둥 했고. 뭔가를 마구 써갈기고 읽고를 반복하다 보면 한밤중이 돼 있었어요.

저는 대체 무엇에 취해 있었던 걸까요?

……굳이 말하자면 작가가 된 느낌일까요? 하루 종일 글 쓰는 일에만 몰입하고 있으면 나 자신이 정말 작가처럼 느껴집니다. 적어도 그 순간만큼은 진짜 작가죠. 나 자신이 작가인지 아닌지 같은 건 아무 상관도 없어지는…… 그 지점이야말로 제가 찾은 '인간이 가장 작가답다고 할 수 있는 상태'입니다. 감히 추측컨대 저는 거기 비슷한 데를 둥둥 떠다녔던 것 같습니다. 그래도 지금은 제정신이에요. 말짱합니다. 안 믿기면 어쩔 수 없고.

미선 님도 아시다시피. 저는 요 몇 달간 이런저런 일들을 겪었습니다. 돈과 사람이 동시에 문제가 되기 시작하면 그 인생은 아주 끝장난 것 같은 기분이 들죠. 사람은 떠나고, 빚은 쫓아옵니다. 까놓고 말해서 진짜 죽을 것 같았어요. 이게 막 습관처럼 '아 인생 살기 너무 힘들고 고달파. 콱 죽어 버릴까' 하는 그런 게 아니라요.

음.

굳이 말하면 '와 이러다 진짜 죽겠는데?'에 가까웠습니다. 저도 모르는 사이에 제가 죽을지 모른다고 생각했어요. 저는 제가 보기에도 무척 외롭고 위태로워 보였습니다.

그럼에도 불구하고 제가 제 감정이나 제가 처한 문제를 마주 보았던 것은, 정말이지 스스로가 자랑스럽고 기특한 부분입니다. 이번엔 적어도 다른 사람들에게 답 없는 걱정을 불러일으키진 않았잖아요. 인스타에 무슨 암호 같은 글이나 올리면서 동정을 사고, 그럴 나이는 확실히 지났죠.

—맞아요. 죽을 거면 조용히 죽어야 하니까. 책에는 소리가 없어서 참 다행입니다.

첫 단편선이었던 『시간과 장의사』는 3쇄를 찍으면서 나름대로 분전했다고 생각해요. 두고두고 뿌듯해할 만한 일이죠. 그러나 한편으로는 그런 얘기도 얼핏 들었습니다. 어떻게 읽긴 읽는데 읽을수록 우울해진다고요. 뭐랄까. 문제를 끄집어 내놓긴 하는데 수습은 니가 해라는 식이었다는 거죠. 물론 저는 답을 모르기 때문에 적지 않은 거였는데. 가만 보면 겨우 책 한 권에 너무 많은 걸 바라는 거 아닌가 싶고요. 제가 쓰는 건 단편집이지 엘더스크롤은 아니잖아요?

그렇지만 그런 말을 들었으면 고민 정도는 해야 하겠죠. 완전할 수는 없어도, 최소한 거기에 수렴하려고 끊임없이 노력해야 하는……대충 무슨 말인지 아시죠? 밥벌이잖아요. 누가 뭐라고 하든 간에.

좌우지간 그런 연유로, 후속편을 낼 때는 한 발짝 앞으로 나가는 모습을 보여주어야겠다고 생각했어요. 정답까지는 아니더라도. 저도 나름대로 애는 쓰고 있다고, 그런 것들을 보여주고 싶었죠.

그런데 세상에. 저는 이별과 가난을 동시에 마주쳤습니다. 전혀 의도치 않은 삼각관계였어요. 우울이라는 늪에서 조금씩 빠져나오는 줄 알았는데 사실은 반대였던 거죠. 시간이 지났으니 조금은 덜 블루한 책을 내고 싶었는데 상황은 훨씬 블루해지기만 했고요. 꿈과 현실, 둘 중 적어도 한 곳에서는 거짓을 말해야 했습니다.

적당히 괜찮은 척, 시간이 약이라더니 확실히 뭔가 나아진 척할 수도 있었습니다. 좀 더 잘 팔리는 책, 더 자극적인 제목과 표지를 고를 수도 있었을 것입니다. 금전 사정이 안 좋으면 그렇게라도 해야죠. 제가 뭐 대단한 글씩이나 쓴다고요.

실제로 예기치 못한 이별을 경험했지만, 그 전에 썼던 수필집도 딱히 절판되지 않았습니다. 조금씩 인세가 정산되는 걸 보면 매달 열 권에서 스무 권까지 꾸준히 팔리고 있는 모양이에요. 정해진 수입은 아니지만. 덕분에 넷플릭스는 공짜로 보는 느낌입니다. 물론 사실이 아니지만. 대충 그런 셈 치면서 사는 거죠. 사람 사는 게 다 그런 거 아니겠습니까. ← 이거 마법의 문장입니다. 이건 무슨 말 뒤에 써도 말이 돼요. 참고해 두세요.

한번은 그런 말씀도 하셨죠. 시국이 시국이니만큼 코로나 블루에 대해서 쓰면 어떻겠냐고요. 그런데 이 책이

나올 때까지도 코로나는 대유행이어서……그 문제에 대해서는 그다지 다루고 싶지 않았어요. 저는 전염병 창궐이전에도 자가 격리나 다름없는 삶을 살았으니까. 다른 사람들에 비하면 그다지 체감을 못하죠. 인간소외 같은 건 원데이 투데이 얘기도 아니고. 솔직히 『페스트』보다 잘 쓸 자신도 없습니다. 산 사람이 죽은 사람을 어떻게 이겨요. 제갈량은 먼저 죽어서 사마의를 이긴 거나 다름없어요. 적어도 제가 보기엔 그렇습니다.

그리고 저는 글을 좀 피곤하게 쓰는 타입이더라고요. 지금 보니 단순히 좋아하는 일에 몰입을 잘하는 것이 아니라, 몰입하지 않으면 아무것도 못하는 인간이었습니다. 대충 퉁치고 넘어가도 좋을 만한 것들에도 신경이 곤두서고요.

예컨대 마라도에서 사는 소설가가 있다는 문장으로 시작하려면 그냥 그렇게 쓰면 됩니다. 제가 또 마라도에 가 보기도 했고, 소설도 쓰니까. 내가 정말 거기로 이주하려면 무슨 일들이 있어야 할까? 이런 건 생각하는 것만으로도 꽤 흥미롭죠.

근데 그걸 글로 옮겨 적어야지 하고 마음먹으면, 네, 문득 정신을 차려보면 어느새 마라도의 형성 과정과 평균기온, 노는 땅들의 공시지가와 배 뜨는 시간까지 찾아보고 있는 스스로를 발견합니다.

또 오두막을 지으려면 그럴 만한 목재가 있어야 하는데, 잠깐, 제가 본 마라도에는 눈을 씻고 찾아봐도 참나무가 없었거든요. 어디서 공수를 해 오는 수밖에 없을 텐데. 그 자재들을 어떻게 섬까지 가져올 건지에 대해서도 골치를 앓게 됩니다. 그냥 대충 생각하면 안 되나? 어차피 진짜 마라도로 갈 것도 아닌데.

어차피.

저는 그런 게 싫었어요. 남은 인생 제가 마라도에 갈지 안 갈지는 아무도 모르는 일입니다. 실제로 한동안은 제주도로 이사나 가 버릴까 하는 생각도 했고(근데 이건 안 해 본 사람이 없을걸요), 일 년 전의 저 역시 지금 이렇게 될 줄은 몰랐잖아요. 제가 외딴 섬에 작은 오두막을 짓고, 거기서 평생 글이나 쓰면서 살 확률이 아주 작게나마 존재한다면 지금부터 그걸 준비해 보는 깃도 나쁘지 않겠죠. 근데, 내가 마라도로 집을 옮기게 되면 대체 무슨 이유에서일까?

⋯⋯그런 마음으로 하나둘, 글을 쌓아올리듯이 썼습니다. 집 지을 때도 기초부터 시작하듯이, 아래에서부터 천천히. 심취하긴 했지만 홧김에 한 건 아니에요. 아무 생각 없이 한 짓도 아니고요. 자잘한 이유들을 다 지우고 나니까 작은 믿음이 하나 남아 있었습니다. 그게 어떤 믿음이냐 하면,

나처럼 이런 마음으로 사는 사람이, 그래서 이런 글이라도 필요한 사람이 어딘가 있으리라는 믿음입니다. 적어도 단 한 명은 장담할 수 있어요. 먼 훗날의 나에겐 이런 글, 이런 책이 필요할 테니까. 반드시, 어쩔 수 없이, 설령 원치 않더라도.

이것도 지나치게 낭만적인가요? 그럼 정정하겠습니다. 이렇게 하면 최소한 후회는 안 할 거라는 믿음으로요. 써 놓고 보니 이 쪽이 좀 더 깔끔하기는 하네요. 어느 쪽을 편집하고 살릴지는 편집자의 몫이겠죠.

하여간 사서 걱정입니다. 월세가 어떻고, 전세가 어떻고, 그런 건 그때 가서 생각해도 좋을 텐데요.

이렇듯 제 코가 석 자, 발등에 불이 떨어지고, 뭐 그 비슷한 표현들을 다 갖다 붙여도 될 법한 상황에서……다짜고짜 출판사를 찾아가 한 권만 쓰기로 된 걸 산문과 운문을 나눠서 두 권 내자고 이야기하는 건 확실히 정상이 아닙니다. 이유도 말 같잖은 것들만 갖다 붙였습니다. 나는 『블루 노트』라는 제목의 책으로 단편선을 끝내고 싶지 않다. 한 순간 한 순간은 별 볼 일 없었지만, 모아 놓고 보면 분명히 작게 빛나는 것이 있다. 지금은 너무도 우울하고, 창백하고, 시퍼렇게만 보이는 일들이, 시간이 지나면 하나 둘 잊히는 것은 물론이거니와, 심지어 따뜻하게 보이기도 한다. 누군가는 적색편이를 증명해야 한다.

그렇지만 덥수룩한 머리로 그런 개헛소리를 지껄이는 인간한테 "일단 앉아서 천천히 얘기해 봐요. 커피 좀 마시면서"라고, "팔리는지 안 팔리는지는 오히려 중요하지 않아요. 그럴 가치가 있는 글이냐가 중요하죠"라고 이야기하는 출판사도 딱히 정상이라고 볼 순 없죠. 이제 와 하는 얘기지만 정말로 유유상종입니다.

그런데 애초에 정상이란 무엇일까요. 정상과 정상이 아닌 것들은, 그저 정상이라는 절대적 기준이 존재함으로부터 생겨나는 것일까요? 무언가가 빛나려면 반드시 빛나지 않는, 어두컴컴한 무언가가 산재해 있어야 하는 걸까요?

저는 마라도의 그런 점이 좋았습니다. 정상이랄 게 딱히 없다는 것. 어디에 서 있든 섬과 그 섬 위의 내가 있다는 것. 글로 쓰고 나니 정말로 마라도에 가서 블루헛을 짓고 싶어졌습니다. 그곳은 말할 것도 없이 외롭겠지만, 그렇게 나쁜 외로움만은 아닐 것 같습니다.

당장은 이렇다 할 계획이 없습니다. 다음 달에 갈 이사부터가 걱정이라서요. 다음 단편선이 나올지 안 나올지, 만약 나온다면 또 언제 나올지, 그런 건 그때 가서 생각해 보기로 하고…….

자, 이렇게 또 글 하나가 완성됐네요. 이제 한숨 푹 자고 와서, 나머지 원고도 처리하겠습니다.

으레 하는 말이지만, 코로나 조심하시고, 이러나저러나 고생이겠지만. 또 열심히 해보자고요. 언젠가 먼 훗날에, 지금이 덜 우울한 추억으로 남을 수 있게끔요.

2021년 4월 13일
묵돌 드림

편집후기
Kind of Blue

안녕하세요, 저는 이 책의 편집자입니다. 지난 번에도 편집후기를 썼죠. 그땐 작가의 글에 대한 열정 하나로 쓰게 된 것인데 또 쓰려니 좀 쑥스럽네요. 게다가 저더러 후기를 쓰라고 종용한 사람이 단편선 마지막 글을 저한테 보내는 편지 형태로 마무리지어 버리는 바람에, 에라 모르겠다 그럼 나도 편지나 써야겠다 싶었습니다. 4부를 읽고 누군가에게 편지를 쓰고 싶다는 마음이 문득 들기도 했고요.

제가 누구인가, 사실 아무도 궁금해 하시지 않겠지만 Blue Letter에 나오는 자소서를 쓴다는 생각으로 한번 써볼까 합니다. 아, 저도 사실은 대단하게 자소서를 쓴 적은 없습니다. 저는 공부라는 걸 썩 좋아하지 않았고, 대기업 공채를 보기에는 스펙이 딸릴 뿐 아니라, 잡코리아—요즘도 있는지 모르겠습니다만—에 이력서를 올려 놓은 것을 보고 어떤 기업에서 연락하는 바람에 일을 시작하게 되었기 때문입니다. 제가 취업을 준비할 당시에는 취업이 지금처럼 힘들지는 않았어요. 음, 누군가에게 보여주기 위한 글을 못 쓴다는 얘기를 지나치게 장황하게 했군요.

편집자에게는 문화의 첨병까지는 아니어도 사회와 문화를 읽을 직무적 필요성이 요구됩니다. 사람들의 생각을 긴밀하게 읽고 이 시기의 사회가 요구하는 이야기들을 엮어야 하지요. 하지만 단편 원고를 읽으며 소설과 현실의 경계에서 고개를 갸우뚱한 적도 왕왕 있었습니다. 나름대로 젊은 사람들(?)을 이해하며 살고 있다고 생각해 왔는데 오히려 〈친절한 문지기〉였을 수도 있겠다 싶었어요.

그래서 인스타그램이나 네이버 등에 올라온 『시간과 장의사』 감상평들을 찾아 읽으며 독자분들이 묵돌의 글을 어떻게 평가하고 계시는지 살펴봤습니다. 저처럼 자기 세대의 테두리를 벗어나기 힘든 사람에게 "현재 20대의 생각과 처지를 알고 싶다면…이 책을 읽는 게 백 번 낫다고 생각한다"(네이버 InSpirit)는 말은 묵돌의 글이 곧 타인의 삶을 이해하는 소기의 문학적 목적을 달성하는 데 일견 도움이 된다는 뜻이라고 읽었고, 텀블벅에 프로젝트를 올렸을 때 무수하게 쏟아진 후원의 손길들은 작가가 보여주는 글과 삶에 많은 분들이 공감하고 있다는 메시지로 느껴졌습니다. 그런 면에서 이 책이 더 많은 분께 닿으면 좋겠다는 생각이 듭니다. 그러니 주변 사람들에게 소개 좀…….

이쯤 되니 책 얘기를 안 할 수 없네요. 저도 묵돌 작가님 글처럼 뒤에 제목 딱 던져 놓고 여운을 남기고 싶지만 이 편지엔는 본디 설명의 목적이 있기 때문에, 좀 멋이 없더라도 너른 마음으로 이해해 주시길 부탁드립니다.

상실을 말했던 『시간과 장의사』에 이어 『블루 노트』의 전체 주제는 당연히, 우울입니다. 2019년 겨울부터 쌓아 온 32편의 글이 실려 있습니다. 이 중 책에서 최초 공개되는 단편이 7편이 있네요. 제목은 우울한 이야기를 적어 놓았다는 의미와 함께, 요즘 작가가 푹 빠져 있는 음악 장르의 유명 레이블 이름에서 착안한 면이 있어요. 시간 되시면 틀어 놓고 책을 읽어 보셔도 좋겠습니다.

여기까지 읽어 보셨으니 아시겠지만, 이묵돌 작가의 글의 특징은 속도감입니다. 활자를 읽을 때 장면을 차분히 떠올리게 한다기보다는, 영화처럼 눈앞에 상황을 그려 놓죠. 발단-전개-위기-절정까지 엄청난 속도로 마구 치닫다가 데우스 엑스 마키나Deus ex Machina적 결말을 장렬하게 맞고요. 짧은 글을 여럿 읽다 보면 비슷한 느낌이 들 수는 있습니다. 굳이 변호하자면, 완결성 있는 글은 구조를 가지고 있게 마련이고, 짧은 글 안에 구조를 빡빡하게 집어넣다 보니 전개 속도가 빠르고, 단시간 안에 여러 편의 글을 읽다 보면 반복적인 느낌이 들 수도 있죠.

그런데 묵돌의 작품엔 늘 뒤가 있습니다. 좋은 장편 소설들에서 느낄 수 있는 장면이나 문장 하나하나의 아름다움에 감탄하기보다는 글을 읽은 뒤 남은 여운을 내 삶으로 가져와 곱씹고 간직하게 된다는 점에서 약간은 새로운 스타일이 아닐까 했어요. 그래서 '이묵돌이라는 새로운 장르의 출현'이라는 말은 여전히 유효합니다.

사실 저도 이묵돌 작가가 문단의 언어와 방식을 좀 따라갔으면 하는 마음이 있었습니다. 인정도 받고 오래오래 작품 활동을 하는 작가가 되기를 바랐어요. 그래서 좀 더 길고 천천히 짜임새가 보이는 글을 부탁 드렸죠. 그랬더니 '인스타그램에는 아홉 장 이내로 올려야 하기 때문에, 글이 길어지면 글씨가 작아질 수밖에 없다'더군요. 그런 고민이 있었던 줄은 몰랐습니다. 인스타에 하트는 누르지만 글은 페이스북에서 읽거든요. 그러면 이 참에 책으로는 좀 더 긴 글들을 담아 보자 해서, 블루 노트에는 작품 수를 줄이고 편당 글을 조금 더 길게 만들어 보았습니다.

책 내용으로 돌아와서, 아 무슨 형 세상이 왜 이러냐 한탄하는 것은 어제 오늘 일이 아니고, 행복이나 성취감보다는 우울과 분노처럼 부정적인 감정의 비중이 커진 지도 오래입니다. 우울 같은 건 떨쳐내고 긍정적인 마인드셋을 갖자는 조언이 필요할 때도 있지만, 변하지 않는 거대한 세상 앞에서 느낄 무기력감은 사실 마음 먹는다고 달라지는 것이 아니지요. 그럴 때 〈천체, 물리학의 이해〉

속 남자처럼 쓸쓸함을 느끼게 됩니다.

Blue Diamond라는 제목은 1부에 수록된 단편 〈흑연과 다이아몬드〉에서 착안해 보았습니다. 완전히 다른 것으로 취급되는 두 물질은 완전히 똑같은 원소(탄소)로 구성되어 있습니다. 결정구조가 다를 뿐이죠. Blue haze라는 단어에서 푸르스름한 안개 속에 놓인 우리 모습을 떠올릴 수도 있겠습니다. '방사선을 받아 가시광선 스펙트럼의 파란색 끝이 불투명하게 보이는 화성의 대기 조건'이라고 천문학적으로 풀 수도 있는데요, 외부의 영향을 받아 삶이 이해할 수 없는 상황에 놓여 있는 느낌과 맞아떨어진다는 생각이 들었습니다. 그럼에도 안개는 언젠가 걷히는 것처럼 2부에서는 이런 상황을 잘 견디겠다는 결연한 의지를 엿볼 수 있습니다(〈해가 없는 연립방정식의 풀이〉, 〈굳어가는 일〉). 그래서 사실은 더 좋았던 것 같아요. 이런 결심을 할 수 있게 되었다는 것 자체도 그렇지만 이런 결심과 말들이 결국은 나를 다독이고 오늘을 살아갈 힘을 주니까요.

3부와 4부에는 앞서 말했던 좀 더 긴 글들을 수록했습니다. 3부의 첫 번째 두 번째는 온라인에 공개됐고, 세 번째 글은 이번에 새로 썼습니다. 잘 읽어보시면 3부에 공통된 소재가 있습니다. 바로 개미죠. 그래서 3부는 이묵돌 작가가 개미 3부작이라고 이름 붙인 것을 제가 몰래 앤솔로지Ant-ology라고 바꿔서 불러 봤습니다.

4부에서는 완전히 새로운 형식을 시도합니다. 서간체 (편지) 형식으로 쓰인 연작소설이지요. 다 읽어 보셨겠지만 화자가 계속 바뀝니다. 여기서 과연 쓰는 사람은 누구이며, 받는 사람은 누구인지, 답장을 보내는 행위 자체 등에 어떤 의미가 있는지 생각해 보게 됩니다. 과거와 현재를 사는 주소 하나로 연결된 혹은 연결되지 않은 이들의 편지. 나는 과연 수신자에게 편지를 쓰는 것일까요 아니면 편지를 쓰는 나에게 편지를 쓰는 것일까요. 저는 읽으면서 과거의 나, 현재의 나, 내가 바라는 나의 모습이 계속 중첩되어 발신자의 언어로 말하고 있다고 느꼈는데 여러분은 어떠셨는지 모르겠습니다. 제가 쓰는 이 편지는 과연 다다를 수 있을까요? 아니면 아무에게도 이해 받지 못한 채 스킵된 페이지가 될까요? 약간 궁금하네요.

이 책이 저에게, 또 제가 이 책을 읽어주시는 독자 여러분께 편지를 쓰는 것처럼, 독자님도 누군가에게 우울한 마음을 쏟아낼 편지 한 통 써 보시면 어떨까요. 그렇게 해서 우울이라는 파도를 넘을 유연함과, 때론 한 대 맞기도 하면서 견디는 맷집을 얻을 수 있다면.

2021년 봄,
김미선 (편집부) 드림

책에 실린 글 목록(작성 순서)

CREDITS

윤지영　　윤진　　은교　　은빈이　　은혜 은, 복받을 진　　은희　　응굴쓰　　이건양
이건용　　이건호　　이경민　　이경직　　이노겸　　이누리　　이도현　　이묵돌이 키우던
14568번째 돌멩이 김엘리자베스　　이민우　　이민형　　이병하　　이상원　　이석희
이세명　　이세영　　이소연　　이승수　　이승엽　　이승우　　이승율　　이승철　　이안
이언기　　이영　　이용수　　이은선　　이재욱　　이재웅　　이쟌　　이준영　　이지향
이철한　　이태규　　이하율　　이한성　　이현섭　　이현준　　이혜리　　이호성　　이롱팀
일병 목태규　　일본사는민수　　일상　　임동영　　임수정　　임인익　　임지롱　　ㅈㄷㄱ
자르비　　자리끼빌런　　작가님김묻었어요잘생김　　장경욱　　장명　　장서영　　장서운
장연희　　장영환　　장우성　　장재현　　장주　　장준하　　재엽빽　　저두　　전유진
전제영　　전종현　　전진형　　정건희　　정동근　　정릉동최운식　　정무미　　정새찬
정서윤　　정성배　　정승오　　정승호　　정아영　　정연성　　정영인　　정용희　　정윤지
정종문　　정회찬　　조라온　　조민정　　조서영　　조영진　　조영창　　조정예　　조현이
조현준　　조혜진　　주성　　주연　　주준홍　　지금 나의 우울에게　　지금 시대를 살아가는
우리　　지수환　　지태준　　진예은　　진우　　진정국　　진주94년생손우진　　징잼부부
차현석　　창진　　창훈　　채진영　　최광래　　최규리(헛된!)　　최기민　　최예니　　최원우
최유정(24)　　최정우　　최준현　　최지은지으니　　최지한　　최형규　　타이퍼　　편견
없는 월급쟁이　　폰팔이말수　　하모　　하빈　　하준　　한규성　　한솔　　한재경　　한지혜
한지혜　　함소희　　해슬　　해연　　해준　　향상된 늙은이　　허성회　　현주　　현준호
형준　　호미　　호수민　　황미리　　황현정　　효진　　효진, 소희　　희경　　힘요지
A_PAACIFIST　　ALIVE-C　　BANG2　　BLACKFOOT　　CLEIRE　　CRYSTAR
DOJI　　GONNAMAKEYOURDAY　　HIIMJUNSUNG　　HONGZZANG　　HOONY
HYEON　　HYOLING　　JASON PARK　　JIENXX　　JINHO BANG　　JR.NANA
JUNG BUN　　KHAKIBLUE　　MALGM93　　MYCHAN　　OHBYOH　　OSK
QYLE　　SEAROAD　　YEONY.　　YONG_G　　YOON　　YUUKO　　124　　941010
@CLASS_ONE　　@JINI_SUUUU　　@TO_TRAFILM　　21.05.10

이묵돌 단편선 02

블루 노트

지은이
이묵돌

Copyright © 이묵돌, 2021

초판1쇄 펴냄
2021년 6월 1일

ISBN 　979-11-89680-27-5 (04810)
ISBN 　979-11-89680-20-6 (세트)

편집
김미선

값 　16,500원

펴낸곳
도서출판 이김

브랜드
냉수

냉수는 도서출판 이김의 문학·에세이·코믹 브랜드입니다.

잘못된 책은 구입한 곳에서 바꿔 드립니다.

등록
2015년 12월 2일
(제25100-2015-000094)

본문 226, 289쪽 유재하 님의 "우울한 편지"는 사단법인 한국음악저작권협회의 승인을 받고 수록하였습니다. [KOMCA 승인필]

주소
03371
서울시 은평구 통일로 684 22-206

이메일
editor@leekimpublishing.com